홀론 1

홀론

제레미 오
장편소설

HOLON

공즈녕
이엔티!

서율, 너의 세계로

1

다크홀 (Darkhole)

2031년 4월 8일

사람들은 원래 하늘에 무심했다.

마치 머리 위가 텅 빈 걸 믿을 수 없다는 듯이.

하늘은 매일 별이 뜨고 지는 일이 반복되지만, 고개를 들어 천체를 보는 이는 많지 않았다.

아름다운 별들과 행성에서 출발한 빛은 조그만 칩 안에서 수백 번의 보정을 거친 다음, 830만 개의 픽셀 위에 현란한 모습을 드러내곤 했다. 실재實在는 머리 위에 있지만, 이미지는 머릿속을 떠나는 게 쉽지 않았다. 그러니까 인간들이 원래 하늘에 무심하다는 걸 증명하는 일은 그리 어려운 게 아니었다.

* * *

달 옆에 그것이 생긴 지는 얼마 되지 않았다. 수억 개의 별들도 구름과 먼지에 가려 보기 힘든 터인데, 온통 시커먼 작은 구멍 하나가 대수였을까.

다크홀. 2027RS033

보름달을 촬영하던 한 아마추어 천문학자에 의해 발견된 이 작은 천체는 다양한 이름으로 불렸다.

'미세 블랙홀', '소형 암흑물질', '글로리' 그리고 '다크홀' 등등.

달의 가장자리와 완벽히 맞닿아 있는 지름 100km의 이 작은 구멍은 기존의 천문학으로는 도무지 설명할 수 없는 현상이었다. 블랙홀이라고 하기에는 주변의 물질을 빨아들인 흔적이 전혀 발견되지 않았다.

암흑물질이 응축된 새로운 형태의 천체라는 가설이 잠시 설득력을 얻기도 했는데, 인간은 원래 자신의 깜냥 안에 새로운 지식을 축적하는 걸 좋아하는지라 그런 일도 벌어진 것이다.

2027년 3월, 다크홀이 처음 발견된 이후 지금까지 총 열 차례나 탐사선이 발사되었다. 아르테미스 프로젝트를 통해 달에 유인우주기지를 건설하던 미국이 단연 주축이 되었다.

나사^{NASA}는 90% 공정률에 도달한 달 유인우주기지 건설도 중단했다. 미국이 이 천체의 실체를 밝히는 데 전력을 쏟아붓는 건 어쩌면 당연한 일이었다. 새로운 개척지의 앞마당에 골치 아픈 장애물이 생긴 것이나 마찬가지였으니까.

그리고 일곱 차례의 무인탐사선을 보낸 뒤에야, 미국은 이것이 기존의 천문학으로는 결코 설명할 수 없는 새로운 자연현상이라는 걸

인정했다.

먼저 그것은 정말 구멍이 맞았다. 지름 3미터가 조금 넘는 탐사선들은 별다른 저항이나 이끌림 없이 구멍 안으로 매끄럽게 진입했다. 자체 추진력이 없었던 탓에 다시 지구로 되돌아오는 데는 실패했지만, 구멍 속으로 들어간 탐사선의 마지막 궤적을 통해 구멍 안쪽에 기다란 터널이 있다는 걸 발견했다.

여덟 번째로 보낸 탐사선에는 조금 더 고도의 장비들이 실렸다. 고체로켓이 탑재된 '루나-131호'는 다크홀 안쪽을 관측한 다음, 로켓을 점화하고 방향을 바꾸어 성공적으로 지구로 귀환할 수 있었다. 다크홀 안쪽에서도 여러 계측 도구들은 기존의 물리학이 잘 적용되고 있었다.

탐사선은 로켓의 추력에 딱 맞게 가속하였으며, 방사선이나 기타 중력장 수치들도 모두 정상 범위 내에 있었다. 다크홀 내부가 빛을 전혀 반사하지 않는 탓에 아무런 영상도 얻을 수 없었지만, 과학을 신봉하는 이들은 조금씩 자신감을 얻어갔다.

'이것은 그저 우주에 생긴 작은 터널일 뿐이다. 그럴듯한 이름을 붙이면, 또 하나의 새로운 천체가 될 것이다.'

'지구 앞마당에서 얻은 지식은 전 우주에서 통용된다.'

고작 백 년 조금 넘은 현대과학의 신봉자들은 드넓은 우주에 과학으로 설명할 수 없는 현상은 없다고 믿었다.

잠시 반짝거리던 대중들의 관심은 어느새 다크홀에서 멀어져 갔다. 가장 큰 이유는 그게 육안으로 보이지 않는다는 것이었고, 지구에 별다른 해가 되지도 않기 때문이었다. 생각해보면, 80억 인간들에게 하늘에서 일어나는 일은 언제나 딴 세상 이야기일 뿐이었다.

태양계를 수십 나노초 만에 모두 증발시킬 초신성 폭발도, 은하를 한꺼번에 삼켜버린 블랙홀의 존재도 당장 내 눈앞에서 벌어지지 않으면 모두 가상에서나 일어나는 것과 다름없으니까. 생존과 경쟁이 코앞에 닥친 삶에서, 손을 뻗어도 닿지 않는 곳의 일들은 결국 잊혀질 운명이었다.

연이은 올림픽과 월드컵 그리고 다시금 영토분쟁에 돌입한 강대국의 뉴스가 헤드라인을 차지하면서 다크홀은 사람들의 뇌리를 떠나고 있었다.

***

"루크, 준비됐어요?"

외출복으로 갈아입은 루크 쇼^{Luke Shaw}의 휴대전화 화면에 나사 국장 톰 브라운^{Tom Brown}의 이름이 떠 있었다.

"네, 곧 떠날 겁니다."

"좋습니다. 최대한 자연스럽게 행동하시고."

톰의 목소리는 그답지 않게 조금 들떠 있었다.

루크는 블라인드를 슬쩍 걷어 밖을 내다보았다. 이른 아침인데 벌써 집 앞에 방송국 사람들이 파파라치처럼 서성거렸다.

"네, 잘 알겠습니다."

루크는 휴대전화를 끊고 부엌으로 갔다.

"아빠! 이번에는 얼마 있다 와?"

이제 여섯 살 된 외동딸 엠마^{Emma}가 와락 안기며 물었다.

"가만 보자, 그게 며칠이더라…."

거실에서는 아내 멜리사^{Melissa}가 바깥을 연신 흘깃거렸다.

"아빠! 이번에도 선물 사오는 거지?"

"그럼, 토끼 인형이 또 필요할까요, 공주님?"

루크가 이제는 제법 무게감이 느껴지는 딸을 번쩍 들어 올렸다.

올해로 마흔한 살인 루크 쇼는 달 유인탐사선 아르테미스 프로젝트의 책임 우주인이었다. 이미 두 차례나 달에 다녀왔으며, 미국에서 가장 유명한 우주인 가운데 하나였다. 공군사관학교 출신에다 F-35II 파일럿 경력까지 갖춘 그는 깔끔하고 신뢰감을 주는 외모로도 인기가 많았다.

"엠마, 이리 와."

멜리사가 텔레비전을 켜고 아빠에게 매달린 딸을 불렀다.

엠마는 반사적으로 텔레비전 소리를 따라 거실로 갔다. 텔레비전 앞에 앉는 딸을 보고 멜리사는 부엌으로 들어와 남편에게 조심스레 물었다.

"나중에라도 사실대로 말하면 안 될까?"

"안 될 거야. 공식적으로는 아무도 안 가는 거니까."

멜리사는 짧게 한숨을 쉬었다.

"며칠 지나면 엠마가 눈치챌 텐데…."

"걱정 마. 이미 무인탐사선이 세 차례나 갔다왔잖아."

"알아. 하지만 사람이 가는 건 이번이 처음이잖아."

"팀원들도 그대로야. 제일 손발이 잘 맞는 친구들이라고."

멜리사의 걱정이 잔소리로 바뀔 것 같았는지 루크는 서둘러 작은 캐리어를 챙겼다.

"늘 그랬듯이 나는 아무 문제 없이 돌아올 거야."

멜리사를 꼭 껴안아주고 루크는 성큼성큼 거실을 지나 현관으로 나왔다. 이미 제일 좋아하는 애니메이션에 푹 빠진 엠마는 아빠를 마중 나올 생각이 없어 보였다.

"엠마, 아빠 얼른 다녀올게!"

미동도 하지 않는 딸을 두고, 루크는 현관문을 나섰다.

***

"루크 선장님, 좋은 아침입니다."

길가에 주차된 전기 SUV까지는 코앞이었지만, 벌써 두세 명의 기자들이 들러붙었다. 평소 같으면 경호원 몇이 에워쌌을 테지만, 오늘은 아무도 보이지 않았다.

"네, 날씨가 맑네요."

루크가 자연스레 미소를 지으며 차량 문을 열었다.

"다음 임무는 언제 예정되어 있습니까? 달 유인기지 건설은 언제 재개되나요?"

기자들의 쏟아지는 질문을 뒤로하고 루크가 차에 올랐다.

"혹시 다크홀 때문에 문제가 생긴 건가요? 달은 안전합니까?"

기자의 입에서 '다크홀'이라는 단어가 나오자 루크의 표정이 미세하게 떨렸다.

"아르테미스 프로젝트와 관련된 사항은 나사에 공식 질의하면 친절히 답변드릴 겁니다."

출발하자마자 차량 몇 대가 따라붙었다. 백미러를 확인한 루크는 가속 페달을 끝까지 밟았다. 곧 부드럽고 빠르게 앞선 차를 추월했다. 루크를 뒤따르던 차는 시야에서 사라졌다.

2031년 4월 8일 오전 9시 15분.

미국 최고의 우주인으로 평가받는 루크 쇼가 집에서 220마일 떨어진 케이프커내버럴 공군 기지로 출발했다.

***

같은 시각. 케이프커내버럴 우주군 기지 발사 통제실.

"확인되었습니다."

6A 발사대에 기립된 팔콘 9X 로켓 영상 옆으로 플로리다주 지도가 떠올랐다. 지도 위에는 루크의 것으로 추정되는 차량 위치가 드러났다.

"보안 팀은?"

"고속도로 진입로에서 대기 중입니다."

"다른 친구들은?"

웬만해서는 긴장하지 않는 톰의 얼굴이 예사롭지 않았다.

"하퍼와 올리버 모두 출발했습니다. ETA 10시간입니다."

관제 콘솔 맨 앞에서 승무원 교신을 담당하는 벤자민 브렛이 대답했다.

"좋습니다. 이번 임무는 발사 전 과정이 생중계됩니다. 우리 우주인들이 탑승한 게 알려지지 않도록 각별히 유의 바랍니다."

톰은 이 말을 벌써 열 번도 넘게 내뱉고 있었다.

미션 네임 라이트-어웨어^{Light-Aware}. 다크홀을 향한 열한 번째 임무이자 사람이 탑승하는 첫 번째 임무이기도 했다. 대중들의 관심은 많이 사그라들었지만, 음모론에 취한 소수 언론과 시민들은 여전히 쌍심지를 켜고 나사와 케이프커내버럴 기지를 감시하고 있었다.

달까지 가는 거대한 로켓 발사를 숨기는 건 불가능했기에, 나사는 이번 임무를 완전히 비밀에 부칠 수는 없었다.

다크홀을 향한 첫 번째 유인탐사선.

인간을 대신할 첨단 기기가 가득해도 굳이 사람을 태우기로 결정한 건 그동안의 분석 결과에서 빈틈이 적지 않았기 때문이다. 다크홀 근처에서 측정된 모든 계측 수치들은 '정상 범위' 내에 있었지만, 지구와의 통신이 원활하지 않은 게 문제였다. 수십 차례의 자료 검토와 회의 끝에, 나사는 현장에서 계측기를 다루기 위해서는 '인간의 지능'과 '경험'이 필수라는 결론을 내렸다.

그리고 이틀 후인 4월 10일. 아르테미스 프로젝트의 첫 번째 멤버인 루크 쇼와 하퍼 리$^{Harper Lee}$ 그리고 올리버 심$^{Oliver Sim}$은 9년 전, 처음 달에 착륙하면서 느꼈던 짜릿한 추억을 회상하면서 다시 그곳으로 향할 계획이었다.

2
브리핑 (Briefing)

2031년 4월 9일

다음 날 아침, 푸른색 실내 우주복을 입은 세 명의 우주인이 브리핑룸으로 들어섰다. 우주 비행 수행에 앞서 혹시 모를 감염을 막기 위해, 이들의 자리는 두터운 유리 벽으로 완전히 막혀 있었다.

"우주선에서 내릴 일도 없는데, 참."

스포츠형으로 바짝 깎은 머리를 한 하퍼가 투덜대며 말했다.

"원칙이니까."

평소 같으면 카메라 플래시 세례가 쏟아지는 자리였지만, 오늘은 톰과 임원들 몇이 전부였다.

"브리핑 시작할까요?"

헤드셋을 끼고 앉은 벤자민이 톰을 올려다보았다.

"잠시만, VIP도 접속하실 거야."

톰이 대형 스크린을 보며 초조하게 서성였다.

"오셨군."

이윽고 화면에 백악관 문장이 나타나더니, 앤드류^{Andrew} 대통령의 얼굴이 떠올랐다.

"반갑습니다, 루크 쇼 선장님."

70대에 들어섰다는 게 믿기지 않을 만큼 앤드류의 목소리는 정정했다.

"다시 뵙게 되어 영광입니다."

루크는 친근하게 구는 앤드류가 별로 달갑지 않았다. 임기를 6개월도 남겨놓지 않은 탓에, 그의 머릿속은 온통 재선에 대한 생각뿐일 것이다. 이번 유인탐사 임무를 밀어붙인 것도 그의 지시 때문이라는 걸 루크는 알고 있었다.

"브리핑 시작할까요?"

톰이 내내 앤드류의 눈치를 살피다 말했다.

벤자민이 프레젠테이션 버튼을 눌렀다. 스크린 화면이 꺼지더니, 지구와 달 궤도를 모사한 홀로그램이 브리핑룸을 가득 채웠다.

"다크홀 11차 미션에 대한 브리핑을 시작하겠습니다."

벤자민의 말에 맞추어 달 고도 1,000킬로미터 지점에 위치한 다크홀의 윤곽이 붉은색으로 표시되었다.

"지난번에 말씀드렸다시피, 다크홀은 현재 달 고도 1,014킬로미터 지점에서 안정적인 상태를 유지하고 있습니다."

벤자민이 버튼을 누르자, 다크홀이 클로즈업 되었다. 모든 빛을 다 흡수해버리는 탓에, 주변의 천체들을 통해 그 위치를 간접적으로만 추정할 수 있었다.

"10차 무인탐사선 미션에서 우리는 다크홀 경계면의 물리적 특성에 대해 상당한 정보를 얻을 수 있었습니다."

"상당하다는 건 너무 추상적인데."

하퍼가 혼잣말로 중얼거리자, 올리버가 그의 옆구리를 툭툭 쳤다.

"다 녹음되고 있어."

하퍼가 민망했는지 어깨를 으쓱거리곤 다시 영상에 집중했다.

"다만 탐사선이 경계면 근처 10킬로미터 지점 이내로 들어가게 되면, VHF 대역을 비롯한 모든 전파 통신이 불가능한 상황입니다."

"전파 방해 비슷한 건가요?"

앤드류가 끼어들었다.

"아닙니다. 인위적으로 주파수를 교란하는 신호는 확인되지 않았습니다. 아직 검증된 건 아니지만, 다크홀은 빛을 비롯한 모든 파장의 전자기파를 교란하는 것으로 보입니다."

"중력 이상이 없는데도요?"

궁금한 게 많은지 하퍼가 손까지 들고 질문했다.

"네, 그렇습니다. 이 점이 다크홀을 일반 블랙홀 이론으로 설명할 수 없는 이유이기도 합니다."

설명하는 벤자민의 얼굴에 당황한 기색이 역력했다.

톰이 눈치를 주고 나서야 하퍼는 손을 내리며 못마땅한 표정으로 등받이에 몸을 기댔다.

"따라서 다크홀 인근 10킬로미터 지점에서는 탐사 장비의 통제나 변수 변경이 불가한 상황입니다. 이번 유인 임무는 외부와의 통신이 두절된 상황에서 인간의 판단력을 이용하여 몇 가지 가설을 검증하는 것이 목표입니다."

브리핑이 끝나자 홀로그램이 옅어지며 브리핑룸에 다시 불이 켜졌다.

"위험성은요?"

우주인들을 정말로 걱정한다는 듯 앤드류가 물었다.

"앞서 말씀드렸다시피, 다크홀은 주위의 물체를 끌어들이는 중력 이상 현상을 보이고 있지 않습니다. 그동안 이곳을 거쳐 간 모든 무인탐사선이 저희가 계산한 궤적과 속력을 그대로 따랐습니다."

톰이 앤드류의 우려를 불식시키려는 듯 단정적으로 말을 이었다.

"좋습니다. 여러분들이 충분히 검토했겠지만, 이번 임무에서 제일 중요한 건 우리 영웅 우주인들의 안전입니다."

"말로만…."

하퍼가 들릴 듯 말 듯 불만을 내뱉었다. 이번에는 올리버도 그를 말리지 않았다.

"제가 다소 무리를 해서라도 여러분께 임무를 요청드린 건, 누구보다 달과 지구 그리고 우주를 가장 잘 아는 분들이기 때문입니다. 비록 지금은 잠시 중단되었지만, 성공적으로 달에 유인우주기지를 건설했던 것처럼, 이번 임무도 잘 마무리해주기를 바랍니다."

경직되어 있던 앤드류의 얼굴이 조금씩 풀리는 것 같았다. 어느 정도 안심해도 될 것 같다는 표정이었다. 사실 그는 다크홀 같은 데는 큰 관심이 없었다. 미국의 대통령으로서 그가 우선순위를 두는 기준은 명확했다. 국가의 안보에 위협이 되는가 되지 않는가. 재선에 도움이 되는가 되지 않는가.

다크홀은 여러 차례 탐사를 통해 지구의 안전에 별다른 위협이 되지 않는 것으로 결론이 나고 있었다. 하지만 임기 중 완공을 약속한 '아르테미스 유인 달기지'의 건설을 중단시켰기에 그것은 분명 자신의 재선을 방해하고 있었다.

앤드류는 이번 임무를 통해 다크홀의 존재에 대해 명확한 결론을 내리고 싶었다. 그러나 국가의 안보에 위협이 되지 않는 상황에서, 최고의 인기를 누리는 우주인들을 미확인 천체로 보낸다는 건 분명 적지 않은 리스크였다. 이번 탐사에 세 우주인들의 탑승 사실을 알리지 않은 건 국민의 반대 여론을 원천적으로 막기 위한 꼼수였다. 만약 이번 탐사로 과학계를 뒤흔들 만한 새로운 천체를 발견할 수만 있다면 그 또한 앤드류의 업적이 될 것이었다.

"현재 플로리다의 기상 상태는 발사에 최적화되어 있으며, 예정대로 내일 오전 5시 30분 라이트-어웨어 미션을 진행하도록 하겠습니다."

"무엇보다 우주인들의 안전을 최우선으로 해주시고, 이번 임무를 통해 다크홀을 과학적으로 명확히 설명할 수 있기를 기대합니다."

앤드류가 손을 흔들어 보이고는 이내 화면에서 사라졌다. 앤드류와 끝까지 눈을 맞추던 톰은 그제야 숨을 토해내며 책상에 걸터앉았다.

"더 질문 있나요?"

톰에게 이번 임무는 남다른 의미를 지니고 있었다. 애당초 다크홀을 과학적으로 해석하는 것은 그의 관심사가 아니었다. 평생을 우주만 바라보고 살아온 그는 일종의 불가지론과 같은 세계관을 가지고 있었다. 우주에서 일어나는 일들을 인간이 이해하는 것 자체가 불가능하다는.

이제는 민간우주업체에게 주도권을 빼앗겨버린 이곳 나사에서, 국장의 권력은 예전만큼 절대적이지 않았다. 그저 윗선의 지시를 따라 연명하고 또 연명하는 것만이 직위를 유지하는 방법이었다.

이미 오래전부터 국장으로서의 권위 따위는 바라지 않았다. 하지만 기존의 천체학 이론과는 전혀 다른 미지의 영역을 발견할 수만 있다면, 앤드류의 재선에 긍정적인 효과를 불러올 수만 있다면…. 톰은 자기 속내야말로 앤드류의 것보다 아주 작고 보잘것없는 것이라 생각했다.

"다들 질문 없으면 이상으로 브리핑은 마무리하고, 발사 전까지 체크리스트 점검에 신경 써주세요."

"국장님."

차분히 앉아 있던 올리버가 슬며시 손을 들었다.

"임무 스케줄 전반을 숙지했습니다만, 한 가지가 빠져 있는 것 같습니다."

나사의 우주 탐사 매뉴얼은 90년이 넘는 역사를 가지고 있었다. 게다가 달은 수십 년의 간격을 두고 여러 번 다녀온 앞마당과도 같은 곳이었다. 아무리 뛰어난 우주인이라 하더라도 그 매뉴얼에서 허점을 발견하는 건 쉽지 않았다. 톰은 의심스런 눈으로 그를 보았다.

"저희는 단 한 번도 비노출 임무를 수행해본 적이 없습니다. 발사와 비행 그리고 지구 복귀 과정에서 혹여나 외부에 저희 존재가 노출될 경우, 대비책은 어떻게 됩니까?"

"노출될 가능성은 없습니다."

톰이 얼버무리며 자리에서 일어났다. 그러고는 세 명의 우주인이 앉은 유리 벽을 향해 걸어갔다.

"대외적으로 이번 임무에는 우주인의 중량과 외형을 모방한 휴머노이드 로봇이 탑승하는 것으로 되어 있습니다. 혹여나 망원 카메라에 탐사선 내부가 드러나더라도, 우주복을 입은 상태에서는 구별이 쉽지 않을 겁니다."

"그 부분은 숙지하고 있습니다. 다만 만에 하나 저희가 탑승한 사실이 언론에 알려질 경우, 구체적인 대응 방안이 있는지를 묻는 겁니다."

브리핑룸의 누구도 올리버가 그게 궁금해서 묻는 거라 생각하지는 않았다. 어떤 처지에서든 긍정적인 태도를 견지하는 우주인들에게, 이번 비밀 임무는 당위성을 찾기가 쉽지 않았다. 그런 불만을 터트리는 거라는 걸 톰도 누구보다 잘 알았다.

"올리버, 구체적인 답변 대신 이 말을 하고 싶군요."

톰이 유리 벽 위에 손바닥을 올리며 말했다.

"미지의 천체를 향한 탐사를 선뜻 승낙해준 여러분께 진심으로 경의와 감사를 드립니다. 이번 임무가 무사히 마무리될 수 있도록 저와 모든 직원들이 최선을 다하겠습니다."

그는 고개를 한 번 숙이곤 먼저 브리핑룸을 빠져나갔다.

올리버가 예상했다는 듯 고개를 끄덕였다.

"우주인이라는 생각은 잠시 버리고, 다시 군인으로 돌아가자고."

루크가 올리버의 어깨를 토닥였다.

세 사람은 모두 공군사관학교 출신이었다. 올리버와 하퍼도 F-35를 운용한 정통 조종사였을 뿐 아니라, 선장인 루크보다는 적게는 6년, 많게는 9년 아래 기수의 까마득한 후배였다.

두 차례의 달 탐사 임무를 통해 격의 없이 가까워지긴 했지만, 두 사람에게 루크는 여전히 범접하기 힘든 대선배였다.

"하지만…."

올리버가 무릎을 짚고 일어나며 그를 보았다.

"숨기는 건 아무것도 없어. 대통령도 톰도. 불확실성이 클수록 우리 같은 전문가가 필요한 거야."

좀처럼 넘겨짚는 법이 없는 루크였지만, 지금은 두 명의 동료이자 후배를 단단히 잡아세울 필요가 있었다. 지구를 떠나 우주 공간으로 가는 이들에게 믿음은 무엇보다 중요한 요소였다.

"네, 잘 알겠습니다."

올리버가 조금은 홀가분한 표정으로 고개를 숙였다.

"아. 선장님은 따님한테 뭐라고 하셨어요?"

브리핑룸을 나서기 전에 올리버가 생각난 듯 물었다.

"훈련 다녀온다고 했지. 요즘에는 나한테 별 관심이 없어. 출장 끝나고 돌아올 때 무슨 선물을 사 올지만 기대하지."

딸 얘기가 나오자 루크의 표정이 속절없이 풀렸다.

"아직 자식이 없어 어떤 심정일지 잘 모르겠어요."

올리버가 수줍게 웃으며 루크의 뒤를 따랐다.

"너도 결혼하고 나면 이해하게 될 거야. 이번 임무를 수락하는데 내가 얼마나 많은 고민을 했는지."

올리버의 팔뚝을 툭 치고는 격리공간으로 향하는 문을 열었다.

"그냥 이 문을 지나는 것과 다르지 않아. 조용히 가서 국민들이 납득할 만한 데이터를 가지고 오자고."

"네, 알겠습니다!"

문고리를 잡고 선 루크를 지나며 올리버가 장난스럽게 경례했다.

3

발사 (Launch)

2031년 4월 10일

T 마이너스 3시간 30분.

"라이트 원$^{Light One}$, 탑승 완료 확인했습니다. 해치 폐쇄합니다."

"레오^{LEO}."

루크의 확인이 끝나자 세 사람을 태운 드래곤 캡슐의 외부출입문이 서서히 닫히기 시작했다.

새벽 2시. 달빛조차 없는 깜깜한 밤. 루크와 올리버 그리고 하퍼는 로켓 상단에 연결된 브리지를 통해 캡슐에 탑승했다. 혹여나 망원렌즈에 촬영되는 것을 막기 위해, 이들은 화물 운반용 컨테이너 박스에 탑승한 채 이곳까지 이송되었다.

"수화물이 되는 것도 나쁘지는 않네요."

해치가 완전히 닫히자 올리버가 작은 창밖을 보며 말했다.

"누가 보면 저 녀석들을 보좌하러 온 줄 알겠지."

7인승 드래곤 캡슐의 뒷열에는 휴머노이드 로봇 알파-식스 두 기가 우주복을 입은 채 나란히 앉아 있었다.

인간과 동일한 중량, 체격을 가진 알파-식스는 다크홀 인근의 우주 환경이 인간에게 미치는 영향을 탐사하기 위해 특별히 제작된 녀석들이었다.

"라이트 원, 화이트룸 아웃합니다."

"라저^{Roger}."

평상시라면 휴스턴의 유인우주센터에서 승무원과의 교신을 담당했지만, 이번은 달랐다. 사람이 탑승하는 건 대통령과 나사 국장 외 몇몇 요인들만 알기에, 로켓 발사가 이루어지는 이곳 케이프커내버럴에서 직접 교신을 맡고 있었다.

"라이트 원, 발사까지 3시간 20분 남았습니다. 20분 후에 발사 전 체크리스트 시작합니다."

"라저, 케이프."

교신을 마치자 루크는 헤드셋을 잠시 벗어 목에 걸쳤다.

"다시 지루한 시간이 시작되었군."

오른쪽 허벅지에 달린 태블릿을 터치하며 말했다. 모든 발사 과정이 자동화된 지금은 과거 1960년대 아폴로 시절과 완전히 달랐다. 발사와 궤도 진입 그리고 착륙까지의 전 과정에 더 이상 인간의 개입은 필요하지 않았다.

"차라리 체크리스트 같은 거 안 하면 덜 서러울 텐데 말이죠."

"비행기 승객처럼 말이지?"

"사실상 우주선 승객이죠."

하퍼의 농담에 루크가 피식거렸다. 깜깜한 창밖을 보다가 불현듯 무슨 생각이 났는지 다시 헤드셋을 썼다.

"케이프, 라이트 원. 혹시 영상통화 가능할까요?"

"지금 새벽 2시 10분인데 집에 영상통화를 하신다고요?"

"네, 어차피 아내는 안 자고 있을 거예요."

"잠시만요."

루크의 교신에 어리둥절한 건 하퍼와 올리버도 마찬가지였다.

"선장님, 적잖이 지루하신가 봐요."

농담조였지만, 올리버는 루크의 돌발 행동을 유심히 살피고 있었다. 세 차례의 달 탐사와 여섯 차례의 유인 로켓에 함께 했지만, 늘 차분하게 매뉴얼을 따르던 선장이었다.

"어제저녁에 아내랑 통화했는데, 딸 녀석이 일찍 잠들었더라고."

"그래도 아직 일어날 시간이···."

"그렇지. 얼굴이라도 한 번 더 보려고."

"딸바보로 워낙 유명하시니까."

대수롭지 않게 넘기기는 했지만, 하퍼와 눈을 마주친 올리버의 얼굴에 불안함이 스쳐 지나갔다.

"라이트 원, 통제실입니다. 통신은 가능합니다만 사유를 알려주실 수 있나요?"

"케이프, 별다른 사유는 없습니다. 그냥 딸아이 자는 모습 한 번 더 보고 싶어요."

"네, 국장님께서 교신을 원하십니다."

이윽고 드래곤 캡슐 천장에 달린 32인치 모니터에 톰의 얼굴이 떠올랐다.

"루크, 무슨 문제 있나?"

"그럴 리가요."

"자네 이번이 몇 번째 우주비행이지?"

"열네 번째입니다."

"우리가 찾아봤는데, 발사대기 시간 동안 외부 통화를 요청한 건 처음이더군. 혹시 무슨 이유라도 있나?"

"딸아이가 자꾸 눈에 밟혀서요. 녀석이 태어나고 나서 다섯 차례 비행은 모두 전날 통화를 했거든요."

"갓난아기일 때도?"

"그때는 얼굴만 봤습니다."

루크의 흔들리는 마음을 알아차렸는지, 톰의 질문이 집요했다. 두 사람을 지켜보는 보는 올리버와 하퍼의 얼굴에도 심상치 않은 기류가 느껴졌다.

"그래, 그럼 연결하겠네."

"네, 감사합니다."

두 사람의 우려와 달리 루크의 표정은 여전히 차분하고 담담했다. 잠시 후, 두세 번 벨 소리가 울리자마자 아내 멜리사가 화면에 나타났다.

"루크?"

멜리사의 휴대전화 화면에 우주복을 입고 5점식 벨트로 단단히 고정된 루크가 떠올랐다.

"엠마는?"

"자고 있어요."

멜리사의 목소리가 속삭이듯 작아졌다.

"얼굴 한 번 볼까?"

멜리사가 휴대전화 카메라를 엠마 쪽으로 향했다. 불빛 하나 없는 어두운 방이었지만, 몸을 돌린 채 잠들어 있는 엠마의 얼굴이 선명하게 드러났다.

"당신이랑 그린 그림, 돌아오면 완성하겠다고 꼭 쥐고 잠들었어."

엠마 옆에는 삐뚤빼뚤 선으로 이루어진 로켓과 우주복을 입은 루크의 그림이 놓여 있었다.

"그래, 일주일이면 돌아오니까 엠마한테도 잘 말해주고."

"무슨 문제 있는 거 아니지?"

"그럴 리가. 인사해, 올리버와 하퍼야."

루크가 양쪽에 앉은 두 사람을 화면 가운데로 끌어모았다.

"안녕하세요, 형수님."

"또 뵙네요. 안녕하세요!"

어색했는지 올리버와 하퍼가 더 밝은 목소리로 인사했다.

"네, 다들 좋아 보여요. 이번 비행 무사히 성공하기를 응원할게요."

"네, 걱정 마십시오!"

"라이트 원, 통화 중 죄송합니다. 발사 전 체크리스트 시작해주십시오."

동시에 루크의 헤드셋으로 통제실의 교신이 들려왔다.

"케이프, 알겠습니다."

"멜리사, 궤도에 올라가면 다시 연락할게. 엠마한테 안부 꼭 전해주고!"

멜리사가 미소로 고개를 끄덕이는 걸 보며 루크는 종료 버튼을 눌렀다.

"케이프, 고마워요. 그럼 발사 전 체크리스트 시작하겠습니다."

***

T 마이너스 20분 31초.

"벤트^{vent} 밸브."

"클로즈드^{closed}."

"백업 플라이트 시스템."

"발사모드$^{launch\ configuration}$."

"주 컴퓨터 모드로 변경."

"확인^{confirmed}."

발사를 20여 분 앞두고, 세 사람은 파이널 체크리스트를 시작했다. 창밖으로는 액체연료를 냉각하면서 생긴 하얀 김이 피어오르고 있었다.

T 마이너스 8분 51초.

드래곤 캡슐과 발사대를 연결하던 브리지가 해제되었다.

T 마이너스 5분 00초.

드래곤 캡슐의 보조전원장치$^{Auxiliary\ Power\ Unit}$의 전원이 켜지고, 팔콘 9X의 고체로켓 부스터의 점검이 완료되었다.

T 마이너스 2분 00초.

세 명의 승무원이 헬멧을 착용하고 햇빛 가리개를 내렸다.

T 마이너스 50초.

드래곤 캡슐의 전원이 내부 배터리로 완전히 전환되었다.

T 마이너스 30초.

케이프커내버럴의 통제실에서 발사 최종 승인이 떨어졌다.

T 마이너스 16초.

발사 소음을 줄이기 위한 막대한 양의 물이 발사대 주위로 뿜어
져 나오기 시작했다.

T 마이너스 10초.

팔콘 9X 로켓의 주 액체연료 로켓이 점화되기 시작했다.

T 마이너스 4.9초.

팔콘 9X 로켓의 메인 엔진이 거대한 화염을 일으키며 점화되었
다. 3.7초 후 두 기의 고체연료 로켓이 막대한 추력을 내뿜기 시작
했다.

"리프트 오프 컨펌^{confirmed}."

중력가속도의 일곱 배가 넘는 힘이 세 사람을 찍어눌렀다.

"라이트 원, 이륙 확인."

광대한 로켓 소음에 묻혀 통제실의 교신 소리가 제대로 들리지
않았다. 오직 스크린 위에서 빠르게 변화하는 고도와 숫자만이 하
늘로 떠오르고 있음을 짐작케 했다.

"발사 후 200초, 고도 100.3킬로미터, 속도 초속 2.1킬로미터."

하퍼가 스크린 숫자들을 담담하게 읽어냈다. 올리버는 무덤덤한
얼굴로 스크린을 바라보고 있었다.

"평소보다 덜 흔들리는군."

루크가 유사시 발사를 중단할 수 있는 비상 레버에서 손을 천천
히 떼며 말했다.

"매번 적응이 안 돼요."

어느새 올리버의 오른쪽 창밖으로 푸르른 지구의 경계면이 드러
나기 시작했다. 올리버는 오른손으로 팔걸이를 꽉 쥐고 있었다.

"방송에서는 그렇게 말하면 안 되지."

"네, 가족들한테도요."

조금 긴장이 풀렸는지, 올리버가 씨익 웃으며 루크를 돌아보았다.

"라이트 원, 발사 상태 양호합니다. 곧 1단 분리하고 지구-달 천이 궤도에 진입합니다."

"케이프, 확인했습니다."

루크가 스크린에 나타난 비행 궤적을 유심히 살피며 대답했다. 모든 게 자동으로 이루어지는 지금, 세 우주인이 할 일이라고는 오토파일럿이 수만 번의 계산 끝에 내놓은 결과물을 스크린에서 확인하는 것뿐이었다.

잠시 후, 로켓의 진동이 잦아들더니 텅, 하는 소리와 함께 1단 로켓이 분리되었다. 그리고 몇 초 후 2단 로켓이 점화되면서 세 사람의 몸이 다시 등받이에 바짝 붙었다.

"누가 보면 말이야."

롤러코스터와 같은 흔들림이 잦아들자, 몇십 초의 침묵을 깨고 루크가 입을 열었다.

"우리가 매 순간 수백 개의 변수를 읽고 판단하는 줄 알겠어. 실상은 이렇게 가만히 앉아만 있을 뿐인데 말이지."

거대한 헬멧과 선바이저 탓에 가운데 앉은 루크는 고개를 돌리는 것도 여의치 않았다.

"그래도 뭐 보이는 게 전부는 아니니까."

평소와 달리 대꾸가 없자, 루크가 멋쩍은 듯 팔걸이에 걸친 하퍼의 오른손을 쥐었다.

"아무튼 다들 고마워. 이번 임무에 참여해줘서."

사실 라이트-어웨어 미션은 원래 루크 쇼에게만 제안된 임무였다. 불필요한 위험을 최소화하기 위해 나사와 미국 정부는 3개월 전 루크에게만 이 임무의 계획을 알렸다.

루크가 임무를 수락한 건 상상을 초월하는 보수 때문만은 아니었다. 백업 멤버로 지정된 올리버와 하퍼가 자신들도 꼭 함께하겠다고 톰 국장을 설득한 것이다.

"얼른 임무를 마치고 무사히 복귀하자고."

평소 같았으면 바로 호응했을 동료들이 아무런 대꾸가 없었다.

"루키rookie같이 긴장하기는."

아직 로켓의 추진력 때문에 고개를 돌리는 게 쉽지 않았다. 루크가 하퍼의 손을 꼭 쥐며 말했다. 그렇게 하퍼의 손을 잡고 흔드는 순간, 루크는 무언가 잘못되었음을 직감했다.

하퍼의 오른손을 몇 번을 쥐었다가 폈지만, 아무런 반응을 보이지 않았다.

4

무의식 (Unconsciousness)

2031년 4월 10일

"상태 양호. 지구주차궤도$^{earth\ parking\ orbit}$에 성공적으로 진입했습니다."

궤도담당 직원의 보고에 발사통제실에서 탄성들이 터져 나왔다.

"언론 상황은?"

톰이 여전히 팔짱을 꼭 낀 채 물었다. 그의 시선은 스크린 구석, 주요 방송사의 생중계 화면에 가 있었다.

"발사 성공 소식만 전할 뿐 특이 사항은 없습니다."

"다행이군."

톰은 콘솔에 몸을 기대며 지그시 눈을 감았다.

지난 35년 동안 나사에 근무하면서 그는 통제실을 떠난 적이 없었다. 승무원과의 교신을 담당하는 캡콤^{CAPCOM}을 거쳐 발사통제관 그리고 국장에 이르기까지. 늘 언론의 집중포화를 받는 자리일 뿐 아니라, 비밀스러운 임무가 끊이지 않았기에 매번 카페인 음료를 몇 잔씩 들이켜 마신 듯 각성 상태를 유지해야만 했다.

"오토파일럿을 인터널^{internal} 모드로 전환하고, 30분마다 궤도 상황 보고하세요. 혹여나 통신이 또 끊길지도 모르니."

아직 다크홀까지는 38만 킬로미터 넘게 남아 있었지만 톰은 진행 수칙에 맞게 상황을 보고받는 게 안전할 거라 판단했다. 다크홀 주위에서 불규칙적으로 통신 장애가 발생해 처음 두 차례 무인탐사선은 손도 쓰지 못하고 달 너머로 날려 보낸 적이 있었다. 그때의 비통했던 심정은 지금도 가슴에 선명하게 남았다.

그렇지만 이중 삼중의 백업 장치를 가진 우주선의 오토파일럿 V7은, 지구의 통제 없이도 알아서 목적지로 데려다줄 수 있을 뿐 아니라, 어느 지점에서도 지구로의 귀환이 가능했다. 어쨌든 모든 게 원칙대로 진행되고 있으니 이제 한시름 놓아도 되겠지. 톰은 경직되어 있던 팔짱을 풀었다. 한숨 돌리려는데 갑자기 캡콤 자리의 직원 하나가 번쩍 손을 들었다.

"신호가 이상합니다!"

불길한 예감이 머리를 스쳤다. 톰이 곧바로 그의 자리로 뛰어 내려갔다.

"뭐지?"

승무원과의 통신을 담당하는 헨리^{Henry}는 문제를 파악하느라 정신이 없었다.

"괜찮아, 천천히 해도 돼."

톰은 자신의 캡콤 시절을 떠올리며 헨리의 어깨에 지그시 손을 올렸다.

"20초 전부터 승무원 생체 신호가 들어오지 않습니다."

"……."

"벌써 통신 장애가 생긴 걸까요?"

어느새 다가온 벤자민이 콘솔 옆으로 바짝 붙으며 물었다.

모니터에 시선을 고정한 헨리의 얼굴이 잔뜩 굳어 있었다.

"그런데 루크 선장의 데이터는 정상입니다. 올리버와 하퍼만 갑작스럽게……."

"이륙 과정에서 생체 모니터가 떨어졌을 수도 있잖아."

"그것도 생각해봤는데……."

헨리가 화면을 클릭하자, 올리버의 이름이 떠올랐다.

"보시다시피 뇌파 데이터만 블랙아웃이고, 심박수와 호흡수는 들어오고 있습니다."

"방금 생체 신호가 다 안 들어온다며."

"심박수가 잡히기는 하는데……."

헨리가 다시 화면을 조작하자 올리버의 심전도와 호흡수 그래프가 떠올랐다.

"보시다시피……."

화면에 나타난 심전도는 익숙한 모양이 아니었다. 규칙적인 QRS파는 사라지고, 계단 모양의 사각파square wave가 뛰고 있었다.

"이건 사람의 신호가 아니야."

"저도 그렇게 생각합니다."

공학에 조금이라도 지식이 있는 이라면, 이 파형이 오실로스코프oscilloscope에서 흔히 보던 디지털 형태임을 알 수 있었다.

"신호 교란이 오면서 오류가 생긴 것 같아. 루크에게 교신 해봤어?"

"네, 세 차례 호출했지만 아무런 답이 없습니다."

"일단 루크 데이터는 정상이라니까 우주선 캡슐에 문제가 생긴 건 아닐 거야. 일단 계속 모니터링 하고 루크와 교신을 계속 시도해 보지."

가까스로 사태를 수습했지만, 톰은 불안함을 억누를 수 없었다.

***

"하퍼! 하퍼!"

아직 헬멧을 벗지 않은데다 선바이저까지 내려진 탓에 안색을 확인하는 건 불가능했다. 루크는 벨트를 풀고 계속해서 그의 가슴을 두드렸다. 하지만 아무런 반응도 없었다.

"케이프, 라이트 원. 케이프, 라이트 원!"

루크가 계속 교신을 시도했지만, 돌아오는 건 백색 잡음뿐이었다.

루크는 등골이 서늘해졌다. 요란스런 소동이었음에도 우주선 안은 고요하기만 했다. 그러니까 자신의 왼편 올리버 역시 이 소란을 알아차리지 못하고 있는 것이다.

"설마…."

루크가 무중력 공간에서 몸을 돌려 올리버를 보았다. 마치 뒷자리에 고정된 휴머노이드 로봇처럼, 그 역시 경직된 채 아무런 움직임이 없었다.

"올리버! 올리버!"

침착하기로 둘째가라면 서러울 루크였지만, 지금은 그럴 수가 없었다. 방금까지 농담을 주고받던 동료 둘이 갑작스럽게 정신을 잃어버리다니.

"우선 호흡부터….

루크는 훈련 상황을 떠올렸다. 의식을 잃으면 제일 먼저 기도를
확보하고 호흡 상태를 확인해야만 했다. 드래곤 캡슐은 일곱 명이
탑승할 수 있는 크기였지만, 그렇다고 아주 넉넉한 공간은 아니었
다. 루크가 하퍼의 몸을 고정하고 있던 벨트를 풀자, 그의 몸이 서서
히 공중으로 떠올랐다.

그를 바닥에 밀어낸 다음, 루크는 헬멧과 우주복을 연결하고 있
던 래칫을 풀었다. 두터운 헬멧을 걷어내고 나자 눈을 감은 채 고요
한 하퍼의 얼굴이 나타났다.

"하퍼, 정신 차려! 하퍼!"

뺨을 몇 차례 때리며 기색을 살폈다. 평온하기만 한 얼굴은 마치
깊은 잠에 빠진 것만 같았다.

"케이프, 라이트 원! 승무원 둘이 의식을 잃었다. 케이프, 라이트
원! 응답하라.

재차 교신을 시도했지만 응답은 없었다.

루크는 하퍼를 바닥에 그대로 둔 다음 이번엔 올리버에게로 다가
갔다.

"조금만 참아….

중력이 없다는 게 이토록 애석하기는 처음이었다. 아무런 무게도
느껴지지 않는 올리버의 몸을 들면서 루크의 머릿속에는 오만가지
생각이 스쳐 지나갔다.

세 명의 우주인 중 두 명이 동시에 의식을 잃는 건 극한의 훈련
상황에서도 가정해본 적이 없는 일이었다. 원망과 탄식에 앞서 혼

자만이라도 정신을 차려야 한다는 압박감이 중력 대신 루크를 짓눌렀다.

"올리버! 올리버!"

하퍼 옆에 나란히 누운 그의 표정도 한없이 평온하기만 했다. 마치 죽음을 맞이한 것처럼.

"케이프, 라이트 원. 현재 교신 불가 상황이지만, 기록을 남깁니다. UTC 07시 31분. 올리버와 하퍼가 의식을 잃은 채로 발견되었으며, 현재 생체 징후는…."

그제야 센터 스크린에 나타난 두 사람의 심전도를 확인했다. 의학적으로 설명되지 않는 사각 파형이 보였다. 루크는 단번에 그것이 오류일 거라 판단했다.

"생체 징후는 오류로 인해 확인 불가합니다."

동시에 양 손가락을 하퍼와 올리버의 경동맥에 촉지했다.

"맥박은 없습니다. 호흡도 없습니다."

예상했던 대로 두 사람은 완벽한 심정지 상태였다.

"체온은 유지되고 있으며, 현재 중력이 없는 상태로 심폐소생술은…."

루크는 심폐소생술이 불가능한 줄 알면서도 하퍼의 가슴에 양손을 가져다 대었다. 딱히 몸을 고정할 수 있는 장치가 없어 흉부 압박을 시도하자마자 하퍼의 몸이 반대로 튕겨 나갔다.

"불가능합니다."

쓰러진 하퍼와 올리버를 번갈아 보며 루크는 심호흡을 했다. 시야에 자동제세동기의 위치를 알리는 스티커가 들어왔다.

"현재 에이시스톨asystole로 추정되며 제세동이 의미 없는 상황입니다. 무중력 공간에서의 심폐소생술은 불가능함을 다시 한번 고지합니다."

어떤 급박한 상황이 닥치더라도 자신은 능숙하게 해내리라 믿었다. 지구에서 가장 위기대처 능력이 좋은 사람이 바로 자신이라고 자부했다. 하지만 최근 1주일 사이에 가장 엄격한 메디컬 테스트를 통과한 두 사람이, 그것도 건강으로는 둘째가라면 서러울 동료들이 이렇게 무심히 떠나리라고는 예상치 못했다.

이제 동료들의 회생은 불가능하다는 사실을 인정하고, 가능한 한 자원을 쓸데없이 낭비하지 않는 게 우주인의 덕목인지도 몰랐다. 세 평 남짓한 이 작은 캡슐 안에서 심장마비가 온 건장한 남성들을 살릴 수 있는 방법은 떠오르지 않았다.

'원인. 원인이 있을 거야.'

루크는 다음 타깃이 자신이 되어서는 안 된다고 생각했다.

'우주선$^{cosmic\ ray}$? 산소 누출?'

자신이 가진 모든 과학 지식을 동원하며 루크는 지금 상황을 설명하려 애썼다. 센터 스크린을 터치하며 숫자들도 확인했다.

실내 공기 조성

질소 78%, 산소 21%, 이산화탄소 0.7%

상대습도 51%, 대기압 101.4kPa

사실 헬멧을 벗고도 긴 시간 숨을 쉴 수 있었다는 건 공기 조성에 문제가 없다는 걸 뜻했다. 그럼에도 루크는 지금 사태의 원인을 현실이 아닌 모니터의 숫자들에서 찾고자 했다.

"이산화탄소 중독은 아닌 것으로 보입니다. 계기반의 수치도 정상이며, 이산화탄소 중독 증상도 없습니다."

스스로에게 되뇌듯 루크는 일방적인 교신을 계속했다.

"하지만 계측기가 오류를 발생시킬 경우를 대비해 헬멧을 착용하고 개별 생존유지장치를 작동하겠습니다. 더불어 비상 귀환절차를 시작합니다."

루크는 공중에 떠다니던 헬멧을 잡아 착용하고 장갑을 꼈다. 이미 지구-달 천이 궤도를 향해 가는 드래곤 캡슐은 궤도 어느 지점에서라도 지구로 귀환할 수 있었다.

"비상매뉴얼 3.4."

허벅지에 달린 태블릿을 켜고 비상대응절차를 확인했다.

"지구와 교신 불가. 탑승객 건강의 심각한 위협 상황."

그리고 매뉴얼에 나온 내용을 큰 소리로 따라 읽었다. 그렇게 하는 게 불안을 잠재우기 위한 고육책임을 루크 자신도 잘 알았다.

"선장 또는 선장 권한 대행 단독으로 지구귀환 결정. 복귀 코드 AC08EX."

루크가 태블릿에 뜬 코드를 스크린에 입력하기 시작했다. 잠시 후, 스크린 가장자리가 붉은색으로 변하더니 비상상황을 알리는 경보음이 두 번 울렸다.

비상 귀환 프로세스를 시작합니다. 경로 계산 중….

스크린에 입력된 메시지를 확인한 루크는 좌석에 등을 바짝 붙이고 벨트를 여몄다. 이륙한 지 얼마 되지 않았기 때문에, 귀환은 곧바로 이루어질 것이다.

　소중한 동료들을 잃었지만, 이제 엠마를 만날 수 있겠다는 생각이 문득 떠올랐다. 마음이 복잡해진 루크는 우선 빨리 지구로 복귀해야 한다는 생각만 했다. 하지만 이내 스크린에 떠오른 메시지를 보자 작은 희망마저 산산조각이 나는 것만 같았다.

　경로 계산 오류.
　명령을 수행할 수 없습니다.
　지구 귀환 불가. ERROR CODE: 122

5
예상치 못한 비행 (Unexpected Flight)

2031년 4월 10일

비행운용$^{FOD\ 1)}$ 콘솔의 올리비아^{Olivia} 얼굴이 사색이 되었다. 방금까지 안정적인 비행을 하던 드래곤 캡슐의 위치가 갑자기 바뀌었다. 더 정확히 말하면, 드래곤 캡슐은 지상으로부터 2,400킬로미터 떨어진 지점에서 공전하지 않은 채 '멈춰' 있었다. 상식대로라면 초속 5.4킬로미터의 속도로 지구 주위를 공전해야 할 우주선이 지구와 달을 직선으로 잇는 한 지점에 닻을 내린 듯 고정된 상태였다.

"국장님!"

올리비아가 톰을 향해 손을 흔들었다. 평소 같으면 비행감독관에게 먼저 보고를 해야 했지만, 지금은 그럴 상황이 아니었다.

"FOD, 말씀하세요."

이미 우주선이 안정적인 궤도에 접어 들었기에 올리비아의 호출

---

1) 비행운용관. 우주인과 우주선의 상태를 감시하는 임무를 맡고 있다.

은 예상치 못한 것이었다.

"라이트 원의 움직임이 이상합니다."

"알고 있습니다."

통제실 전면에 위치한 대형 스크린에는 우주선의 위치가 실시간으로 업데이트 되고 있었다. 지구 주위를 천천히 돌아야 할 우주선의 위치가 한 지점에 고정되어 있다는 걸 톰도 진즉에 발견했다.

"캡슐의 통신 장비가 전반적으로 문제인 것 같아요. 일단 관련 기기 복구에 최선을 다합시다."

길이가 고작 10여 미터에 불과한 캡슐을 지상에서 능동적으로 추적하는 건 어려웠다. 드래곤 캡슐의 위치와 속도 방향 등 모든 물리 정보는 캡슐에 장착된 위치신호기^{Transponder}를 통해 이곳으로 전송되었다.

지구 주위에 있는 모든 물체는 그에 맞는 중력을 받는다. 지구 공전궤도를 따라 도는 물체는 반드시 거리에 맞는 속도를 가지고 지구 주위를 회전해야만 했다. 적어도 과학의 역사가 시작된 이래, 그 물리법칙이 들어맞지 않은 일은 단 한 번도 없었다.

"트랜스폰더는 정상입니다."

"그게 무슨 의미지?"

"그러니까 고도 정보는 정확히 들어오고 있습니다. 저희가 레이더로 추적한 값하고 완전히 일치하는…."

톰은 어느새 올리비아 옆에 다가서 있었다.

"고도, 각속도, 가속도계 모두 정상이에요. 오직 속도만 초속 마이너스 5.4킬로미터입니다."

"마이너스란 것은?"

올리비아도 이해가 되지 않는다는 듯, 선뜻 말을 꺼내지 못했다.

"그러니까… 모든 고도 정보는 이상이 없지만, 지구를 따라 공전하는 게 전혀 아니란 거죠. 한 자리에 멈춰 서 있는 겁니다."

"라그랑주 점 같은 건가?"

"지구와 달 사이의 라그랑주 점은 여기서 한참을…."

"알아, 내 말은…."

우주 공간엔 작은 천체가 두 개의 큰 천체의 중력을 받아 고정된 자리에서 지속적으로 머물 수 있는 5개의 위치가 있다. 이 위치를 라그랑주 점이라고 하는데, 인공위성도 지구와 달 사이에 정지해 있는 경우가 종종 발견되기도 했다.

그러나 지구와 달 두 천체의 인근에는 태양이라는 거대한 중력원이 존재하므로 지구-달 사이의 라그랑주 점은 유명무실에 가까웠다.

"그게 아니면 우주 한 지점에 멈추어 있을 수는 없다는 거야. 분명 트랜스폰더 이상이거나, 아니면 전파 교란일 수 있어."

두 우주인의 생체신호가 멈춘 건 그래도 받아들일 수 있었지만, 지구 저궤도를 돌고 있던 우주선이 멈추었다는 건 도저히 믿을 수 없는 일이었다.

"우선 다르파DARPA 2)에 연락해 정확한 위치부터…."

올리비아가 콘솔에 매달린 수화기를 집어 들자, 톰이 바로 제지했다.

"안 돼. 우선 우리끼리 해결해야 해."

"네?"

---

2) 미국 국방고등연구계획국

"문제가 생긴 걸 다른 부서에서 알면 안 된다고."

저궤도를 도는 모든 인공물체들은 미국 국방부 산하 다르파의 감시망을 통해 추적되고 있었다. 라이트 원이 스스로 보고하는 위치가 부정확하다면, 미국 국방부의 우주 레이더망을 통해 그 위치를 파악하면 될 일이었다. 그러나 다크홀 탐사가 극비인 이상 지금은 톰의 말을 따라야 했다.

올리비아가 수화기를 내려놓은 걸 확인하고 톰은 통제실 중앙에 서서 양손을 높이 들고 박수를 쳤다.

"자, 여러분. 지금 우리는 80년 유인우주탐사에서 가장 난해한 순간을 맞이했습니다."

톰의 목소리가 점점 격정적으로 커졌다.

"세 명의 승무원 중 두 명의 건강 상태가 확인되지 않고 있습니다. 동시에, 우주선의 위치 정보 역시 부정확합니다. 이 모든 건 의도적, 혹은 비의도적인 통신 교란에 의한 것으로 생각됩니다. 따라서 여러분들은 라이트 원과 교신할 우회 통로를 찾는 데 최선을 다해주시기 바랍니다."

지난 몇십 분 동안의 혼란에서 톰이 내린 결론은 '의도적인 통신 교란'이었다. 다크홀 탐사를 주도하는 건 미국이었지만, 그걸 탐탁지 않게 여기는 국가들은 존재했다.

특히 다크홀은 실재하지 않으며, 그걸 빌미로 미국이 달 탐사의 주도권을 완전히 장악하려는 음모라는 주장이 꾸준히 이어졌다. 아직 그 방법을 알 수 없었지만, 톰은 모든 통신 신호를 무력화하는 재밍^{jamming}을 충분히 뛰어넘을 만큼 고도의 군사 기술이 개입되었을 거라 생각했다.

"앞으로 한 시간 내 적절한 방법을 찾지 못하면, 국방부에 정식으로 도움을 요청할 생각입니다."

톰의 발언에 통제실 안이 술렁였다.

"이게 얼마나 여러분들의 자존심을 상하게 하는지 잘 알고 있습니다. 늘 그랬듯이 저는 우리가 곧 해답을 찾아내리라 믿습니다."

톰이 다시 한번 박수를 치고 각자의 자리로 돌아가라는 제스처를 취했다.

***

루크는 계속해 거대한 모니터와 씨름하고 있었다.

고전적인 우주선들과 달리 드래곤 캡슐에는 천장에 매달린 3개의 32인치 모니터가 계기반의 전부였다. 중앙 좌석 팔걸이 밑에 숨겨진 조이스틱이 있긴 했지만, 이미 이 최첨단 우주선은 사람의 손으로 컨트롤할 수 있는 범위를 넘어선 지 오래였다.

계속해서 에러코드를 띄우는 비행통제컴퓨터에게 할 수 있는 것이라고는 손가락으로 화면을 터치하면서 다른 명령을 내리는 것뿐이었다.

"복귀 코드, AC08EX이 맞고…."

루크가 가진 매뉴얼에는 비상 귀환이 불가한 경우 어떤 방법으로 탈출할 수 있는가에 대한 해결 방안은 나와 있지 않았다. 그것은 지상에서 이루어진 수천만 번의 시뮬레이션에서도 가정해본 적이 없는 일이었다.

바닥에 뉘어 놓았던 올리버와 하퍼의 몸이 서서히 공중으로 떠오르자, 루크가 허망한 눈으로 그들을 바라보았다. 원인도, 이유도 알수 없었지만, 지금은 두 동료의 죽음을 애도하고 있을 상황이 아니었다. 방사선이든, 아니면 이름 모를 바이러스든, 갑작스럽게 동료들을 앗아간 원인을 해결하지 않으면 그다음 차례는 자신이었다.

"케이프, 라이트 원입니다. 들립니까?"

혹여나 교신이 연결될지도 모른다는 마음에 계속해서 통신을 시도했지만, 아무런 답신도 들려오지 않았다.

"망할!"

가까스로 유지하던 평정심이 무너지자 루크는 신경질적으로 모니터를 내려쳤다. 지난 수십 번의 우주비행에서 단 한 번도 이런 모습을 보인 적이 없었다. 동료들에게도, 자기 자신에게도.

루크는 누구보다 잘 알았다. 자신이 '좋은 우주인'이 될 수 있었던 건, 역설적으로 언제 어디서든 누군가 자신을 바라보며 평가하고 있다는 '시선'을 느끼고 있었기 때문이라는 걸. 그게 동료든 교신이든, 다른 사람과의 상호작용이 있었기에 루크는 그토록 출중한 우주인일 수 있었다.

하지만 그 모든 게 사라져버린 지금, 그가 가까스로 감추어왔던 어두운 면들이 드러나고 있었다.

"말도 안 돼. 완전히 망했어!"

루크는 처음으로 우주선 안에서 욕설을 내뱉었다. 잘 짜인 매뉴얼도, 의학과 생리학의 상식들도 적용되지 않는 지금, 루크가 믿을 거라곤 온전히 자기 자신밖에 없었다.

"케이프, 라이트 원. 루크 쇼입니다."

루크는 더 이상의 시도가 무의미하다는 걸 절실하게 깨달았다.

"혹여나 이 우주선이 지구에 비상 착륙하게 될 경우를 대비해 녹음을 남깁니다."

루크는 차분히 캡슐 안을 둘러보았다. 언제든 명령만 내리라는 듯, 꼿꼿한 휴머노이드 로봇 두 기 그리고 우주복을 갖춰 입고 몸을 쭉 편 채, 공중을 떠다니는 두 명의 동료. 꿈속에서도 상상해보지 못한 최악의 상황이 펼쳐지고 있었다.

"저와 올리버 그리고 하퍼는 라이트-어웨어 미션 수행을 위해 최선을 다했습니다. 이륙 직후 하퍼와 올리버가 갑작스레 의식을 잃었으며, 심폐소생술이 불가능한 현 상황에서 안타깝게 두 사람을 보내야만 했습니다."

담담하게 말을 이어가던 루크의 시선이 창밖을 향했다. 잠깐. 뭔가 이상했다. 수십 번도 더 본 풍경이었기 때문에 루크는 단번에 알아차릴 수 있었다.

몸을 일으킨 루크는 출입문에 난 창에 헬멧을 바짝 붙였다. 얼핏 보면 평소와 다를 것이 없었다. 창 밑으로는 푸르른 지구의 하늘과 새하얀 구름이 빠르게 지나가고 있었다. 하지만 이미 열 차례 넘는 우주비행으로 숙련된 감각은 평소와 다른 궤도의 이상 현상을 간파했다. 대륙과 바다의 경계면은 평소에 느꼈던 속도감보다 훨씬 더 느리게 움직이고 있었다.

"너무 느려. 이건…."

당황한 루크는 모니터 화면 쪽으로 고개를 돌렸다. 이윽고 궤도 정보를 확인하자 얼굴이 일순간에 굳어졌다.

"이건 말도 안 돼."

모니터의 3D 궤도 화면에 의하면, 루크가 타고 있는 우주선은 우주 공간의 한 지점에 정지해 있었다. 유독 지표면이 느리게 지나갔던 것은, 우주선이 한 지점에 고정되면서 배경이 지구의 자전 속도만큼만 움직였기 때문이다.

"완전히 잘못됐어! 완전히!"

루크는 모니터와 창밖을 번갈아 보며 이성을 잃지 않기 위해 노력했다. 인간의 갑작스러운 죽음은 이해할 수 있었다. 명확히 설명할 수 없어도 늘 일어나는 일이니까. 하지만 물리학의 법칙이 깨지는 건 이해할 수 없었다. 그가 경험한 우주는 늘 예측 가능하며 안정적이고 평온한 공간이었다.

6
어둠 속으로 (Into the DARK)

2031년 4월 10일

    십여 분 창밖을 관측한 끝에, 루크는 자신이 타고 있는 이 우주선이 무언가에 붙잡혀 있다고 확신했다. 멈추고 움직이는 건 늘 상대적이지만, 적어도 지구와 달 입장으로 보면 그랬다.
    좌석 밑에서 *끄집어낸* 조이스틱을 꼭 쥔 채 루크는 모니터를 바라보았다.

    지구 저궤도에서의 수동 조종은 매우 위험하며 통제 불능의 상황을 초래할 수 있습니다. 계속 진행하시겠습니까?

    지금 루크가 쥔 조이스틱은 국제우주정거장과의 랑데부에 문제가 생기거나, 달 착륙 과정에서 낙하지점을 조정할 필요가 있을 때를 대비한 것이었다. 그것도 이중 삼중으로 백업 하드웨어를 가진 오토파일럿이 완전히 고장 났을 때나 가능한 상황이었다.

"루크 쇼. 아이디 LY0719. 진행을 승인한다."

두터운 장갑을 낀 루크가 마지막 음성 인증 단계를 통과했다.

수동 조종 오버라이드 실행

건조한 인공지능 음성과 함께 드래곤 캡슐이 크게 덜컹거렸다. 동시에 모니터에는 외부 카메라 화면이 실시간으로 나타났다.

"접근 각도는 5.3도…."

루크가 가상 십자가를 보며 천천히 조이스틱을 밀었다. 기체가 조금 기울어지자, 거대한 남미 대륙이 보였다.

"케이프, 라이트 원. 비상 대기권 진입을 시도한다."

꿈쩍도 하지 않을 것 같았는데, 우주선은 조이스틱과 한 몸이 된 것처럼 기민하게 반응하고 있었다.

이제 조이스틱을 더 깊게 민 다음, 액체 추진 로켓을 점화하여 속도를 높이는 일만 남았다. 지구 대기권으로 진입하는 건 아주 작은 오차도 허용되지 않는 정밀한 과정이었지만, 지금은 계산 같은 걸 할 수 없었다. 그저 본능과 운을 따라 낙하하는 수밖에.

마지막 결심을 마친 루크는 액체 추진 로켓의 노즐을 정렬하기 위해 우주선을 천천히 기울였다. 원래대로라면 노즐의 방향이 지구를 향해야 했다. 그러나 지금은 모든 지시를 정반대로 내려야 했다. 이해할 수는 없지만, 지구와 우주선의 상대속도가 0에 가까워 지구로 향하기 위해서는 감속이 아닌 가속이 필요했다.

결국 지구를 등진 상태가 되어야만 지구로 돌아갈 추진력을 얻을 수 있었다. 그렇게 조심스럽게 드래곤 캡슐의 방향을 전환하자, 모니터에 달의 모습이 나타났다. 아직 출발도 하지 못한 거나 마찬가지였기에, 달의 크기는 지구에서 보던 것과 크게 다르지 않았다. 루크는 모니터에 떠오른 '점화' 버튼을 누르기 위해 심호흡을 했다. 그때 거무스름한 무언가가 루크의 시선을 잡아끌었다.

* * *

케이프커내버럴 발사통제실의 시계를 뚫어지라 쳐다보던 톰이 이내 마이크를 집어 들었다.

"의미 있는 대책이 나왔습니까?"

한 시간을 주겠다고 했지만 톰의 인내심은 20분을 채 버티지 못했다. 분주하게 방안을 찾던 직원들이 움직임을 멈추고 눈치만 살필 뿐 선뜻 손을 들지 못했다.

"좋습니다. 30분 남았습니다."

톰이 마이크를 내려놓으려는데, 맨 앞 열 콘솔의 올리비아가 손을 들었다.

"국장님, 잠시만요!"

모두의 시선이 그녀를 향했다.

"보고하세요."

"지구 저궤도 2,403킬로미터 지점에서 이상 신호가 발생했습니다."

"라이트 원인가요?"

"아닌 것 같습니다."

톰이 한숨을 크게 내쉬었다.

"올리비아, 지금 우리에게는 시간이….""

"드래곤 캡슐의 신호는 아니지만, 유사한 패턴이 데이터베이스에 저장되어 있습니다."

"무슨 신호?"

톰이 팔짱을 낀 채 계단을 내려가고 있었다.

"그런데 그게….""

"얼른 보고하세요. 뭐든 간에."

톰의 시선은 콘솔 화면 대신 올리비아를 향했다.

"엄밀히 말하면 새로운 신호가 잡혔다기보다는, 이 주위에서 신호 왜곡이 발생하면서 교란이….""

"올리비아."

인내심이 바닥난 톰이 그녀가 잡고 있던 마우스를 빼앗았다.

"지구 저궤도에는 수만 개가 넘는 인공위성이 있어요. 그들 중 50% 이상은 이미 통제를 상실한….""

곧이어 콘솔 화면을 확인한 톰의 얼굴이 굳어졌다. 스크린의 상단엔 아직 분석 중이라는 메시지가 깜빡이고 있었지만, 지구의 저궤도를 상세히 보여주는 그래픽 위로 신호 유실 지역을 나타내는 동그란 원이 표시되어 있었다. 그리고 그 윤곽은, 달 궤도 인근에서 다크홀이 처음 발견되었을 때의 모습과 닮아 있었다.

***

"말도 안 돼!"

루크는 눈앞에 펼쳐진 광경을 믿을 수 없었다. 아니, 눈앞에 '펼쳐

지지 않은' 광경이라는 표현이 더 정확했다. 큰 동전만 한 달의 왼쪽 절반이 마치 베어 먹은 것처럼 동그랗게 잘려 있었다.

"이산화탄소, 이산화탄소 농도…!"

루크가 서둘러 우주복 왼팔에 달린 디스플레이를 확인했다. 이산화탄소 농도가 높아지면 환각이 생겨날 수 있었다. 루크는 생존 유지장치 이상으로 자신이 이산화탄소에 중독된 것이라 생각할 수밖에 없었다.

우주복 이산화탄소 농도: 0.01%

농도가 정상임을 확인하자 루크는 래칫을 풀고 헬멧을 벗어 던졌다. 앉은 좌석에서 아래쪽으로 몸을 기울인 채 한 발로 서 있던 바닥을 밀어냈다. 그의 몸이 둥실 떠오르면서 우주선 바닥에 난 쪽창으로 날아갔다.

두 눈으로 직접 확인한 광경은 더 선명하고 웅장했다. 마치 부분일식이 일어난 것처럼, 달의 절반가량이 검은 호로 가려져 있었다.

"일식, 월식, 아니야. 이 위치에서는 아니야."

가까스로 부여잡은 이성의 끈을 놓쳐버릴 것 같았다. 41년의 생애 동안 이성과 과학이 설명할 수 없는 순간은 경험해보지 못했다.

'위치! 거리를 알아야 해.'

루크의 머릿속에 떠오른 것은 고전적인 '삼각법'이었다. 눈앞에 보이는 게 만약 새로 생겨난 다크홀이라면, 그 거리를 아는 게 중요했다.

루크는 몸을 돌려 캡슐 안을 살폈다. 맨 왼쪽 좌석으로 날아가 자리에 앉은 다음, 쪽창을 통해 보이는 윤곽의 위치를 바디캠으로 촬영했다. 곧이어 맨 오른쪽 좌석으로 자리를 옮긴 루크는 다시 쪽창을 향해 사진을 찍었다.

"맙소사!"

좁디좁은 우주선 캡슐 양 끝에서 바라본 광경은 굳이 정밀 분석이 필요하지 않았다. 왼쪽과 오른쪽 끝에서 본 달의 윤곽은 일반인도 알아차릴 수 있을 만큼 확연하게 달랐다. 그것은, 달을 가리고 있는 것의 위치가 관측자와 아주 가까운 곳에 있다는 걸 의미했다.

그제야 루크는 일련의 사태가 이해되는 듯했다. 달 인근에서 발견된 다크홀은 주변에 아무런 해를 끼치지 않았지만, 유독 전파 신호만큼은 모두 집어삼키는 특징을 가지고 있다. 그 범위가 넓지 않아 지구와 달 사이의 통신에 피해를 주지는 않았지만, 마치 싱크홀처럼 가까운 주위의 전파들을 빨아들이는 것이다. 케이프커내버럴과의 통신이 모두 불통이 된 건 새롭게 생긴 다크홀이 아주 가까이 있음을 증명하고 있었다.

좀처럼 뛰지 않던 루크의 가슴이 쿵쾅거리기 시작했다.

"올리버, 하퍼."

루크는 캡슐 구석으로 밀려난 동료들을 돌아보았다.

'선장님, 다크홀이 부르면 어떻게 하실 거죠?'

루크는 문득 발사 전날 하퍼가 던진 농담이 떠올랐다.

'다크홀이 부른다니 무슨 말이야.'

'다크홀에 중력 이상은 없다고 하지만, 인간은 원래 무언가로 빨려 들어가고 싶은 본능이 있다고 하잖아요. 녀석이 눈앞에 턱 하니 있으면, 안으로 들어가고 싶지 않을까요?'

'무슨 말도 안 되는….'

이들의 원래 임무는 다크홀 경계 지점 10킬로미터까지 접근한 다음, 유선으로 연결된 무인 탐사선을 보내 내부를 정밀 탐사하는 것이었다. 다크홀이 물체를 끌어당긴다는 증거는 찾을 수 없었지만 최소한의 안전을 위해 거리를 두는 것이 원칙이었다.

그리고 무인 탐사선의 탐사 결과 별다른 이상이 없을 경우 세 사람이 탄 드래곤 캡슐이 다크홀의 초입까지 진입을 시도하는 게 그 다음 계획이었다.

'혹시 알아요? 그 안으로 들어가면 새로운 세상이 펼쳐질지.'

'새로운 세상이라니… 사이언스픽션에서나 나올 법한 얘기잖아. 지금 우리가 사는 이 세상이 제일 새로운 곳이야. 다른 곳에 가도 마찬가지라고.'

'심오한 말씀이네요.'

하퍼의 마지막 웃음소리가 루크의 귓가를 맴돌았다. 오랜 동료라는 이유만으로 이 위험한 임무에 자원해준 친구들이었다. 루크는 그들의 무력한 죽음에 아무런 도움도 주지 못한 자신이 너무도 미웠다.

"하퍼, 너는 이미 알고 있었구나."

지금까지 몇 시간 동안의 경험들은 그의 상식을 완전히 뒤바꿔 놓았다. 루크는 전에 없었던 혼란으로 스스로가 나약해지는 것처럼 느꼈다.

"이 세상에서 빛을 보지 못했다면….."

조이스틱을 움켜쥐고 서 있던 루크는 천천히 스틱을 오른쪽으로 꺾었다. 그러자 달을 향해 로켓 노즐을 세우고 있던 드래곤 캡슐이 서서히 회전하며 방향을 180도 바꾸기 시작했다.

"새로운 세상에 답이 있겠지."

우주선이 방향 전환을 마치자 루크는 다시 헬멧을 쓰고 자세를 고쳐 잡았다.

"케이프, 라이트 원. 임무를 계속 수행합니다."

7

어둠 속으로 II (Into the DARK II)

2031년 4월 10일

"이건 말도 안 돼!"

톰 국장이 탄식하듯 말했다.

"국방부와 우주감시국에 보고할까요?"

올리비아가 조급하게 물었다.

"며칠이나 걸렸지?"

"어떤 것 말씀이시죠?"

"발견부터 보고까지."

"그때는 학계에서 먼저 논의된 거라…."

가까스로 정신을 차리고 있었지만, 톰의 심장은 터질 것처럼 뛰었다. 갑작스럽기는 했어도 두 번째 다크홀이 맞다면 지금까지의 일어난 일들은 어느 정도 설명이 가능했다. 모든 전파 영역대에 걸친 통신 교란은 다크홀이 드래곤 캡슐과 밀접한 거리에 있다는 것을 뜻하는 것이기도 했다.

"우선은 라이트 원과의 교신 회복에 집중합시다. 승무원들의 안전이 최우선이니까."

톰이 스크린에서 눈을 떼며 말했다. 애써 침착하게 행동하려고 애쓰는 게 역력해 보였다. 이미 통제실의 분위기는 잔뜩 얼어붙었다.

이번 유인탐사는 다크홀의 정체를 밝혀냄과 동시에 그 주위에서 일어나는 통신 교란의 원인을 파악하기 위한 목적도 있었다. 무엇보다 아직 인간의 지능만큼 돌발 상황에 최적화된 알고리즘은 없었기 때문에 시작된 유인탐사 작전인데, 최고의 전문가들이 수년 동안 머리를 싸매고도 해결하지 못한 '통신 교란' 문제를 지금 당장 해결하라는 건 억지에 가까웠다.

"국장님."

올리비아가 먼저 총대를 메고 일어섰다. 계단으로 향하던 톰이 멈춰서서 돌아보았다.

"어렵다는 건 잘 알고 있지만, 저희 선에서 더는 어떻게 할 수 있는 일이 아닌 것 같습니다. 즉시 상부에 보고를 드려야 할 것 같아요."

올리비아의 제안은 톰의 자존심을 건드렸다. 얼굴이 붉어진 톰이 다시 올리비아에게 성큼성큼 다가갔다.

"상부? 무슨 상부?"

"지구 저궤도에 다크홀이 새롭게 생겨났을 가능성이 높습니다. 간접적인 형태나 신호 교란 패턴이 똑같아요."

"그래서?"

"승무원들의 안전을 진정으로 생각하신다면, 상위 기관에 정식으로 요청해서 구조대라도 파견해야 합니다…."

올리비아는 이미 자신이 주제넘은 말을 하고 있다는 걸 잘 알았다. 하지만 이렇게라도 하지 않으면, 톰은 문제를 숨기고 덮는 데만 급급할 것이었다.

"구조대? 로켓이 무슨 비행기처럼 아무 때나 발사할 수 있는 줄 아나?"

"고도가 고작 2,000킬로미터밖에 되지 않습니다. 민간우주발사장에는 수 시간 내에 발사 가능한 로켓들이 줄지어 서 있어요. 지금이라도 도움을 요청…."

"무슨 도움?"

톰이 올리비아의 말을 가로챘다. 어느새 다른 직원들도 자리에서 일어나 둘의 팽팽한 대치를 지켜보고 있었다. 그러나 톰은 그런 시선은 개의치 않는다는 태도였다.

"우리나라 최고의 우주인 세 명이 실종되었어요. 그 원인도 추정이 되고요. 그냥 이렇게 손을 놓고 있을 건가요?"

"올리비아."

어느새 톰은 그녀 앞으로 바짝 다가와 있었다. 톰을 설득시키긴 어려울 거라 예상했지만 여기서 물러나면 승무원들의 목숨은 보장할 수 없었다. 주춤하던 올리비아도 물러서지 않고 버텼다.

"새로운 다크홀을 발견해 아직 흥분이 가라앉지 않았나 본데…."

"흥분한 건 국장님이신 것 같은데요."

올리비아가 마주 보며 당당히 맞섰다.

"그 입 닫고 내 말 들어."

톰의 눈빛이 금방이라도 폭발할 듯 강렬했다.

"국장님!"

멀찍이서 벤자민이 끼어들려 했지만, 톰이 손을 들어 제지했다. 그러고는 화를 억누르며 또박또박 말을 이었다.

"네가 발견한 게 정녕 다크홀이 맞다면 인류는 역사상 가장 큰 위협에 직면한 거야."

"그게 무슨 뜻이죠?"

"국장님, 그러니까 얼른 상부에 보고를…."

어느새 옆으로 다가선 벤자민을 톰이 노려보고 있었다.

"한 번은 자연현상으로 볼 여지가 있지만, 두 번은 그렇지 않아. 지금 네 콘솔에 떠오른 분석 결과가 맞다면, 인류는 누군가의 의도적인 공격을 받는 거라고."

"그건 지나친 해석이에요."

"아니, 위에서는 그렇게 생각하지 않을 거야."

"그러니까 그 대단한 분들의 의견을 좀 들어보자고요. 절차에 따라 보고를 하자는데 왜 막는 거죠?"

거듭된 설득에 톰이 잠시 머뭇거렸다.

"보고 뒤엔 돌이킬 수 없어. 그게 맞든 틀리든 감당할 수 없는 일이 발생할 거야."

"그건 알 바 아니죠. 우리는 우리 임무를…!"

"그러니까, 먼저 승무원들과의 교신 회복에 집중하라고. 그곳에 가장 가까이 있으니까. 그들의 의견과 보고를 먼저 확인한 다음, 그다음에 알려도 늦지 않아."

"국장님!"

먼저 등을 돌린 톰은 빠르게 계단 쪽으로 걸어갔다.

"국장님, 잠시만요!"

올리비아가 다시 불렀지만, 톰은 뒤돌아보지 않았다.

***

"케이프, 라이트 원. 다크홀로 추정되는 천체와 아주 가까워진 것 같습니다."

루크는 여전히 홀로 교신을 시도했다. 이젠 불안하기 때문만은 아니었다. 아직 모든 상황을 다 이해할 순 없지만, 하나의 실마리를 잡은 것은 분명했다. 다크홀을 발견한 이상 그 안으로 뛰어들어야 한다. 목숨을 잃은 동료들을 위해서라도 마지막 임무를 수행해야 한다고 다짐하며 루크는 스스로를 다독였다.

다크홀은 아무런 빛도 신호도 내보내지 않았다. 그렇기에 그것의 위치를 직접 추정하는 것은 불가능했다. 다크홀로부터 가려진 별빛들을 통해 간접적으로 평면 위의 위치를 추정할 뿐이었다.

이차원 공간에서 그것이 어디에 있는지는 비교적 쉽게 알 수 있었지만, 문제는 거리였다. 검은 천과 같은 다크홀 입구를 통해 조금씩 앞으로 나아갔다. 하지만 루크는 도통 진정한 입구가 어디인지 알 수 없었다. 처음의 패기와 다르게 조이스틱을 쥔 그의 손도 거의 중립 위치로 옮겨갔다.

"하퍼, 올리버. 너희들이 보고 싶어 하던 거야."

루크는 나지막하게 동료들을 향해 말했다. 하지만 다시 헬멧을 씌운 상태로, 선바이저까지 내려놓은 탓에 그들의 얼굴은 보이지 않았다. 그게 그나마 나았다.

"이 세계에서 답을 찾을 수 없다면, 저 너머에서는 알 수 있을까?"

루크가 의미심장한 얼굴로 바닥에 누운 두 사람을 돌아보았다. 그러다 뒷좌석 휴머노이드 로봇에게도 말을 걸었다.

"너희들도 함께하길."

드래곤 캡슐은 이제 추진력을 더하지 않고도 제법 빠른 속도로 다크홀 입구를 향해 나아갔다.

만약 이곳이 달 근처였다면, 오토파일럿 V7이 수억 번의 계산을 통해 예정된 지점으로 캡슐을 이동시켰을 것이다. 하지만 인공지능은 이러한 예상치 못한 상황에서는 늘 꿀 먹은 벙어리였다.

"케이프, 라이트 원. 마지막 교신을 보냅니다. UTC 11:14:31. 저 루크 쇼는 두 명의 동료와 함께 다크홀 탐사 미션을 수행하고 있습니다."

긴장한 듯 루크의 말이 조금씩 늘어졌다.

"현재 다크홀의 위치는 지구 고도 2,014킬로미터. 달의 중심부로부터 NW 91도 지점이며 입구의 너비는 대략 110킬로미터로 추정됩니다."

어느새 캡슐의 전면 유리창 절반을 다크홀이 뒤덮었지만, 암순응된 그의 눈은 그것을 잘 알아차리지 못했다.

"현재 드래곤 캡슐의 속도는 지구로부터 초속 마이너스 0.1킬로미터이며, 현재 속도라면 다크홀 입구 근처에 도달하기까지는…."

말이 채 끝나기도 전에 갑자기 드래곤 캡슐 전체가 덜컹거렸다. 마치 교각 사이의 이음매를 지나는 자동차처럼, 충격은 짧고 또 강렬했다.

동시에, 센터 스크린에 각종 경고메시지가 떠오르기 시작했다.

주 엔진 연료 누설 확인

터보펌프 압력 확인

자이로스코프 오작동. 백업 장치로 전환

캐빈 압력 감소

추진계통부터 생존유지시스템까지. 경고메시지가 한 번에 다 떠오르지 못하고 계속해서 순환하며 사태의 심각성을 알렸다.

시스템 전체 오작동^{System Total Failure}

그리고 그 많은 메시지들을 감당할 수 없었는지, 우주선의 임무컴퓨터는 결국 붉은색 글씨로 최악의 상황을 알렸다.

"빌어먹을!"

루크가 우주복의 생존유지장치를 내부^{internal} 모드로 전환했다. 동시에 개인 태블릿을 열어 비상매뉴얼을 확인했다.

"시스템 전체 오작동… 2-1 챕터, 시스템 전체 오작동 메시지가 뜰 경우, 내부 회로차단기의 메인 스위치를 오프 상태로 이동한 후…."

매뉴얼을 읽어 내려가는 루크의 목소리가 심각하게 떨리고 있었다. 차분하려고 애썼지만 그럴 수 없었다. 죽음이 임박했다는 공포감보다, 자신이 겪은 이 기이한 일들을 모두 전할 수 없을 것이라는 두려움이 더 컸다.

"맞아. 서킷 브레이커."

뭔가 떠오른 듯 루크가 벨트를 푼 다음 우주선 뒤편의 회로 단자

함으로 향했다. 별다른 손상 없이 동시에 수백 개의 경고메시지가 뜰 경우 우선 '재부팅'을 해보는 것은 우주에서나 지상이에서나 마찬가지였다.

워낙 서둘러 이동한 탓에 루크는 모니터 옆에 붙여 두었던 딸 엠마의 사진이 떨어진 것도 알아차리지 못했다. 작년 이맘때 집 앞에서 둘이 찍은 이 사진을 루크는 하루에도 몇십 번씩 챙겨 보곤 했다.

"메인 스위치를 오프로 놓고…."

회로차단기 가장 상단에 놓인 푸쉬풀$^{push-pull}$ 스위치를 잡아당겼다. 동시에 우주선 내부의 전원이 완전히 나갔다.

"십, 구, 팔, 칠…."

차분하게 카운트다운을 마치고 다시 스위치를 밀었다.

하지만 딸깍 소리 외에는 아무런 반응이 없었다.

다시 스위치를 당겼다가 밀었지만 마찬가지였다.

"케이프, 라이트원. 케이프! 라이트원!"

고도로 단련된 최고 우주인의 인내심도 여기까지였다.

다시 살기 위해 모험을 강행했지만, 결국 우주선의 전원을 모두 끊어버리고 말았다. 생존유지장치와 추진계통을 비롯한 모든 시스템의 전원이 나가버린 이 차가운 우주선에서, 이제 루크가 할 수 있는 건 아무것도 없었다.

8
오래된 지구 (Old Earth)

2031년 4월 10일

우주선의 생존유지장치가 꺼지자마자, 창 안쪽으로 서리가 짙게 끼기 시작했다. 영하 273도에 가까운 우주 공간과 27도의 실내 공간 사이에는 그저 10센티미터 두께의 단열 패널이 있을 뿐이었다. 루크의 체온을 제외한 모든 열원이 사라진 지금, 두 공간이 급속도로 평형에 이르는 건 자연스러운 일이었다.

'전원, 전원을 회복하자.'

방금까지만 해도 역동적으로 움직이던 것과 달리, 루크는 본능적으로 에너지 소모를 줄이기 위해 애쓰고 있었다. 말을 하지 않는 것도 그중 한 방법이었다. 루크는 객실 바닥의 비상 해치로 향했다.

일곱 명이 탑승하는 객실 공간 아래는 오토파일럿 컴퓨터와 배터리 같은 게 위치한 기계실이었다. 임무 도중에 여길 들어가는 경우는 손에 꼽을 정도였다.

해치 입구를 가린 채 누운 하퍼와 올리버를 옆으로 밀어 내고 핸들을 돌렸다. 잠시 후, 공기가 미세하게 새어 나가는 소리와 함께 해치가 위로 열렸다. 동시에 공기 흐름을 따라 천천히 떠다니던 사진 한 장을 잽싸게 낚아챘다.

"큰일날 뻔했군."

루크는 활짝 웃고 있는 엠마의 얼굴을 보며 자신도 모르게 미소를 지었다. 사진을 조심스럽게 우주복 외부 포켓에 넣은 다음, 작은 사다리를 타고 기계실로 향했다. 창문조차 없는 이곳은 암흑 그 자체였다.

헬멧의 라이트를 켜자, 그제야 비좁은 공간에 가득한 장비들이 모습을 드러냈다. 평소 같으면 수백 개의 작은 LED 등들이 깜박이며 건재함을 과시했겠지만, 지금은 아무것도 작동하지 않았다. 무엇부터 건드려야 하는지 감도 잡기 어려웠다.

그때 객실과 기계실을 연결하는 해치 너머로 거대한 그림자가 드리워졌다. 불길한 느낌이 들자 다시 사다리를 잡은 다음 서둘러 객실로 내려갔다.

해치를 반쯤 통과한 루크의 시야에 검은 무언가가 들어찼다. 어느새 코앞까지 다가온 다크홀이, 루크가 타고 있는 우주선을 금방이라도 집어삼킬 듯 그 위용을 드러냈다.

***

"국장님! 잠시만요."

이번에는 올리비아도 가만있지 않았다. 통제실 계단 끝까지 뛰어오른 그녀가 톰의 오른팔을 낚아챘다. 당황한 톰이 멈춰 서서 뒤돌아보았다.

"지금 뭐 하는 거지?"

그가 으르렁거리듯 인상을 썼다.

"국장님이 하지 않으면, 제가 직접 하겠습니다."

"무슨 소리를 하는 거야!"

"보고요. 새로운 다크홀이 발견되었다는 걸 알리고, 즉시 구조를 요청해야 해요. 시간이 없어요."

"올리비아."

"그동안의 기록을 보면 교신이 끊기고 네 시간 이내에 탐사선들이 안으로 들어갔어요. 가장 빠른 건 두 시간 이내였고요."

"그런데?"

"그 전에 구조대를 보내서 우주인들을 구해야만 해요."

"올리비아, 단단히 착각하고 있나 본데."

톰이 다른 시선들을 의식하며 목소리를 낮췄다.

"이번 임무의 가장 큰 하이라이트가 바로 인간이 다크홀 안으로 들어가는 거야."

"그건 달 근처에 있는 첫 번째 녀석이죠. 지금 새롭게 발견된 게 아니고요."

"그렇지. 아니, 어쩌면 잘 된 것일 수도 있지. 멀리 달까지 돌아가지 않아도 되니까."

"뭐라고요? 그걸 지금 말이라고!"

"올리비아, 잘 들어."

톰이 그녀의 팔에 슬쩍 손을 얹었지만, 올리비아는 신경질적으로 쳐냈다.

"승무원의 안전은 저에게도 책임이 있어요. 무슨 말씀을 하시든 저는 보고를 진행하겠습니다."

"그래, 보고했다고 가정해보자. 그럼 자네 뜻대로 구조대가 일사 천리에 날아가리라 생각하나?"

"국장님이 막지만 않는다면요."

"아니, 나는 그럴 힘이 없어."

"지금까지 승무원들 안전에는 관심도 없고 계속 구조요청을 막고 계시잖아요!"

참을성이 한계에 다다른 올리비아가 목소리를 높였다.

"올리비아, 이건 옳고 그름의 문제가 아니야. 안정과 혼란의 문제 라고."

"옳고 그름의 문제가 아니라고요? 우리 손으로 보낸 우주인들을 살리는 게 옳고 그름을 따져야 하는 일인가요?"

"우주인들은 원래 다 그 정도 리스크는 감수해야 하는 거야. 우리 는 그보다 지구에 남은 사람들을 생각해야 한다고."

"그게 무슨 궤변이죠?"

올리비아가 미간을 잔뜩 찌푸렸다.

"다크홀이 지구 저궤도에 새로 생긴 게 알려지면 전 세계가 큰 혼 란에 빠질 거야. 외계인이 침공한다면서 혼란을 부추기는 사람들도 생기겠지."

"그건 국장님이 걱정할 일이 아니잖아요."

올리비아를 설득하는 게 불가능하다는 걸 깨달은 톰이 바닥을 내 려다보며 고개를 끄덕거렸다.

"올리비아, 이미 백악관에서 상황을 검토 중이야."

"뭐라고요?"

"자네가 서두르기 전부터 상부에 다 보고드린 상태였어."

"구조대는요?"

"민간우주업체는 끌어들일 수가 없어."

"그럴 줄 알았어요. 당신들 체면이 우선이니까!"

"올리비아, 그게 아니라…."

톰이 눈에 초점이 풀리는가 싶더니 갑자기 바닥으로 쓰려졌다.

"톰!"

"국장님!"

지켜보던 직원들이 소스라치게 놀라며 둘에게 달려왔다.

"국장님, 정신…."

하지만 계단으로 뛰어 올라오던 직원들도 마치 심장마비가 온 듯 그 자리에 주저앉더니 풀썩 쓰려졌다.

"오, 맙소사!"

몇 계단 아래서 상황을 지켜보던 올리비아가 입을 다물지 못했다. 층계를 오르려던 그녀 역시 눈앞이 캄캄해지는 것을 느끼며 그 자리에 쓰려지고 말았다.

***

"아직 아니야! 아직 아니라고!"

조이스틱을 이리저리 흔들었지만 소용없었다. 드래곤 캡슐의 전면 창은 다크홀의 검은 장막으로 완전히 가려졌다.

아직 어떠한 변화도 생기지 않았지만, 루크는 이것이 마지막임을 직감했다. 다크홀 내부를 탐사한 무인 탐사선들은 무사히 귀환했다. 하지만 그건 어디까지나 무생물일 뿐이었다. 갑작스럽게 생겨난 새로운 다크홀. 완전히 전원이 나가버린 우주선. 그리고 죽음을 맞이한 지 세 시간도 더 된 두 명의 동료들. 루크는 왼팔을 들어 우주복 디스플레이를 바라보았다.

남은 산소 잔량. 03:41:14

아직 네 시간 가까이 시간이 있었지만, 우주선의 전원을 복구하고 지구로 귀환하기에는 턱없이 부족했다. 이윽고 우주선이 다크홀 내부로 완전히 들어서자 칠흑 같은 어둠이 내부를 감쌌다. 자신의 우주복에서 새어 나오는 빛이 유일한 광원이었다.

수백 개의 계측기가 예측했던 대로, 다크홀 내부는 평온했다. 빛이 사라졌다는 것만을 빼고는 그저 우주 공간을 떠다니는 것과 다를 바가 없었다. 중력 이상을 동반한 덜컹거림도, 시간 여행을 하는 것 같은 빛들의 질주도 없었다. 마치 깊은 터널 속에 정지한 것처럼, 다크홀 내부는 고요했다.

눈을 감은 채 얼마나 시간이 흘렀을까. 루크는 우주복 상의 포켓을 열고 엠마의 사진을 꺼내 들었다. 곧 죽음을 앞둔 아빠가 할 수 있는 것이라고는, 딸에게 전할 수 없는 유언을 남기는 일뿐이었다.

조작 창에서 '음성 녹음'을 선택했다. 하지만 어떤 말을 꺼내야 할지 몰라 음성 녹음 장치 하단의 흘러가는 시간만 바라보았다.

"엠마, 아빠다."

딸 이름을 불러놓고 잠시 눈을 감았다. 머릿속에 할 말을 정리하고 다시 눈을 떴지만 감고 있는 것과 아무런 차이가 없었다.

"먼저 아빠가 짧은 출장을 간다고 거짓말한 건 미안하다. 아빠가 하는 일이 늘 위험하다 보니 너에게 있는 그대로 말할 수는 없었단다. 아니, 다시."

루크는 마음에 들지 않았는지 녹음을 중단했다.

"엠마, 아빠는 지금 인류의 역사에서 가장 중요한 임무를 수행 중이란다. 인간이 한 번도 가보지 못했던 곳, 우주를 만드신 신께서 장난스럽게 보여주신 자연환경을 탐사하기 위해. 아니, 다시."

유언장을 처음 써보는 건 아니었다. 20대에 첫 번째 우주비행을 나가던 그때부터 루크는 늘 컴퓨터 바탕화면에 유언장을 저장해놓곤 했다. 하지만 딸에게 직접 남기는 건 처음이었다.

아직 어리기만 한 딸이 이 음성을 언제 들을 수 있을지, 혹여나 아빠가 느끼는 공포감이 그대로 전달되지는 않을지, 오만가지 감정이 머릿속을 휘젓고 다녔다.

"엠마, 아빠는 너를 사랑했고 영원히 사랑한단다. 아빠가 보이지 않더라도, 곁에 없다 하더라도 실망하지 말고 늘 네 옆에 있다는 걸 명심…."

그렇게 신파 같은 유언이 녹음되고 있을 무렵, 아주 작은 빛 하나가 루크의 눈을 부시게 했다. 마치 긴 터널의 끝이 임박했다는 듯 빛은 점점 면적을 넓혀 가며 루크의 시선을 끌었다.

이 세상의 끝이 다가오는 걸까. 불나방처럼, 눈앞의 빛에 온갖 신경이 곤두선 루크는 자세를 고쳐 잡았다. 이윽고 동전 크기만 한 빛이 점점 커지더니 그 윤곽을 드러내기 시작했다. 처음에는 하나인 것처럼 보이던 빛들이 이제는 여러 개로 나뉘면서 숫자가 늘어나고 있었다.

"하퍼, 올리버. 너희들이 바라던⋯."

고개를 돌려 눈으로 동료를 찾던 루크는 당황스러웠다.

"하퍼? 올리버?"

몸을 180도 돌려 찾았지만 없었다. 두 사람의 시신이 온데간데없어졌다.

"하퍼! 올리버!"

벨트를 풀고는 캡슐 안을 샅샅이 살폈다. 하지만 두 사람의 흔적은 찾을 수 없었다.

"망할. 환각이 왔군."

루크는 드디어 스스로가 미쳐가고 있다고 생각했다. 그 원인을 찾는 건 더는 무의미했다. 죽음을 앞두고 어떤 경험을 하는지는 배워본 적이 없으니까. 그리고 다시 창밖으로 시선을 겨눈 루크의 얼굴이 순식간에 창백하게 변했다.

지구.

그토록 다시 돌아가고 싶던 푸르른 지구의 윤곽이 선명하게 드러나고 있었다.

9
지구들 (Earths)

2031년 4월 10일

목표가 생겼다.

파란 지구의 색채.

짧지만 극한의 어둠에 갇혀 있던 루크에게 '색'은 분명 강렬한 자극이었다. 두 명의 동료가 사라지고, 알 수 없는 긴 터널을 지났지만, 이것이 현실인지 가상인지는 중요치 않았다. 간만에 떠오른 불빛을 향해 뛰어드는 날벌레처럼, 루크는 지금 저 푸른 지구가 보이는 출구를 향해 나아가야만 했다.

하지만 그가 할 수 있는 것은 없었다. 동력원을 완전히 잃어버린 이 작은 우주선은 이미 그의 통제를 벗어나 있었다.

마치 영화의 클라이맥스를 기다리는 관객처럼, 루크는 그저 쪽창에 얼굴을 붙인 채, 이 지옥 같은 시간이 어서 끝나기만을 기다렸다.

"케이프, 라이트 원. 다크홀을 지나 다시 바깥으로 나가고 있다. 교신이 들리면 응답하라."

통신 장비가 먹통이라는 걸 모르는 게 아니었다. 우주복에 장착된 출력 15와트짜리 개인 통신기의 전파가 케이프커내버럴까지 닿는 기적을 바랄 뿐이었다.

"라이트 원의 선장 루크 쇼입니다. 이 프로젝트는 다크홀을 탐사하기 위해 2031년 4월 9일 시작되었으며, 현재 저는 지구 저궤도에서 동력을 잃은 우주선에 탑승한 채 표류 중입니다."

루크는 우주 공용 비상 통신주파수를 통해 교신을 시작했다. 이것은 극비리에 수행되는 임무를 만천하에 공개하는 것이나 다름없었다. 하지만 비슷한 고도를 돌고 있는 인공위성이나, 국제우주정거장에서라도 자신을 발견한다면….

"이 비상 구조 요청은 드래곤-91 캡슐 내부의 모델 넘버 알파, 브라보, 찰리 원 우주복에서…."

다급하게 다이얼을 조작하며 교신을 내보낼 무렵, 창밖의 무언가가 시선을 끌었다. 처음에는 허상이라 생각했다. 그러니까 차가워진 캡슐 안 공기가 진공 상태의 바깥에서 전해진 빛을 굴절시켜 만든 허상이라고.

그리고 몇 초 후 루크는 이것이 환각이라고 생각했다. 이산화탄소 중독이든, 아니면 저체온증이든, 자신의 인지 기능에 심각한 이상이 왔다고 받아들이는 것이 훨씬 현실적이었다. 그러나 너무나 또렷한 광경에 루크는 실제 보이는 것을 부정할 수 없었다.

"이건 말도 안 돼."

지구와 완전히 똑같이 생긴 행성들이 우주 공간을 따라 끊임없이 이어져 있었다.

어느새 30분이란 시간이 훌쩍 넘어버렸다. 루크는 눈앞에 펼쳐진 광경에 할 말을 잊은 채 창 밖만 뚫어져라 바라보았다. 시야를 가리는 검은 장막 같은 다크홀은 더 이상 보이지 않았다. 드래곤 캡슐 사방에 난 쪽창마다 지구와 닮은 행성이 가득했다. 오직 평면을 따라 끝없이 배열된 '푸르른 지구들'.

루크는 이 기이한 현상을 이해하기 위해 꽤 많은 시간을 허비하고 있었다. 정확히 말하면 미동도 하지 않고 눈알만 굴리면서 이 사실을 과학적으로 설명하기 위해 애를 썼다. 눈을 감았다가 떠보기도, 머리에 충격이 가해질 만큼 헬멧을 강하게 때려보기도 했다.

혹시나 양 눈의 수정체에 이상이 생겼을까, 우주복의 바디캠으로 촬영한 영상을 이리저리 돌려보기도 했다. 결과는 마찬가지였다.

지금 이 유인탐사선이 떠 있는 바깥에는 그 개수를 가늠할 수 없는 지구가 마치 잘 정리된 바둑판 위 바둑돌처럼 가지런히 배열되어 있었다. 그게 현실임을 받아들이는 데는 30분도 걸리지 않은 것이다.

모든 지구는 같은 방향으로 자전하고 있었지만, 완전히 동일한 형태는 아니었다.

바로 밑에서 자전하고 있어 자세히 볼 수 있는 두세 개의 지구들을 살핀 결과, 루크는 이것들이 각자의 개성을 가지고 있다는 걸 확인했다. 대륙의 경계선은 대체로 일치했지만, 구름의 패턴은 명확하게 달랐다.

가장 가까운 지구도 대략 10,000킬로미터 이상 떨어져 있었기에,

지상에 무엇이 있는지는 알아볼 수 없었다. 하지만 아무것도 살고 있지 않다고 하기엔, 생동감이 넘치는 지구가 분명했다.

"루크 쇼. 세 번째 메시지."

루크는 다시 음성 기록을 시작했다.

"2031년 4월 10일 UTC 14:41:31. 다크홀을 통과한 이후 새로운 현상을 발견했다. 이곳의 공간은 우리가 떠나온 지구와 동일한 행성으로 가득하다. 정확히 말하면, 지구들이 무한한 행렬처럼 평면 위에 가지런히 배열되어 있다. 각각의 지구는 천천히 자전하고 있으며, 서로의 영역을 침범하지 않는 듯하다. 정확한 개수는 가늠할 수가 없다. 수평선, 아니 지평선으로 보이는 곳까지 배열은 수없이 이어져 있다. 대략 그 개수가… 육안으로 셀 수 없는 규모다."

녹음을 마친 루크는 스스로 생각해도 어이가 없었는지 헛웃음을 터트렸다.

"정신병원에 입원해도 되겠어."

믿기지 않았지만 믿지 않을 도리가 없었다. 이것이 꿈이라면 이보다 더 생생한 자각몽은 없으리라.

어쩌면 자신은 사후 세계 비슷한 곳에 도착한 건지도 모른다고 생각했다. 그것만이 과학적 사고를 훈련받은 그가 내릴 수 있는 유일한 결론이었다.

"하퍼, 올리버. 먼저 도착했으면 좀 알려주지 그랬어."

루크가 텅 빈 객실 안을 둘러보았다. 아무런 반응도 없는 휴머노이드 로봇만이 섬뜩하게 느껴졌다.

"루크 쇼. 네 번째 메시지."

할 수 있는 것이라고는 기록을 남기는 것밖에 없었다. 그저 미치지 않기 위해 말을 멈추지 않아야만 했다.

"모든 지구는 각자의 개성을 가지고 있는 듯하다. 어떤 건 구름이 가득 차 있고, 또 다른 건 허리케인이 득실거리고 있다. 자전 속도는 모두 동일하다고 판단되며 서로 중력의 영향을 받지 않는 것처럼 안전거리를 잘 유지하고 있다. 지상의 구조물이나 궤도 위의 인공물체는 여기서 식별할 수가 없다. 이상."

루크가 짧은 녹음을 마치고는 자리에 몸을 고정했다.

차라리 꿈이었으면…. 루크는 다크홀 바깥으로 나온 이후 처음으로 눈을 감았다. 이것이 꿈이라면 다시 다른 꿈속으로 빠져드는 거겠지. 거기서라도 평온을 찾을 수만 있다면.

루크는 가상과 현실의 경계가 무너지는 것을 느끼며 잠시 잠을 청했다. 이 모든 혼돈이 자고 일어나면 해결될 수 있기를. 지금 그의 바람은 오직 그것 하나뿐이었다.

* * *

산소 잔량이 7% 남았습니다. 즉시 도킹을 시도하세요.

얼마나 시간이 지났을까, 루크의 단잠을 깨운 건 우주복 생존유지장치의 경보음이었다. 아직 잠에서 완전히 깨지 못한 루크가 왼팔의 디스플레이를 확인했다.

산소 잔량: 7%
남은 유영 가능 시간: 20분 미만

"살아 있었던 건 확실하군."

산소가 떨어지고 있다는 건 생물학적으로 숨을 쉬고 있다는 증거였다. 그것마저 환상일 가능성은 없었지만 평소 같았으면 충전 스테이션을 향해 허둥지둥 달려갔을 터였다. 하지만 이젠 그럴 필요를 못 느꼈다. 삶과 죽음의 경계가 애매해진 지금, 우주복의 경보음은 그저 그에게 살아있음을 알리는 이정표처럼 느껴졌다.

배터리 잔량: 67%
예상 사용 가능 시간: 8시간 40분

"배터리는 충분히 남아 있고…."

육신은 죽어도 우주복은 살아남으리라. 루크는 곧 닥쳐올 질식의 공포보다 자신이 남겨놓은 기록들이 잘 전달되기를 바랄 뿐이었다.

"루크 쇼. 다섯 번째 메시지."

루크는 아무런 조치도 취하지 않은 채 다시 등받이에 몸을 기댔다.

"외부 상황은 큰 변동이 없다. 수십억 개의 지구들은 평온히 배열되어 있으며, 나를 향해 다가오는 인공물체 따위는 없다. 어쩌면 저들은 외딴 우주선을 발견할 만큼 발달하지 않은 문명인지도 모른다."

괴이한 광경을 마주하고 난 뒤, 루크는 내심 구조대가 나타나기를 기다렸다. 한 개의 지구보다는 수십억 개의 지구에서 구조대가 올 확률이 더 높을 테니까. 아직 그것을 헛된 희망으로 치부하기는 이르지만, 잠에서 깬 루크는 차라리 구조되지 않는 편이 낫겠다고 생각했다.

마치 타임머신을 타고 수천 년을 뛰어넘은 사람처럼 루크는 자신의 눈앞에 펼쳐진 세상을 도무지 이해할 수도, 이해하고 싶지도 않았다.

"어쩌면 지구도 생명체였는지 모르겠다. 아주 긴 시간에 걸쳐 생식했을 수도 있겠지. 그래서 자손을 낳고 또 자손을 낳고….."

스스로도 어이가 없었는지 루크는 웃음을 터트렸다. 웃음소리가 점점 커지자 광기에 가까워졌다.

"나, 루크 쇼는 인류 역사상 가장 장엄한 발견과 가설을 제시하면서 인생을 마무리 지으려 한다. 지구는 혼자가 아니었다. 짝도 있고 친구도 있고, 인간처럼 서로 모여 살기도 한다."

이성을 잃은 채 막말을 쏟아내는데, 갑자기 센터스크린의 전원이 눈에 들어왔다. 하얗게 켜진 스크린 때문이었을까. 루크가 반사적으로 눈을 질끈 감았다.

동시에 우주선 안의 생존유지장치가 작동을 시작하면서 작은 진동과 공기 순환음이 들려오기 시작했다.

"맙소사!"

그제야 루크는 우주선에 다시 전원이 들어왔음을 알아차렸다. 어찌 된 영문으로 우주선에 전원이 들어온 건지는 몰랐지만, 이것은 그의 운명이 한 차례 더 뒤바뀔 수 있다는 걸 의미했다. 죽음을 각오했지만 죽고 싶지는 않았다.

드래곤 캡슐에는 세 명의 우주인이 3주일 동안 생존할 수 있는 공기와 식량 그리고 전원이 있었다. 혼자서라면 그보다 더 긴 시간 동안 살 수 있는 확률도 높아진다. 갑작스럽게 삶에 대한 의지가 불타오른 루크는 벌떡 일어나 센터디스플레이를 조작했다.

실내 대기 농도: 확인 중
마스터 전원 상태: 양호
시스템이 동면 모드에서 복귀되었습니다.

"동면 모드?"

난생처음 들어보는 문구에 저절로 고개가 갸우뚱해졌다. 하지만 지금은 그런 걸 따질 겨를이 없었다.

"통신, 통신부터."

실내 공기 상태가 정상으로 돌아온 걸 확인하고 헬멧을 벗어 던졌다. 우선 우주선의 통신 장비를 확인하기 위해 스크린을 분주히 터치했다. 화면에 떠오른 숫자들을 따라가기 위해 눈을 굴렸다.

"가만 보자, 하나라도 연결만 되면."

지구는 이제 하나가 아니라 헤아릴 수 없이 많았다. 그 위에 누가, 어떤 사람이 살고 있는지는 모르지만. 그래도 누군가 응답해주기만 한다면. 현실인지 허상인지 또는 환각인지 전혀 분간할 수 없는 모든 상황 속에서 어느 한 사람의 목소리를 들을 수만 있다면. 그가 실재하는 인간이 아니라도, 그간 자신이 경험했던 모든 것을 그에게 쏟아내듯 이야기할 수만 있다면. 루크는 간절한 마음으로 통신을 연결했다.

10
라마 (RAMA)

드래곤 캡슐의 조종에 단점이 있다면 모든 조작을 천장에 달린 디스플레이를 통해야 한다는 것이었다. 32인치 패널 3대가 나란히 배열된 탓에 조종사는 우주선의 모든 정보를 한눈에 볼 수 있었지만, 가장 큰 '가상 화면'이 종종 창밖의 풍경을 가리고 있어 불편하기도 했다.

디스플레이에도 외부 카메라 화면을 띄울 수 있었지만, 지금은 그럴 여력이 없었다. 갑작스레 전원이 돌아온 우주선의 시스템을 점검하고, 도통 위치를 잡지 못하는 궤도 시스템을 복구하기 위해 루크는 고군분투하고 있었다. 그리고 몇십 분이나 씨름하고 나서야 루크는 창밖에 새로운 무언가가 있음을 발견했다.

"설마…."

무수한 지구를 발견했을 때보다 루크는 더 큰 충격을 받았다. 그 크기를 가늠할 수 없는 매끈한 원통 하나가, 근원을 알 수 없는 태양 빛을 반사하며 위용을 드러내고 있었다.

"저건 도대체…."

은빛으로 빛나는 그것은, 누가 보아도 인공적인 물체임이 분명했다.

루크는 차마 자리를 뜨지 못하고 디스플레이의 외부 카메라 버튼을 눌렀다.

빛나는 원통의 모형은 멀찍이 떨어져 있었지만, 섣불리 다가갈 수 없는 위압감을 뿜어냈다. 곧이어 화면 가운데 확대된 그것이 모습을 드러냈다. 표면이 워낙 매끈한 탓에, 외부 카메라는 피사체의 초점을 제대로 잡지 못했다.

화면을 확대하자 인공물체의 표면이 조금씩 선명해졌다. 빛을 100% 반사하는 것처럼 보였던 표면 너머로 흐릿한 무언가가 보이기 시작했다.

"제발…."

곧이어 카메라의 망원렌즈가 최대 줌에 이르렀다. 넓은 물이 흐르는 것처럼 보이는 강의 윤곽, 우주선 표면을 향해 솟은 초고층 건물의 모습들. 익숙한 도시의 형태가 그 안에 고스란히 담겨 있었다.

"분명 과거로 온 건 아니야."

루크는 고개를 저으며 창밖과 디스플레이를 번갈아 보았다. 곧이어 컴퓨터가 계산한 목표까지의 거리가 나타났다.

목표물까지의 거리: 431km, 상대속도 초속 0km

400킬로미터나 떨어진 거리에서 이 정도로 크게 보인다는 건, 그

크기가 어마어마하게 거대하다는 걸 의미했다. 어림짐작으로도 상대 우주선의 길이는 족히 100킬로미터도 넘어 보였다.

상상 속에서나 볼 수 있는 우주 콜로니. 인공 중력을 만들어 내기 위해 천천히 회전하는 기다란 원통 안에, 땅과 물 그리고 도시를 건설한 형태. 분명 낯선 형태였지만, 루크에게 그 모습이 완전히 새로운 건 아니었다.

미래 인류의 거주구인 우주 콜로니에 대해선 이미 많은 과학자와 우주 전문가들이 긴 시간 연구하고 구상해왔다. 분명 그중 기다란 원통 모양의 콜로니를 디자인한 이들도 있었다. 1972년의 나사 소속 물리학자 제라드 오닐이 디자인한 오닐 실린더^{O'Neill Cylinder}가 그랬고, 2000년의 나사 소속 엔지니어 톰 맥킨드리가 디자인한 맥킨드리 원통^{Mckendree Cylinder}이 그랬다. 하지만 구상도로만 보던 그 모형이 지금 루크의 앞에 펼쳐져 있다는 건 한마디로 충격이었다.

루크는 이 상황을 어떻게 받아들여야 할지 고민했다. 지금껏 과학적, 논리적으로 설명할 수 없는 일이 지속적으로 일어나고 있었으니 이젠 무엇이든 당연하게 받아들이는 게 가장 현실적인 대처인가. 논리적 사고는 잠시 배제하고 자신이 살고 있던 현재를 떠나 미래에 도착한 것을 호기심 어린 눈으로 봐야 하나.

루크는 잠시 고민했지만, 어찌되었건 인류가 꿈꾸고 바라던 미래가 실현 가능한 범위에 있었다는 사실을 긍정적으로 생각하기로 했다. 생각이 여기까지 미치자 루크는 자신이 다크홀을 지나 시기를 알 수 없는 미래에 도착한 것을 확신할 수 있었다.

"시간여행이라…."

조금씩 의문이 풀리는 것만 같았다. 자신이 살던 시대의 천체물리학으로 설명할 수는 없지만, 블랙홀과 유사한 형태의 공간 왜곡을 지나 미래로 온 것이 분명했다. 어떻게 지구가 복제되었는지는 여전히 이해할 수 없었지만, 그건 중요하지 않았다.

설명할 수 없는 사실보다, 설명할 수 있는 현상이 훨씬 더 중요했다. 인간 혹은 지적인 생명체가 만든 것이 확실한 저 대형우주선에 답이 있을 것이다.

"431킬로미터 떨어져 있군."

우주에서 수백 킬로미터는 거리도 아니었다. 루크가 다시 디스플레이를 조작하며 남은 로켓 연료를 확인했다. 다행히 아직 드래곤 캡슐의 액체연료탱크는 80%가 넘는 잔량을 나타내고 있었다.

목표 설정 실패. 궤도를 추정할 수 없습니다.
자이로스코프의 정보가 지정된 것과 다릅니다.
항법 장치를 확인하세요.

루크가 외부 카메라에 나타난 우주선을 목표물로 설정하려 했지만, 비행컴퓨터는 그것을 거부했다. 아마도 완전히 새로운 환경에 놓인 자이로스코프가 캘리브레이션에 실패했을 것이라 루크는 추정했다.

"그리 멀지 않으니까."

루크는 망설임 없이 팔걸이 밑에 숨겨져 있던 조이스틱을 꺼내 들었다. 지금 왜 수많은 지구를 두고 낯선 우주선으로 향하는지를 묻는다면, 루크는 단번에 답할 수 있었다.

지구는 저렇게 많지만, 우주선은 단 하나였으니까.

***

"메인 터보펌프 온!"

"INS[3] 온!"

"오토스로틀 오프!"

체크리스트를 따라 읽어줄 동료는 없었지만, 루크는 홀로 열심히 복창했다. 디스플레이에 '레디^{ready}'라는 문구가 떠오르자, 망설임 없이 버튼을 눌렀다. 터보펌프를 따라 액체연료가 흐르는 소음이 들리더니, 이내 로켓이 점화했다. 익숙하지만 생소한 속도감이 드래곤 캡슐을 순식간에 초속 100미터까지 가속시켰다.

"터보펌프 압력 양호."

그의 시선은 가운데 화면을 향했다. 화면에는 십자가로 조준된 우주선이 선명하게 떠 있었다. 조이스틱을 조준선에 잘 맞추기만 하면, 별다른 무리 없이 목표 지점에 도달할 수 있었다.

목표지점까지의 거리: 398km. 상대속도 +0.3km/sec

디스플레이 하단의 숫자들은 빠르게 상승했다. 드래곤 캡슐이 비행할 중력도, 공기도 없는 이곳에서 로켓의 추진력은 정직하게 속력을 높였다.

루크는 우주복 상의 포켓을 열어 딸 엠마의 사진을 꺼내 디스플레이 아래쪽에 붙였다.

---

3) 관성 항법 장치. 자기 위치를 감지하는 장치

"엠마, 이 세계에는 너의 후손들이 살고 있겠구나."

루크는 지금이 머나먼 미래라고 믿었다. 딸이 살아 있는 모습을 다시 보지 못한다는 건 너무나 가슴 아픈 일이지만, 그녀의 후손들이 있다는 건 그나마 위안이 되기도 했다.

"수만 년의 시간을 지나 아빠가 너의 모습을 기억하고 있다는 걸…."

엉켜버린 시간과 기억 속에서 루크는 울컥 울음이 터져 나오려는 걸 가까스로 참았다. 하지만 새어 나온 눈물이 눈가를 적시며 시야를 흐리게 만들었다.

"하퍼, 차라리 먼저 간 게 더 좋았을 것 같아."

루크는 다시 조이스틱을 꽉 쥐었다.

목표 지점까지의 거리: 330km. 상대속도 +1.2km/sec

드래곤 캡슐이 목표 속도에 이르자 루크는 추진 로켓의 작동을 중단했다. 이대로라면 5분 안에 목표 지점에 도착할 예정이었다. 아직 상대가 어떻게 나올지 알 수 없으니 속도를 줄이지 않고 우주선을 지나치는 전략을 택했다. 혹여나 적으로 간주해 공격해올 경우, 최소한의 방어책이 필요하다는 계산에서였다.

초속 1.2킬로미터, 시속 4,320킬로미터의 상대속도라면 웬만한 요격비행체는 따돌릴 수 있을 것이었다. 그러나 이미 자신이 아는 인류의 지성을 가뿐히 뛰어넘었을 이들에게 이 계획이 얼마나 초라할 것인지는 루크 스스로가 더 잘 알고 있었다.

"미확인 우주선에게 알린다. 루크 쇼가 탑승한 드래곤 캡슐은

2031년 4월 10일 지구에서 발사되었으며, 현재 귀 우주선을 향해 접근 중이다."

루크는 습관적으로 통신을 시도했다. 누가 답을 하리라는 기대는 없었다. 그저 두려움을 달래기 위한 것이었다.

"현재 거리 300킬로미터, 상대속도 초속 1.2킬로미터에서 유지 중."

그리고 교신 버튼에서 손을 뗀 순간, 루크는 무언가 미세한 차이를 느꼈다. 여전히 백색잡음이 가득한 수화기였지만, 교신이 두절된 이후의 그것과는 분명 차이가 있었다.

"미확인 우주선에게 알린다. 여기는 라이트 원. 2031년 지구에서 제작된 우주선이며, 한 명의 인간이 탑승하고 있다."

루크가 다시 송신 버튼을 눌렀다. 백색잡음의 밀도가 확연히 줄어들었다.

"설마…."

실낱같은 희망으로 루크가 통신패널을 조작했다. 사용 가능한 주파수대역을 모조리 훑어볼 생각이었다.

"VHF 통신 온."

화면 위의 다이얼을 돌린 지 얼마 지나지 않아, 114.3메가헤르츠 대역에서 신호 수신을 알리는 초록색 등이 깜박였다.

"그래!"

루크가 다이얼을 미세 조정하며 주파수를 맞추자, 이윽고 신호 연결을 알리는 차임^{chime} 음이 들려왔다.

뚜뚜뚜 뚜뚜 뚜뚜뚜뚜 뚜뚜.

몇 초 후, 주파수 대역 아래 상대방의 콜사인을 나타내는 단발음이 들려오기 시작했다. 그것이 모스부호임을 단번에 알아차린 루크는 소리에 귀를 기울였다.

"알…."

반복되는 단발음을 들은 루크가 디스플레이의 키보드를 눌러 그것을 기록했다.

"알, 에이, 엠, 에이. 라마^{RAMA}?"

호출부호를 확인한 루크의 얼굴이 심상치 않았다. 적어도 상대는 알파벳을 이용해 온전한 단어를 만들 줄 알았다. 그것은, 지금 인류와 비슷한 지능을 가진 존재와 통신을 하고 있다는 것을 의미했다.

11

통신 (Communication)

어느새 거리는 200킬로미터까지 가까워졌다. 이쯤 되면, 저 인공물체의 크기를 대충 짐작할 수 있었다. 벌써 창밖 시야의 절반 이상을 채운 것으로 보아, 100킬로미터는 족히 넘을 것 같았다.

"라마…."

루크에게 라마는 생소한 단어가 아니었다. 힌두교의 주요 신의 이름인 라마.

가까워질수록 점점 더 커져만 가는 우주선을 바라보며 루크는 어떤 말을 건네야 할지 고민했다. 눈앞에 펼쳐진 새로운 세상에 대한 기대감보다는 미지의 존재에 대한 두려움이 그를 짓눌렀다. 난감해진 루크는 교신 버튼만 만지작거렸다.

"라마, 라이트 원. 나는 이 우주선의 선장 루크 쇼입니다. 들립니까?"

송신을 마친 루크는 잔뜩 긴장한 얼굴로 디스플레이를 바라보았

다. 잠시 후, 통신 연결을 알리는 차임^{chime} 음과 함께 초록색 글자가
떠올랐다.

통신 연결^{Radio Connected}

메시지를 본 루크의 이마에 땀이 송글 맺혔다.

"라이트 원, 여기는 라마. 들리십니까?"

곧이어 들려온 건 젊은 여자의 목소리였다. 일련의 상황들만 아니
라면, 지구에서 온 교신이라고 믿을 수 있을 만큼 명료하고 차분한
목소리였다.

"라마! 저는 지구에서 온 루크 쇼입니다. 그러니까…."

반가움이었을까, 아니면 외로움 때문이었을까. 루크는 자신도 모
르게 말을 쏟아내기 시작했다.

"당신들은 누구입니까? 아니, 지금 시간이 어떻게 되죠? 시간, 아
니, 날짜! 그러니까 저는 서기 2031년에서 왔습니다."

이만 년, 아니 백만 년 후여도 받아들일 수 있었다. 수백, 수천 번
의 인류 문명이 멸망하고 재탄생했다 하더라도 믿을 수 있었다. 저
너머 수십억 개의 지구들을 보면, 시간과 공간이 무한히 흘렀다 해
도 이상하지 않았다.

"라이트 원, 라마. 현재 시각을 여쭤보시는 겁니까?"

"그렇습니다. 그게 제일 궁금합니다."

"네, 현재 시각 2031년 4월 11일 UTC 09시 04분입니다."

"네?"

루크가 자신도 모르게 소리를 지르자, 헤드셋에서 삐, 하는 잡음

이 들렸다.

"라이트 원, 라마. 수동으로 접근 중입니까? 속도가 너무 빠릅니다."

"잠깐만요. 지금이 2031년이라고요? 제가 온 시대가 2031년이라는 교신을 드린 겁니다. 잘못 들은 게…."

"라이트 원, 현재 이곳의 시각은 아까 말씀드린 2031년입니다. 수동 접근 중입니까?"

"네, 수동으로 가고 있어요. 우리 임무컴퓨터에 목표 설정이 안 되어서. 그러니까, 지금이 2031년이 맞습니까? 미국! 미국의 49대 대통령은 앤드류 윌슨입니다. 알고 있습니까?"

"미국은 알지만, 그곳의 대통령이 누구인지는 모릅니다. 라이트 원, 지금은 접근 절차에 대한 교신만 하겠습니다."

"잠깐만요. 당신들은 누구죠? 인간입니까? 아니면…."

궁금증을 억누를 수 없었다. 늘 예측가능하고 이성적으로 설명할 수 있는 세상에서 살아온 루크에게 작금의 상황은 너무나 가혹했다.

"죄송합니다. 접근 절차와 관련된 질문이 아니면 답할 수 없습니다. 이십만 피트 지점부터는 접근 속도를 초속 500미터 미만으로 유지해야 합니다. 현재 귀하의 우주선은…."

"아니, 하나만 대답해줘요. 당신은 인간입니까? 아니면 인공지능인가요? 인공지능이 인간을 지배하고 지구를 양식한 겁니까?"

헤드셋 너머로 웃음소리가 들려왔다.

"루크 쇼 선장님. 저희는 당신을 잘 알고 있습니다. 혼란스럽다는 것도 알고 있고요. 하지만 지금은 무사히 안전하게 우주선에 도킹하는 데 집중해주세요."

"날 안다고요? 한 가지만 말해주세요. 당신들 인간이 맞습니까?"

"맞습니다. 수동 조종인지 확인 가능합니까?"

맙소사⋯. 루크는 눈을 감은 채 혼잣말을 중얼거리기 시작했다. 상대가 인간인지 아닌지는 알 수 없었다. 지구를 대량 생산하고 수백 킬로미터 크기의 우주선을 만든 존재라면, 인간의 외모 따위는 그대로 모방했을 테니까.

하지만 루크의 이성은 이미 무너져 있었다. 다시는 만나지 못할 것만 같았던 동족이 있다는 생각에 어쩐지 안도감이 드는 건 어쩔 수 없었다.

"라이트 원, 여기는 라마. 접근 절차에 협조하지 않으면 도킹이 허락되지 않습니다."

"아니요, 수동 조종 상태예요. 속도를 줄일까요?"

"비행컴퓨터의 주파수를 81.94메가헤르츠로 맞춰주세요. 저희 쪽에서 컨트롤 하겠습니다."

루크가 빠른 손놀림으로 방금 전달받은 주파수를 입력했다.

상대가 인간이든 아니든 지금은 다른 대안이 없었다. 적어도 수화기 너머로 들려오는 목소리는 루크의 마음을 달랠 만큼 편안하고 또 따스했다.

비행시스템 제어 권한 요청. 라마

곧이어 디스플레이에 자동 조정 권한 승인을 묻는 알림창이 떠올랐다. 루크는 잠시 망설이더니 '예' 버튼을 클릭했다.

"라이트 원, 라마. 자동조종 권한 이양 받았습니다. 지금부터는 저희가 컨트롤하겠습니다."

"라마, 라이트 원. 컨펌."

흥분이 어느 정도 가라앉았는지 루크의 목소리가 조금은 차분해졌다.

자세 변경 승인. 회전 시행

곧이어 드래곤 캡슐이 속도를 줄이기 위해 180도 회전하기 시작했다. 전면 창을 가득 채우고 있던 라마의 형체가 서서히 사라지고, 다시 농장처럼 펼쳐진 지구의 모습이 눈에 들어왔다. 잠시 그 존재를 잊고 있던 '실제 세상'을 마주하자, 다시 불안이 엄습했다.

"라마, 라이트 원. 한 가지만 물어봅시다."

"라이트 원, 말씀하세요."

조바심 나는 루크의 질문에도 상대방은 침착하기만 했다.

"저기 있는 지구가 총 몇 개입니까?"

"그런 질문은 처음이네요."

상대가 친근하게 느껴지는 웃음을 터뜨렸다.

"말씀드렸듯이 현재는 도킹 절차 이외의 사항에 대해서는 알려드릴 수 없어요. 잠시 후 우주선에 도착하면 상세히 알려드리겠습니다."

"잠깐만요. 처음이라뇨? 저 말고도 이 우주선에 도킹한 사람, 아니, 지구인이 있었습니까?"

"그럼요."

"누구요? 닐 암스트롱? 유리 가가린?"

루크의 목소리가 높아졌다.

"늘 있는 일이에요. 딱히 선장님이 몇 번째라고 할 수 없을 정도로."

"뭐라고요?"

"이렇게 질문이 많은 분은 또 처음이군요."

"지금 이 상황을 눈으로 보고도 질문이 없을 수 있습니까?"

"대개는 많이 지치고 기력이 다한 상태에서 오기 때문에 그런 편이죠."

"믿을 수가 없군. 그러니까 지구에서 여기에 온 사람이 지금 라마 안에 있단 말이죠?"

"지구를 어떻게 정의하느냐에 따라 다르겠지만, 선장님 계신 지구에서는 선장님이 단연 처음이죠."

"그게 무슨 말입니까?"

"이해가 어려우실 거예요. 이걸 받아들이는 데 앞으로 2주 이상 걸릴 테니까."

"잠깐만! 그럼 내가 살던 지구에서는 내가 유일하다는 말이죠?"

"그게 핵심입니다."

"그럼 내 가족들은? 내 딸아이도 저 아래 있습니까?"

미지의 세계에 대한 동경으로 가득 차 있던 루크의 머릿속은 불안과 함께 다른 생각으로 전이되고 있었다.

"어려운 질문이네요. 선장님, 죄송하지만 저는 공용 채널로 이런 잡담을 할 여유가….."

"잠깐만요. 내가 잠시 정신 줄을 놨어요. 도킹하지 않겠습니다. 돌아가겠어요."

"그게 무슨 말이죠?"

"당신들 우주선에 가지 않겠다고. 처음도 아닌데 무엇 하러 가겠어요. 돌아가겠습니다."

상대는 분명 지금이 2031년이라고 했다. 그 말을 온전히 믿을 수는 없었지만. 적어도 수만 년이나 먼 미래로 온 것이라 생각했기에 지구로 다시 돌아가야 한다는 생각을 못 했을 뿐이다. 동시대라면, 새로운 모험은 여기까지만으로 충분하다는 생각이 루크를 일깨웠다.

"교신 감사했습니다. 자동조종 해제해주세요."

"어떻게 하시려는 거죠?"

"지구로 돌아갈 겁니다. 아내와 딸아이도 만나야 하고. 당신들의 존재가 비밀이라면 말하지 않겠습니다."

루크가 서둘러 디스플레이를 조작했지만, 여전히 항법 장치는 자동조종 중이었다.

"젠장, 이거 왜 안 풀려."

루크의 손놀림이 다급해지기 시작했다.

"루크 쇼 선장님, 진정하세요."

"아니요. 내가 잠시 꿈을 꿨어요. 당신도 꿈속의 인물이면 좋겠군요. 마침 방향도 바뀌었으니 이대로 로켓을 점화하면 됩니다. 다크홀을 지나 다시 내 지구로 돌아가겠어요."

"그건 불가합니다."

"당신들 허락받고 여기 온 게 아니니까, 승인 따위는 필요 없습니다."

루크가 디스플레이를 조작해 '추진체계'로 들어간 다음, 막무가내로 '점화' 버튼을 눌렀다. 하지만 시스템은 아무런 응답을 하지 않았다.

"선장님, 진정하세요. 거의 다 왔습니다."

"진정은 그쪽이 해야 하는 것 같군요."

루크가 매뉴얼을 확인하며 비상조작절차를 검색했다.

"루크 쇼 선장님, 잠시만요."

수화기 너머 상대가 교신을 멈추더니 누군가와 상의하는 듯했다.

"이봐요, 내 우주선에 도대체 무슨 짓을 한 겁니까? 얼른 자동조종 풀어요!"

우주선은 그의 말을 전혀 듣지 않았다. 루크는 벨트를 풀고 자리에서 벗어나 바닥 해치를 열고 기계실로 내려갔다. 라마와의 무선 연결을 끊기 위해 통신 장비를 완전히 리셋할 생각이었다.

"선장님, 중요한 사항을 말씀드리겠습니다."

루크는 층층이 놓인 서버랙^{rack} 가운데서 통신 모듈을 찾아냈다. 과감히 전원 케이블을 뽑았다. 붉은색으로 점멸하던 통신모듈의 LED가 이내 모두 꺼져버렸다. 이제 라마와의 연결 또한 해지되었을 터였다.

"루크 쇼 선장님, 당신이 떠나온 지구는 이제 존재하지 않습니다."

그때 루크의 헤드셋으로 또렷한 목소리가 들려왔다.

"말도 안 돼."

루크는 뽑힌 케이블을 든 채 통신 모듈을 다시금 쳐다보았다. 그건 완전히 꺼진 채 아직 부팅을 기다리고 있었다.

물리적으로 통신이 불가능한 상태에서 들려오는 목소리. 루크는 이젠 정말로 자신이 환청을 듣고 있다 확신하며 자리에 주저앉았다.

12

도킹 (Docking)

루크는 자신이 살던 지구상에서 가장 정신력이 강한 사람이었다. 물론 80억 인구와 모두 일대일로 대결한 건 아니지만.

우주인. 그것도 70년 만에 재개된 유인달탐사 일원으로 선발되기 위해서는 혹독한 정신력 테스트를 거쳐야만 했다. 그중에는 수면 박탈을 통해 환각을 유발하는 시험도 있었다. 루크는 72시간 동안 잠을 자지 않는 시험에서 반응속도 및 임무수행능력 항목 만점을 받았다.

이 말은 루크가 3일 연속 자지 않고도 평소와 다름없는 집중력으로 임무를 수행했다는 것을 뜻했다.

***

"이건 말도 안 돼."

고작 12시간 조금 넘었을 뿐이었다. 비록 큰 데미지를 받은 일련의 사건들이 있었어도, 루크는 정신이 멀쩡하다고 생각했다. 그렇지만 외부와의 모든 통신을 끊었는데도 불구하고 계속해서 들려오는 목소리는 분명 스스로가 만들어 낸 환청일 수밖에 없었다.

"라이트 원, 라마. 응답하세요."

그 음성이 너무나 생생했기에 루크는 차마 헤드셋을 던져버릴 수가 없었다. 아무런 대꾸도 못 한 채 객실로 향하는 사다리에 올랐을 뿐이다. 생각해보면 두 명의 동료가 감쪽같이 사라진 것도 도통 설명할 수 없는 일이었다. 그러니까 시각과 청각을 비롯한 자신의 인지 기능 전부가 엉망이 된 게 분명했다.

"라이트 원, 라마. 5분 후 도킹 절차가 시작됩니다. 충격이 있을 수 있으니 몸을 고정하세요."

창밖으로는 어느새 집채만 한 라마 우주선이 그 위용을 드러냈다. 원통 형태의 우주선 외벽은 마치 고층 건물의 커튼월^{curtain wall}처럼 투명한 빛을 띠고 있었다.

멀리서 보았을 때 우주선 내부로 아기자기하게 보이던 도시는 제법 크고 세련된 외관을 하고 있었다. 익숙한 형태의 직사각형 건물들 사이로 차들이 다니는 도로와 사람처럼 보이는 점들까지. 라마의 내부는 2031년 지구의 모습과 크게 다르지 않았다.

루크가 실소를 터트리곤 좌석에 몸을 고정했다.

"루크 선장님, 들리십니까? 정상 도킹 절차를 진행하겠습니다."

무엇이 꿈이고 현실인지, 어떤 것이 실제 음성이고 환청인지, 더는 신경 쓰고 싶지 않았다. 그저 생생한 꿈을 꾸고 있는 것이리라 생각했다.

"하나만 물읍시다."

루크는 체념한 듯 '환청과의 교신'을 시도했다.

"인간들을 여기에 가둬놓고 무엇을 합니까?"

"무슨 말씀이죠?"

"다크홀로 꾀어 여기 가두는 거잖아요."

"그렇지 않습니다. 자세한 건….'"

"자세한 이야기는 듣고 싶지 않아요. 다 거짓말일 테니."

"그렇게 생각한다면 유감입니다."

"지금 라마에는 사람들이 몇 명이나 있죠?"

"대략 100만 명 정도 됩니다."

대답해주지 않을 거라 여겼는데 상대가 구체적인 수치를 언급하자 루크는 정신이 번쩍 들었다.

"100만 명? 다들 지구에서 온 건가요?"

"네, 다들 자신의 지구에서 온 거죠."

루크가 다시 창밖을 세세히 살폈다. 이제 수 킬로미터 앞까지 다가온 라마 우주선은 그 형태나 구성이 제법 익숙했다.

"이 우주선은 누가 만들었죠?"

"지구는 누가 만들었는지 알고 계시나요?"

상대가 조금은 유쾌한 말투로 받아쳤다.

"말장난하자는 게 아니에요."

"진심으로 말씀드린 겁니다."

"지구는 45억 년 전, 그러니까….'"

"똑같은 말씀을 하시는군요. 그건 하나의 이론일 뿐이죠. 선장님이 계시던 지구에서 상상해 낸 이론이요."

"그래서요, 이 거대한 우주선은 누가 만들었나요?"

"저희도 나름의 가설을 가지고 있습니다만, 존재에 대해 정확한 답을 할 수 없다는 게 주류 이론입니다."

"헛소리를 그럴듯하게 하는군요."

루크가 어이없다는 듯 고개를 저었다.

"도킹 2분 30초 전입니다."

드래곤 캡슐이 천천히 자세를 바꾸기 시작했다.

"도킹 시스템은? ISS[4]의 것과 동일한가요?"

"네, 그 부분은 걱정하지 않으셔도 됩니다."

막상 도킹 순간이 다가오자, 루크는 현실적인 문제들이 걱정되었다. 정교하게 제작된 도킹 장비는 단 하나의 규격만 어긋나도 안정적인 결합이 불가능했다.

"그래서 도킹하고 나면, 모든 진실을 알려주실 건가요?"

"저희가 아는 범위 내에서는요."

"사무적이군."

"선장님처럼 까다로운 분은 처음이에요. 특별히 상부의 허락을 받아 도킹 과정 이외의 정보도 제공해드린 겁니다."

"이름을 물어봐도 되나요?"

"네, 안나 프루스$^{Anna\ Preus}$입니다."

"당신도 지구에서 왔나요?"

"도킹 절차 시작합니다. 충격에 대비하세요."

안나의 말과 함께 드래곤 캡슐의 도킹 프루브^{probe}가 어둠 속에 가

---

4) 국제우주정거장

려져 있던 구역을 향해 천천히 다가갔다.

"도킹 기술은 발전이 없었나 보군요."

루크가 외부 카메라 화면을 보며 말했다.

"10피트 9, 8···."

안나가 두 우주선의 거리를 조용히 복창했다.

"도킹 완료. 체결 상태를 점검합니다."

잠시 후, 우주선을 고정하기 위한 장치들이 작동하더니 드래곤 캡슐이 크게 한 번 흔들렸다. 원통형으로 회전하고 있는 라마와 일체화되자, 드래곤 캡슐에도 지구 중력과 비슷한 무게감이 실렸다.

"도킹 완료되었습니다. 선장님께서 편하실 때 해치를 열고 이동하시면 됩니다."

"편할 때?"

"네, 정신적으로 안정을 취할 시간을 드리고 있습니다."

"놀랍군."

루크가 쓸쓸한 웃음을 지으며 자리에서 일어났다.

"우주복만 입고 가면 됩니까? 헬멧도 써야 하나요?"

"아닙니다. 선내는 지구와 동일한 대기 상태를 유지하고 있습니다."

루크가 자리에서 일어나려다 갑자기 다시 주저앉았다. 무중력 공간에서 생활한 지 반나절도 지나지 않았지만 몸은 중력의 강한 힘을 잊은 것이다.

"지금 나오시겠습니까?"

두렵지 않은 건 아니지만, 그보다 강한 호기심이 루크의 마음을 지배하고 있었다. 어쩌면 자신이 경험한 모든 일을 설명할 수도, 아니면 처참한 죽음의 길로 갈 수도 있었다. 어찌 되었든, 이 생생한 꿈에서 깨어나고 싶은 마음은 변함없었다.

루크가 캡슐 옆쪽으로 난 도킹 해치를 향해 걸음을 떼었다. 문 가운데 달린 래칫을 돌린 다음, 그대로 밀어젖혔다. 우주선 안보다 조금 시원한 공기가 루크의 얼굴을 스쳐 지나갔다.

해치 너머로 보인 라마 우주선의 내부는 깔끔했다. 마치 고급 호텔의 복도처럼 밝은 톤의 타일들이 바닥과 벽면을 장식하고 있었다. 루크는 잠시 머뭇거리다 그대로 몸을 숙여 해치를 지났다.

예상했던 것과 달리, 무장한 외계인이나 무지막지한 로봇들은 보이지 않았다.

"어디로 가야 하죠?"

루크가 헤드셋에 손을 대고 물었지만, 아무런 반응이 없었다. 복도 양 끝을 조심스럽게 둘러보았다. 저 멀리, 밝게 켜진 등 아래로 무언가 지나가는 것이 보였다. 윤곽만 어렴풋이 보였지만, 그것은 분명 사람의 걸음걸이였다.

"잠시만요!"

차분해야 한다는 것을 알면서도, 루크는 잰걸음으로 복도를 걸었다. 당장 누구라도 만나고 싶은 심정이었다.

"선장님, 이쪽입니다!"

반대편에서 젊은 여자의 목소리가 들려왔다. 헤드셋으로 듣던 것과 조금 차이는 있었지만, 안나가 분명했다.

루크가 몸을 돌리자, 이미 안나는 그의 발치까지 다가와 있었다.

"만나 뵙게 되어 영광입니다. 저는 라마 우주선의 서비스팀장 안나 프루스입니다."

곱게 빗은 금발 머리에 갈색 눈. 하얀 피부와 기다란 팔다리. 유니폼으로 보이는 붉은색 옷을 입은 안나가 미소를 띤 얼굴로 악수를 건넸다.

"반갑습니다. 루크 쇼 선장입니다."

루크는 의식적으로 악수에 응하지 않았다.

"오시느라 고생 많으셨어요. 아까 교신에서 제대로 말씀드리지 못해 죄송합니다."

루크는 공손한 태도의 안나를 관찰하듯 훑어보았다. 적어도 그의 경험으로는 그녀를 인간이 아니라 인식할 이유가 없어 보였다.

안나가 옆으로 비켜섰다.

"이제 고문이라도 할 건가요?"

루크가 그녀를 따라 복도를 걸었다.

"그럴 리가요. 귀한 손님인데."

"손님?"

"저희 우주선에서 이주 신청자는 가장 중요한 분들이죠. 물론 2주 후에는 일반인이 되겠지만."

모호한 안나의 말에 루크는 일부러 멈춰 섰다.

"자세한 얘기를 이제 드리려고 해요. 오래 걸리지 않을 겁니다."

안나가 '이주자 전용'이라고 적힌 방을 가리키며 말했다.

13
의식과 무의식
(Consciousness and Unconsciousness)

어디서나 볼 수 있는 평범한 구조의 회의실이었다. 다른 점이 있다면 플로리다보다 조금 더 최신식이라는 것뿐.

"저 혼자인가요?"

루크가 안나를 따라 안으로 들어갔다. 넓은 테이블 주위로 여러 개의 의자가 가지런히 정리되어 있었다.

"네, 오늘은 그렇습니다."

"오늘이라….'

더 이상의 숨바꼭질은 의미가 없었다. 루크는 우선 그녀의 설명을 들어봐야겠다고 생각했다. 가장 가까운 좌석에 털썩 앉았다.

"브리핑을 시작해도 될까요?"

"질문 시간도 따로 있겠죠?"

"물론입니다."

실내가 서서히 어두워지더니 홀로그램 이미지가 방안을 가득 채웠다. 자신이 보았던 수십억 개의 지구 배열 위로 라마 우주선 모형이 떠올랐다.

"선장님이 탈출하신 지구는 이쯤에 있었습니다."

안나의 말을 따라 배열 가장자리 즈음에 작은 행성 하나가 하이라이트 되었다.

"일련번호 EA-104422. 저희가 임의로 매긴 순서입니다. 큰 의미는 없고요."

곧이어 EA-104422 지구 위로 로켓 하나가 발사되었다.

"선장님께서는 2031년 4월 9일 새벽 5시 30분. 이곳을 떠나 다크홀 입구로 진입하였습니다. 예정된 시각, 예정된 경로로요."

"잠깐만요."

루크가 궁금증을 참지 못하고 손을 들었다.

"예정된 시각이라는 게 무슨 말이죠?"

"잠시 후에 설명드릴게요."

안나가 절도 있게 고개를 한 번 끄덕이더니 말을 이었다.

"직접 눈으로 보신 것처럼, 이 우주에 지구는 하나가 아닙니다. 안에서는 이렇게 홀로 있는 것처럼 보이지만,"

홀로그램에 평온한 지구의 일상 모습이 떠올랐다. 하늘을 가득 채운 수많은 별들. 한가로이 지구 주위를 떠가는 달과 행성들.

"바깥에서 보면 이렇게 보이죠."

곧이어 빽빽하게 배열된 지구의 모습이 드러났다.

"여기서 바깥이라고 하는 것은 물리적인 개념만은 아닙니다. 선장님께서 다크홀이라고 이름 붙인 출구를 통해 나와야만 확인할 수 있는 실제 모습이죠."

"이해가 잘 안 되는데. 출구를 나와야만 볼 수 있다니."

"일종의 부화를 생각하시면 됩니다. 때가 되면 병아리는 껍질을 깨고 알 밖으로 나오죠. 알 안에서의 평온했던 세상은 온데간데없어지고 병아리의 지능으로는 이해할 수 없는 복잡한 세상이 펼쳐지는 것처럼."

"그럼 내가 알을 깨고 나왔다는 겁니까?"

"그런 셈이죠."

"과학적인 설명은 가능하지 않은가요? 이게 무슨 해괴망측한…."

그런 반응을 예상했다는 듯 안나가 방 반대편으로 천천히 걸어갔다.

"혼란스러우신 게 당연합니다. 저희도 그랬으니까요."

"…."

"라마에 사는 모든 사람은 다 선장님처럼 과거에 각자의 지구를 탈출한 사람들입니다. 저희도 계속해서 연구 중입니다만, 알고 계신 지구의 역사보다도 더 오래되었죠."

"당신도 나처럼 다크홀을 통과했다고요?"

"그렇지 않고서는 이곳에 올 수 없어요. 우리 모두가 각자의 어머니의 뱃속에서 나온 것처럼."

"그럼 저 밑의 사람들도 곧 이리로 올 거라는 말인가요?"

"그건 확실하지 않습니다."

"앞뒤가 안 맞잖아요."

"아니요, 모든 알이 성공적으로 부화하지 않는 것처럼, 모든 지구에 있는 의식^{consciousness}들이 탈출에 성공하는 것은 아니에요."

"의식들?"

"아, 빠트렸군요."

안나가 미안하다는 제스처를 취하며 홀로그램을 바꾸었다. 곧 프로이트의 의식과 무의식을 나타내는 빙산 모델이 떠올랐다.

"학창시절 심리학 시간에 배우셨죠? 프로이트의 의식과 무의식."

"그게 지금의 상황과 무슨 관계가 있다는 거죠?"

"하나의 지구에는 의식을 가진 존재가 단 한 명씩 살고 있습니다. 그러니까 저 아래에는 80억 개의 의식이 있는 셈이죠."

"이해가 되지 않아요."

"당연히 그러실 거예요. 여기를 한 번 보세요."

안나의 손짓을 따라 홀로그램에 80억 개나 되는 지구가 3차원으로 드러났다.

"이 모든 지구에는 루크 선장님이 있어요. 정확히 말하면, 선장님의 '몸'들이 있는 거죠."

안나가 발걸음을 옮기자 'EA-104422'가 붉은색으로 확대되었다.

"하지만 선장님의 의식이 있는 곳은 여기뿐입니다. 무의식은 나머지 79억여 개의 지구에 산재되어 있습니다."

"내가 80억 개라고요?"

"진짜는 하나예요. 의식을 가진 존재. 바로 지금 여기에 계신 선장님이죠."

"그게 무슨 궤변입니까!"

안나가 다시 프로이트의 빙산모형을 띄웠다.

"우리의 정신세계는 대부분이 무의식으로 이루어져 있죠. 그러니까 수면 위로 드러난 것보다 그 밑에 숨겨진 것이 훨씬 더 많다는 의미입니다."

"프로이드는 그저 이론일 뿐이에요. 과학이라고 하기에도 민망한."

"과학은 원래 배타적이 않은가요. 보고 싶은 것만 보는 것처럼."

"그러니까 내가 살던 곳에서 만난 사람들, 아니 내 가족들은 모두 가짜란 말인가요?"

"엄밀히 말하면 가짜가 아니라 '무의식적 존재'인 거죠."

"그럴 리가⋯."

루크는 전혀 이해할 수 없어 이마를 찌푸린 채 팔짱을 꼈다. 적대적인 태도를 보이는 것처럼. 나름대로 이 궤변을 이해해보려고 애썼다. 아무리 그래도 도저히 말도 안 되는 억지 같았다. 그렇지만 안나의 얼굴이나 태도로 봐선 스스로 거짓말을 한다는 인식은 없는 것 같았다.

"물론 무의식적인 존재라 해서 진짜가 아니라고도 할 수는 없어요. 그들도 다른 지구 어딘가에 의식을 가진 분명 살아 있는 존재들이니까요. 다만 선장님의 지구에서는 무의식적인 활동만 하는 거죠."

"그러니까 내 정신이 80억 개의 지구에 널브러져 있는데, 의식은 한 군데만 있고 무의식은 나머지 79억여 개에 퍼져 있단 뜻인가요?"

"거의 근접했어요."

"내가 탈출한 지구에서는 의식을 가진 존재가 나 혼자뿐이고?"

"선장님이 EA-104422에서 만난 모든 사람은 다 무의식적 존재입니다. 선장님이 그곳에서 승승장구할 수 있었던 이유이기도 하죠."

루크는 발끈했다. 그간 우주인이 되기 위해 겪어야 했던 극한의 훈련과 시험들이 떠올랐다. 이 자리에 오르기까지 각고로 노력해왔다. 안나의 말은 그의 노력이 하등 소용없는 것이었으며 그저 의식이 있는 존재, 선택받은 인간이었기 때문에 지금의 그가 존재하는 것이라는 식으로 들렸다.

"본인은 경쟁과 노력을 거쳤다고 생각하겠지만, 사실 처음부터 상대가 안 되는 게임이었다는 말이에요. 선장님은 의식으로, 나머지는 무의식 상태에서 대결했으니까요."

"어떻게 그런 말을…. 내가 만난 사람들은 열등하지 않았어요. 비록 내가 수많은 경쟁에서 이기긴 했지만, 그들도 뛰어난 사고와 열정을 가졌고 육체적으로나 정신적으로 굉장히 우월한 사람들이었다고요."

"무의식이 멍청하다는 말은 아니죠. 때로는 의식보다 더 강렬하니까."

"도통 이해가 안 되는군요."

"어쨌든 선장님의 지구에서는 애당초 선장님을 이길 수 있는 사람이 없었다는 것만이 극명한 사실이라는 겁니다. 오직 선장님만이 그곳을 탈출할 수 있었던 것도 당연했고요."

"아니요, 나는 상부의 지시를 따라 탐사했을 뿐입니다. 탈출 의지 같은 건 없었어요."

"그 상부의 무의식에 누가 영향을 끼쳤을까요?"

"궤변이 너무 심합니다."

루크가 복잡하다는 듯 고개를 저었다.

"때로는 무의식적 존재들에게 지고 마는 사람들도 있어요. 의식을 가진 존재지만 그렇게 지고 만 이들은, 라마 우주선에 도달할 수가 없습니다. 일종의 자연선택처럼."

"다크홀이 그 매개체고?"

"그래요. 메커니즘은 정확히 알 수 없지만, 각자의 지구에 다크홀이 생겨나면 의식을 가진 존재는 그곳으로 이끌리게 되어 있습니다. 능력과 타이밍을 갖춘 '의식들'만이 탈출에 성공하죠. 지금 여기 있는 사람들처럼."

"이곳에서 그 과정을 통제하나요?"

"그럴 리가요."

"그럼 누가? 누가 이런 시스템을 기획했죠?"

"지금 이곳에서의 종교를 여쭤보시는 건가요?"

"누가 봐도 인공적인 거체가 우주 공간을 떠다니고 있는데 아무도 그에 대한 의문이 없었단 말입니까?"

"오히려 그 반대죠. 여기 도착한 선조들은 누구보다 열심히 이 우주선을 탐사했어요. 당신들이 지구를 연구했듯이. 일부는 과학으로 설명할 수 있었지만, 아직 많은 부분이 미스터리로 남아 있습니다. 그건 선장님이 계시던 지구에서도 마찬가지 아닌가요?"

"그렇지 않아요. 우리는 과학으로 우주의 기원까지⋯."

"죄송하지만 그건 여전히 무지한 사람들의 착각이자⋯."

"안나. 이렇게 정교한 우주선이 있다는 건 다른 지적인 존재가 우리를 통제하고 있다는 말이에요. 인공지능이나 외계인. 인간에 대해 다른 목적을 가진 누군가가 이 사태를 벌인 거라고요. 그에 대한 정보는 없나요?"

"아직까지는요."

"말도 안 돼! 그럼 그냥 그러려니 하고 이곳에서 살고 있단 말입니까?"

"지금 하신 질문을 생명체에 적용해도 똑같을 것 같은데요."

"뭐라고요?"

"이 우주선이야 한낱 낡은 고물이지만, 지구에서는 작은 씨앗 하나도 중력을 찾아 뿌리를 내리고 빛을 따라 이파리를 내잖아요. 선장님은 그 정교한 시스템에 대해 완벽하게 설명할 수 있나요?"

"그럼요! 생물학과 물리학 그리고 수학으로."

"그건 선장님이 계시던 지구 사람들만의 착각과 공상에 불과하죠. 외부에서 검증받지 못한."

"아뇨, 당신의 설명이 궤변일 뿐입니다."

루크가 갑갑함을 참지 못하고 자리에서 벌떡 일어났다.

"그래도 선장님은 이해가 빠른 편이에요."

안나가 동요하지 않고 홀로그램 화면을 껐다.

"모두에게 이 사실을 알려드렸는데, 대부분은 이해를 포기하고 안락한 삶을 택했죠."

"그게 무슨 말입니까?"

"저희는 새로운 이주자에게 최대 2주의 시간을 드리고 있어요. 상황을 파악하고 적응할 수 있는."

"2주가 지나면?"

"이곳은 하나의 거대한 사회입니다. 이주자에게 새로운 역할을 부여하고 사회에 기여하며 살아갈 수 있도록 하죠. 그리고 그 방안을 지원해주는 게 제 역할입니다."

"난 그럴 생각이 없어요. 다시 돌아가겠습니다."

루크가 출입문으로 향했다.

"선장님, 제가 말씀드렸는데요."

안나가 팔짱을 낀 채 목소리를 높였다.

"의식을 가진 자가 떠나면, 그 지구는 붕괴되고 말아요. 마치 주인이 사라진 집과 같죠."

"붕괴되다니?"

"전원이 나가버린 것처럼 완전히 꺼져버리죠. 빛도 공간도 영원히."

루크가 흥분을 참지 못하고 안나에게로 달려들었다.

"지금 뭐라고 했어!"

안나는 태연하기만 했다.

"선장님이 살던 지구는 사라졌어요. 다크홀을 통과한 순간부터. 이제 선장님이 돌아갈 곳은 없습니다."

"말도 안 돼. 말도 안 되는 소리 집어치워!"

루크가 옆에 있던 의자를 발로 걷어찼다. 의자가 날아가 벽에 부딪히면서 낸 파열음이 회의실을 쩡, 울렸다.

"그럼 내 딸은? 내 가족들은?"

"말씀드렸다시피 개개인이 가지고 있는 수십억 개의 무의식 중 하나가 사라졌을 뿐이에요. 그들의 의식은 어딘가에 온전히 잘살고 있을 테고요. 그러니까 당사자들에게는 그저 기분 나쁜 꿈을 꾼 하루였을 겁니다."

14

꿈과 무의식 (Dream and Unconsciousness)

"방금, 뭐라고 했죠? 기분 나쁜 꿈이라고 했나요?"

루크가 숨을 고르며 한 걸음 뒤로 물러섰다.

"의식과 무의식은 꿈으로 연결되어 있으니까요. 선장님께서 꾸신 꿈들은, 사실 다른 지구에서 활동 중인 무의식들의 향연이죠."

"이해할 수가 없군."

루크가 눈을 질끈 감았다 떴다.

"그러니까 내가 꾼 꿈들이 사실은 다른 지구에서의 내가 경험한 일이다, 이 말인가요?"

"저희는 그렇게 해석하고 있습니다."

"그럼 내가 그동안 함께 했던 가족들은 다 꿈속의 인물이었던 거고."

"그들의 꿈이겠죠. 선장님이 아니라."

"그럼 내 딸은 여전히 나를 기억하고 있겠군요. 꿈도 때로는 생생하게 기억나니까."

"이론적으로는 가능해요."

"좋습니다. 그럼 정말 가봐야겠어요."

루크가 결심이 선 듯 문을 향해 걸어갔다.

"루크 쇼 선장님."

그를 불러 세우는 안나의 목소리가 단호했다.

"이민을 거부하겠습니다. 루크 쇼의 의식적 결정으로."

루크가 문고리를 돌리고 그대로 회의실 밖으로 나섰다. 아까 텅비어 있던 것과 달리 복도에는 사람들 몇이 바쁘게 오가고 있었다. 다들 무슨 일이 있는 것처럼 딱딱한 표정으로 루크를 그대로 지나쳤다. 그러나 그도 그들을 신경 쏠 여력이 없었다.

"어떻게 이런 말도 안 되는 거짓말을…."

루크는 왔던 길을 거슬러 갔다. 기억을 더듬어 우주선이 도킹한 지점으로 갈 생각이었다. 그리고 마지막이라 생각한 코너를 돌아나서다가, 루크는 예상 밖의 광경을 마주했다.

"잠깐만! 내가 지금…."

분명 기억대로 방향을 꺾었다. 도킹 지점에서 회의실까지는 그리 긴 거리도, 복잡한 미로도 아니었다.

"다시 처음부터."

루크가 몸을 돌려 출발 지점으로 향했다. 가는 길에 사람들을 다시 마주쳤지만, 어느 누구도 먼저 인사를 건네지 않았다. 다시 도착한 회의실 앞에는 아무도 없었다. 방향을 확인한 다음, 다시 도킹 지점으로 향했다.

하지만 또다시 마주친 건 외딴 골목. 루크는 누가 장난을 치고 있다고 생각했다.

"루크 선장님."

복도의 다른 편에서 안나의 목소리가 들렸다.

"젠장!"

루크는 천천히 몸을 돌려 양손을 들어 보였다.

"어떻게 된 거죠? 당신이 미로를 조작했나요?"

안나가 그에게 다가왔다.

"제가 한 가지 빠트린 게 있어요."

안나의 표정은 냉랭했는데 어쩐지 안타까움 같은 감정이 섞여 있었다.

"여긴 경쟁이 심해요. 각자의 세계에서 내로라하는 사람들만이 모였으니 어쩌면 당연한 일이겠죠."

"나랑 무슨 상관입니까?"

"선장님 세계에서는 모든 일이 순순히 잘 풀렸겠지만, 여기서는 그렇지 않아요. 다들 최고의 지성을 가지고 있고, 성공을 위해 노력하죠."

"집어치우고, 나를 내 우주선으로 보내줘요."

"선장님의 반응은 충분히 예상 가능한 범위 안에 있어요. 그 말은…."

안나가 손에 쥐고 있던 장치를 누르자 복도 끝 벽이 순식간에 사라졌다.

"이 세계의 적응을 거부하고 도망친 사람이 수도 없이 많았다는 얘기죠."

"그래서 장난질을 쳤군요."

"선장님의 안전을 위한 거예요."

"안전이라고?"

"처음에는 모두 뜻대로 하게 됐어요. 다들 생각이 있었을 테니까. 하지만 이 세계는 오직 한 방향으로만 흘러가요. 마치 시간처럼."

"핵심만 말해요. 내가 판단할 테니."

"이 우주선을 벗어나서 다시 지구로 돌아갈 수는 없어요."

"왜?"

"선장님이 떠나온 지구는 사라졌어요. 폐기된 것이나 마찬가지죠."

"당신의 궤변을 따른다면, 나는 딸의 의식이 있는 지구로 갈 겁니다. 꿈에서라도 나를 봤으면 기억할 테니까."

"그건 불가능해요."

안나가 루크에게로 한 걸음 더 다가섰다.

"하나의 지구에는 하나의 의식만 있을 수 있으니까."

납득하기 힘든 말에 루크의 동공이 불안하게 흔들렸다.

"하나의 지구에 두 명의 의식이 존재하는 순간, 그곳은 극도로 불안정해져요. 마치 면역 거부반응처럼 온 지구가 난리 통이 되죠. 그것을 역사는 세계 전쟁 또는 대학살로 부르기도 했고요."

"갈수록 가관이군."

"수천 번의 기록을 통해 확인된 사실이에요. 선장님처럼 가족을 만나겠다고 떠난 이들은 대부분 지구에 도착하기도 전에 격추되거나 사고로 사망했어요. 운 좋게 지구에 내렸다 하더라도, 결국 대혼란을 불러일으키며 공멸했죠."

"그런 허무맹랑한 얘기를 어디까지….."

"저도 십여 년에 걸쳐 배운 것들인데, 단번에 납득하기는 힘들 거예요. 딸의 의식이 있는 지구가 어디인지 아는 것도 불가능할뿐더러, 그곳에 간다 해도 딸의 생명을 위협하는 행위밖에 되지 않죠."

"내 두 눈으로 보기 전까지는 믿을 수 없어요"

"그 마음은 충분히 이해하지만, 여길 떠나는 행위는 법으로 금지되어 있습니다."

"여기도 법이란 게 있습니까?"

"지구보다 더 합리적이고 자유로운 규칙이 있죠. 모두가 따르면서 안정된 삶을 유지하고 있고요."

"안정된 삶? 이 수레바퀴 같은 투명 감옥에서 사는 게?"

"지구에서의 삶도 다르지 않죠."

"도대체 여기 사람들은 무엇을 위해 살고 있습니까? 지구에서의 추억들을 곱씹으면서? 자기 때문에 멸망한 지구를 추모하면서? 도대체 이 의문투성이 우주선에서 사는 게 무슨 의미가 있냐고요!"

루크의 목소리가 커지자, 지나가던 사람들이 슬쩍 그를 쳐다보았다. 하지만 이내 제 갈 길을 갔다.

"방금 하신 질문을 지구에서의 삶에 적용해보세요."

"뭐라고요?"

"모두의 삶은 맹목적이죠. 그 누구도 원해서 태어난 사람은 없어요. 그저 주변의 환경에 맞춰 흘러가는 대로 살아갈 뿐."

"그러니까 나도 그에 맞춰서 저런 굳은 표정으로 살아가란 말이죠? 딸이든 가족이든 다 잊어버리고?"

루크가 허공에 손짓하며 말했다.

"네."

안나가 당연하다는 듯 고개를 한 번 끄덕였다.

"그게 최선이에요. 라마의 역사가 증명하는."

"웃기지도 않는군."

"시간이 필요한 걸 잘 알고 있어요. 선장님이 2주 동안 머물 곳을 소개해드릴게요. 따뜻한 물로 샤워를 하고 나면 좀 나아지실 거예요."

"그런데… 여기 최고 결정권자는 누구입니까? 당신 말고, 라마의 총책임자를 만나고 싶어요."

"그런 건 없어요. 여기는."

"아까 서비스 팀장이라고 했죠? 이 조직의 우두머리가 누구입니까?"

"굳이 조직이라면 여긴 모두 수평체계예요. 팀장이라는 직함은 지구에서 막 도착한 이주민들을 이해시키기 위한 단어일 뿐이고요. 모두가 독립적으로 알아서 생활하는 게 라마의 특징입니다."

"어떻게 그게…."

"자꾸 지구에서의 삶을 떠올리면 안 돼요. 이곳은 모두가 주도적으로 사고하고 행동할 능력이 있는 '의식적 존재'들의 세상이에요."

"그놈의 의식적 존재!"

"쉬시는 동안 라마의 역사와 사회 그리고 과학 문명을 좀 읽어보는 게 도움이 될 거예요."

안나가 왼손에 들고 있던 작은 태블릿을 건넸다.

"세뇌라도 시키는 겁니까?"

"천만에요. 모두가 자율적인 권한을 가지고 있어요. 선장님도 이주에 동의하시면 우리와 동일한 권리를 가지게 될 겁니다."

안나가 태블릿을 켜자, '이주 동의서' 폼^{form}이 먼저 떠올랐다.

"관련 자료들을 잘 읽어보고 여기에 사인을 하면 절차가 끝납니다."

"동의하지 않으면요?"

"그런 상황은 생각하고 싶지 않군요."

"추방이라도 하나요?"

"관대함과 관용을 중요시하지만, 원칙을 따르지 않는 이주자는 받아들일 수 없어요."

"잘됐군. 안 그래도 떠나려 했으니까."

"지난 백여 년 동안 추방에 동의한 사람은 한 명도 없었어요."

"설마…."

"추방은 우리가 가진 가장 미개한 처벌이에요. 우주선도 우주복도 없이 저 차가운 우주로 내보내죠. 이곳에서 물리력을 동원하는 유일한 형벌이기도 하고요. 저는 선장님이 그런 선택을 하지 않으실 거라고."

안나가 눈을 똑바로 마주치고는 먼저 몸을 돌렸다.

"믿어요."

그러고는 다시 돌아보지 않고 복도 끝을 향해 걸어갔다.

15
언젠가 (Someday)

2024년 7월 19일

그날은 아주 특별한 날이었다. 평소에도 사람들이 모여 있었지만, 오늘은 그 인파가 수십 배에 달했다.

70년 만에 재개된 달 탐사. 그리고 34세의 나이에 우주선 선장이 된 루크 쇼. 플로리다 이층집 앞에는 새벽부터 그를 환송하려는 사람들로 발 디딜 틈이 없었다.

"혼자 나갈 수 있겠어?"

둥글게 부른 배를 어루만지며 멜리사가 걱정스럽게 말했다.

"다 내 팬들이잖아."

루크가 블라인드 사이로 창밖을 살폈다. 자신을 데려가기 위해 대기 중인 모델X 차량 석 대가 비상등을 켠 채 길가에 서 있었다.

수십 번도 더 경험한 일이지만, 멜리사는 이 순간이 늘 불편하기만 했다.

"도착해서 매일 영상통화 할 거니까 핸드폰 꼭 쥐고 있어."

루크가 이마에 입 맞추며 아내를 꼭 끌어안았다. 그리고 무릎을 꿇어 뱃속의 아기에게도 인사를 건넸다.

"엠마, 아빠 돌아올 때까지는 엄마 뱃속에 잘 있어야 해. 너무 발차기하지 말고."

걱정스러운 아내의 얼굴을 뒤로하고 현관문을 열자, 기다렸다는 듯 플래시 세례가 쏟아졌다.

"역사상 최연소 선장이 된 것 어떻게 생각하십니까?"

"이번 달 탐사의 의미가 무엇이라고 보십니까?"

루크에게 달려드는 기자들을 경호원들이 제지했다.

"저녁 기자회견 시간에 자세히 말씀드리겠습니다."

루크는 불편한 기색을 드러내지 않으려 표정을 가다듬었다. 가운데 정차한 검은색 SUV에 몸을 싣자 팔콘윙이 빠르게 내려왔다.

"하퍼와 올리버도 출발했나요?"

루크가 조수석에 앉은 경호원에게 던진 첫 질문은 두 동료의 안부였다.

***

나사가 이번 유인탐사팀을 역대 최연소로 꾸린 데는 이유가 있었다. 70년 만에 다시 달에 간다니 식상하게 느껴질 수도 있었지만, 1960년대와는 모든 게 달랐다.

지난 3년 동안 세 차례 무인 발사를 통해 나사와 민간우주업체는 달을 향한 항해에 '인간의 지능'이 필요하지 않다고 확신했다. 중력과 원심력. 모든 게 계산 가능한 범위 안에 있는 우주 공간에서 인간이 개입해야 할 순간은 이제 거의 없었다. 인공지능과 통신 기술이 비약적으로 발전한 지금, 인간의 조바심과 비이성적 판단은 오히려 안전한 우주탐사를 위협하는 위험 요소일 뿐이었다.

내부에서는 나이도 있고 경력도 많은 우주인을 선장으로 결정하자는 의견이 있었지만, 나사 국장 톰 브라운은 꾸준히 반대 의견을 냈다. 과도한 예산 낭비라며 우주개발에 반대하는 젊은 층의 지지를 얻기 위해서는 새로운 스타가 필요하다는 게 표면적인 이유였다.

루크 쇼와 20대의 우주인들이 주인공이 된 것도 그런 이유에서였다. 여러 선배들을 제치고 영광스러운 자리를 제안받았을 때, 루크는 거절할 생각이 없었다.

"허울뿐인 달 탐사 결사반대!"

"100조의 예산으로 청년들을 지원하라!"

100여 미터 떨어진 곳에서 시위대의 구호가 들려왔다. 폴리스라인 뒤로 수십 명의 사람이 모여 야유를 보내고 있었다.

"두 분은 30분 전 집에서 출발했습니다. 도착 시간을 모두 열 시로 맞추었습니다."

경호원이 몸을 돌려 루크에게 말했다.

어느새 95번 고속도로에 접어든 루크의 차량은 속도를 높였다. 앞뒤로는 경호 차량들이 차간 거리를 딱 붙인 채 따르고 있었다.

"선생님은 성함이?"

루크가 룸미러를 통해 조수석에 앉은 경호원의 얼굴을 살폈다. 대통령급 경호를 받는 루크에게는 십여 명의 전담 경호 인력이 있었다. 매번 멤버가 바뀔 때마다 루크는 그들에게 자신의 사인이 담긴 작은 선물을 하곤 했다.

"에리히 프롬$^{Erich\ Fromm}$입니다."

조금 큰 선글라스를 낀 에리히가 룸미러를 통해 루크에게 눈을 맞추며 대답했다.

"제가 오늘 처음 뵙는데 선물을 준비 못 했네요. 달에 다녀온 다음에…."

"루크, 달에는 왜 가는 거죠?"

첫 대면한 경호원 에리히의 말투가 어쩐지 딱딱하게 느껴졌다. 그러고 보니 차량의 분위기도 싸늘한 것 같았다.

루크는 이상하다고 느꼈지만, 자신이 잘못 들었을 거라 생각했다.

"당신은 달에 갈 자격이 없는 것 같은데."

"에리히, 무언가 오해가…."

예상하지 못한 태도였지만, 루크는 침착하려고 노력했다.

"이렇게 반대하는 사람들이 많은데, 무엇 때문에 가는 거죠? 국민의 피 같은 세금으로."

"에리히, 그건 나중에 얘기하기로 하죠."

두 손으로 핸들을 꼭 쥔 운전사는 아무런 대꾸도 하지 않고 그저 전방만 보고 있었다.

"당신 같은 애송이 없이도 달에 잘 갔다 올 수 있어."

에리히의 말투가 더 거칠어졌다.

"말이 좀 심하군. 일종의 테스트 같은 건가? 최종 합격을 위한?"

루크가 너스레를 떨며 분위기를 바꿔보려 했지만, 소용없었다.

"죽음은 또 다른 탄생을 의미하지."

에리히가 슬며시 품속에 손을 넣더니 권총을 꺼내 들었다.

"잠깐만, 에리히, 장난이 지나치잖아!"

다시 보니 운전사도 처음 보는 인물이었다. 루크가 몸을 돌려 뒤따르는 차량들에게 신호를 보냈다.

에리히가 소음기가 달린 총의 방아쇠를 당겼다.

탕!

첫발을 피한 건 순전히 행운이었다. 이상하다고 느낀 뒤 차량이 루크의 차를 그대로 들이받았기 때문이다.

"당신 미쳤어?"

차량이 크게 흔들렸지만, 다시 차선 안으로 들어왔다.

"너는 죽음을 피할 수 없어."

에리히가 벨트를 풀고 완전히 뒤돈 다음, 루크의 머리에 총구를 가져다 댔다.

"이건 아니야! 당신은 지금!"

그때 다시 한번 큰 충격이 가해지더니 SUV 차량이 중심을 잃고 비틀거렸다. 그제야 루크는 뒤의 차량이 자신을 구하기 위해 일부러 추돌한 게 아님을 깨달았다.

"총알로 마감할 건지, 아니면 불 속에 타 죽을 건지."

에리히가 기분 나쁜 미소를 지으며 루크를 노려보았다.

"에리히!"

세 번째 추돌은 성공적이었다. SUV 차량은 그대로 180도 회전하더니, 가드레일을 들이받고 공중으로 붕 떠올랐다. 동시에 에리히도 천장에 머리를 부딪혀 기절했다.

머리 위를 겨누던 위협은 사라졌지만, 그걸로 끝은 아니었다. 운전사는 다시 차선을 가로질러 질주했다. 그러다 마주오던 트럭과 충돌했고, 그 충격으로 차가 반대편으로 튕겨져 나갔다. 동시에 바닥에 깔린 차량 배터리에 불이 붙어 순식간에 화염에 휩싸였다.

머리에 이미 여러 차례 충격을 받은 루크는 아직 의식이 있는 상태였다. 옆으로 고꾸라진 차 안에서 그는 더듬거리며 빠져나갈 탈출구를 찾았다. 손을 더듬어 팔콘윙의 비상 개폐 장치를 찾아냈고, 힘겹게 그것을 당겼다.

곧이어 작은 폭발음과 함께 두꺼운 문이 통째로 떨어져 나갔다. 가까스로 바깥으로 기어 나왔지만, 이미 루크의 하체에는 불이 붙어 있었다. 감각이 없어 뒤늦게 알아차렸을 뿐.

뒤따르던 차량들이 루크의 추돌 현장과 거리를 두고 있었다.

"제발… 구해줘…."

흐릿해진 눈앞으로 루크가 오른손을 쭉 뻗었다. 십여 미터 떨어진 곳에서 누군가 천천히 다가오고 있었다.

불이 상반신으로 옮겨붙었지만, 루크는 포기하지 않았다.

"루크 쇼 선장님?"

선글라스에 정장을 입은 자가 앞에 우두커니 서 있었다.

"구해… 줘…."

그는 천천히 허리를 굽혀 루크를 바라보았다.

"그렇게 말하면 안 되지. 규칙을 어겨 놓고서는."

루크는 이제 아무 말도 할 수 없었지만, 그의 청각만은 아직 살아 있었다.

"아직도 네가 그렇게 잘났다고 생각하나? 이 세상의 주인은 나야. 너 따위 우주비행사가 아니라고."

그가 다시 몸을 일으키더니 망설임 없이 권총을 꺼내 루크의 머리에 발사했다.

16
꿈 (Dream)

"안 돼!"

세 평 남짓한 작은 방에 루크의 목소리가 울려 퍼졌다. 온몸에 식은땀이 흥건한 채로 깨어나 주위를 둘러보았다. 지금이 언제인지, 여기는 어디인지. 연속성이 깨져버린 지금, 루크는 '현재'를 느끼기 위해 고군분투하고 있었다. 그리고 A4용지 두 개만 한 크기의 창밖을 보고서야 자신이 어디에 있는지 알 수 있었다. 곧 현실감을 되찾을 수 있었지만 잠들기 전과 마찬가지로 참담한 기분을 지울 수 없었다. 루크는 고개를 푹 숙이고 숨을 들이켰다.

악몽이었다. 깨어 있는 지금처럼 악몽이 분명했다.

하지만 너무도 생생한 꿈이었다. 방아쇠를 당기던 순간의 찰칵 소리부터 햇살이 내리쬐던 고속도로까지.

순식간에 공간이동을 한 것처럼 루크는 에리히의 경멸스러운 눈빛을 선명하게 떠올렸다.

신이시여…. 그는 무신론자였지만, 지금은 전지전능한 존재가 너무나 간절했다. 가지런히 정렬된 지구들이 마치 선택을 기다린다는 듯, 창밖을 가득 채우고 있었다.

이불을 걷고 루크는 침대에 걸터앉았다. 방 안의 가구들은 모두 익숙한 디자인이었다. 달 유인우주기지를 설계할 때 보았던 시안들이 그대로 적용된 듯 깔끔하고 심플했다. 정신을 차린 루크는 조금씩 현재와 과거를 잇는 선들을 고르기 시작했다.

'어제, 그러니까… 이걸 보다 잠이 들었지.'

테이블에 놓인 태블릿을 보았다. 안나의 안내를 받고 들어온 방에서 루크는 샤워부터 했다. 그녀의 권유 때문이 아니라 전신을 적시는 따스함이 그리워서였다. 샤워를 마친 루크는 한동안 창밖 풍경을 바라보았다. 보고 또 보아도, 하나뿐인 지구에 익숙해진 루크는 결코 그 광경을 받아들일 수가 없었다.

'잘 짜인 가상세계.'

이유야 잘 모르지만, 루크는 자신이 메타버스 같은 가상 세계에 흘러들어온 것이라 생각했다. 굳이 이유를 갖다 붙이자면, 다크홀 탐사를 빌미로 나사에서 자신을 시험하고 있을지도 모른다고 상상하는 게 마음이 더 편했다.

몇 시간을 공상한 끝에 루크는 태블릿을 집어 들었다. 가상세계 속에서 안내자 역할을 하는 태블릿이라니. 자신을 세뇌하기 위한 도구일지도 몰랐지만, 궁금증을 참을 수 없었다.

라마 우주선은 언제 발견되었나요?

내가 탈출한 지구를 다시 갈 수 있나요?

내가 사랑했던 사람들은 지금 어떻게 되었나요?

안나에게 묻고 싶었던 내용들이 첫 화면부터 가지런히 정리되어 있었다. 루크가 마지막 질문을 클릭하자 긴 텍스트가 떠올랐다.

사랑하는 가족들이 많이 그리우시죠? 이 자료를 만든 저희도 그랬답니다. 제대로 된 작별 인사도 못 한 채 갑작스레 찾아온 이별을 받아들이는 것은….

어설픈 위로 따위를 바란 게 아니었다. 루크는 빠르게 페이지를 스크롤 했다.

이론적으로 보면, 사랑하는 사람들은 모두 저 아래 어딘가에 살아있습니다. 그들은 자신의 의식이 온전한 세계에서 여러분들의 무의식과 함께 일상을 유지하고 있을 가능성이 높습니다. 따라서 여러분들은 그들에게 죽은 존재가 아니라, 기억과 추억 속에 영원히 살아있는….

마치 사이비 종교 집단의 포교집을 보는 것 같았다. 제대로 된 설명 없이 그럴듯한 문구들로 포장된. 더 보다간 제정신을 유지하기 힘들 것 같아 태블릿을 침대에 던져두고 좀 떨어진 곳에 몸을 뉘었다. 연이은 사건들로 피폐해진 탓에 쉽게 잠이 오지도 않았다.

루크는 다시 자리에서 몸을 일으켰다. 벽에는 지구에서 입고 온 우주복과 이곳의 일상복으로 보이는 유니폼이 나란히 걸려 있었다.

샤워 가운을 벗고 무엇을 입어야 할지 망설이다가 '이주민'이라고 적힌 의상을 택했다. 일단은 적응하려는 것처럼 행동해야겠다는 생각에서였다. 옷을 다 갈아입자 노크 소리가 들려왔다.

"안나입니다."

문 너머로 익숙한 목소리가 들렸다.

"다 보고 있었군."

루크가 휙 천장을 훑었지만, CCTV처럼 보이는 건 없었다. 하지만 이 우주선을 만든 기술력이라면 자신의 일거수일투족을 살피는 것쯤 일도 아닐 터였다.

"좋은 아침… 이라고 해야 하나요?"

루크가 어색하게 인사를 건네며 문을 열었다. 안나는 바깥에 선 채 움직이지 않았다.

"여기 인사 방식이 아닌가 보군요."

루크가 문밖으로 나서자 안나가 몸을 비켜주었다.

"아침 식사도 대접해주나요?"

"물론이죠. 원하신다면."

"같이 식사하자고 온 건 아닐 테고. 무슨 일이죠?"

"아직 태블릿을 다 안 보셨나봐요."

"좀 보다 말았어요. 종교 서적 같아서."

"조금 구식이기는 하죠."

안나가 피식 웃으며 앞서 걷는 루크의 뒤를 따랐다.

"제가 어디로 가는지 알고 따라오는 건가요?"

"아니요."

"그럼 감시하는 건가요?"

"그렇지는 않아요."

루크가 걸음을 멈췄다.

"그럼 왜 찾아온 거죠?"

"옷을 제대로 입으셨길래 스케줄을 알고 계신 줄 알았어요."

"이 실험복 같은 옷 말인가요?"

루크가 불만스러운 표정으로 양팔을 들어 보였다.

"잘 어울리는데요."

안나가 만족스럽다는 듯 고개를 끄덕였다.

"그래서 오늘 스케줄이 뭡니까? 누구라도 만나게 해줄 겁니까?"

"제 설명을 제대로 안 들으셨군요."

안나가 먼저 걸음을 떼며 앞서갔다. 루크가 망설이다가 그녀의 뒤를 따랐다.

"2주라고 했죠?"

"네, 2주 동안 적응 훈련이 있습니다."

"훈련이면 총도 쏘고 그런 건가요?"

"그럴 리가요. 이곳에는 그런 미개한 일은 없어요."

길지 않은 복도를 지나 오른쪽으로 방향을 틀자 커다란 엘리베이터 홀이 나타났다. 수십 개의 엘리베이터가 루크의 눈앞에 펼쳐졌다.

"맙소사, 엄청나군."

엘리베이터 안으로 사람들이 들락날락했다.

"규모가 제일 작은 허브^{hub}예요."

"허브?"

"라마에는 총 15개의 허브가 있어요. 혹시 이 우주선의 길이가 어떻게 되는지는 보셨나요?"

"태블릿은 보다 말아서."

"거기에 모든 정보가 있으니 얼른 숙지하는 게 좋을 거예요."

가장 가까운 곳의 엘리베이터 문이 열리자 그녀가 안으로 들어가 라는 손짓을 했다.

엘리베이터에서 라마 우주선의 광활한 내부 전경을 볼 수 있었다.

"영화에서만 보던 스케일이군."

침착하려고 했지만 가슴이 뛰는 건 어쩔 수 없었다. 마치 거대한 도시를 품은 것처럼 기다란 원통을 따라 강과 산 그리고 고층빌딩 과 도로들이 끝없이 있었다.

"이곳은 지구에서의 시대와 크게 다르지 않아요. 상식을 뛰어넘 는 기술 따위는 없어요. 예를 들면, 뭐 날아다니는 아이언맨이라던 가."

"듣던 중 다행이군요."

담담하게 말했지만 루크의 시선은 창밖에 단단히 고정되어 있었 다. 안나가 버튼을 누르자 엘리베이터가 빠르게 아래로 내려가기 시작했다.

"일부 이주자들은 자신이 탈출한 지구의 모습을 재현하고자 했어 요. 엠파이어스테이트 빌딩이나 하버브리지 같은 다리들도 있죠."

안나가 멀리 손을 가리켰지만, 옅은 안개때문에 흐릿한 윤곽만 보였다.

"놀랍군요."

의도한 감탄은 아니었다. 지구의 모습을 꼭 닮은 라마 우주선은 새로운 개념으로 다가오고 있었다.

"그래서 오늘 스케줄이 뭐죠?"

"체험이요. 현장 체험."

"벌써 사회로 복귀시키는 건가요? 사인도 안 했는데."

루크가 고개를 돌려 안나를 보았다.

"모든 걸 경험하신 후에 결정하셔도 돼요. 다들 그렇게 해왔으니까."

엘리베이터 문이 열리자, 굳은 표정을 한 사람들이 서 있었다. 안나의 뒤에 루크가 바짝 따라붙었다.

"저들은 로봇인가요?"

"누구요?"

"엘리베이터에서 마주친 사람들."

"그럴 리가요. 이곳에는 휴머노이드 같은 로봇은 없어요."

"그런데 왜 다들 표정이 저렇죠?"

"말씀드리지 않았나요? 이곳 사람들은 다 이성적이라고."

"이성적인 것과 표정이 없는 건 다른데."

"표정이 아예 없는 건 아니에요. 다만 불필요한 감정을 드러내지 않을 뿐이죠."

거리로 나서자, 더 많은 인파와 차량이 스쳐 지나갔다. 우주 공간을 떠나 드디어 사람이 모여 있는 지반에 발을 디뎠다는 사실이 새삼 그를 설레게 했다. 루크는 둘러보며 자신이 선 이곳이 몇 주 전 다녀온 뉴욕 시내와 별반 다르지 않다고 생각했다.

"라마에 오신 걸 환영합니다. 지구를 탈출하신 것도요."

안나가 미소를 띠며 길가에 세워진 이동용 팟pod을 가리켰다.

작은 크기의 팟은 아무도 타고 있지 않았다.

"오늘은 일단 시내투어를 하죠. 궁금하신 게 특히 많으실 것 같네요."

팟의 문이 열리고 안나가 먼저 안으로 들어갔다.

17

투어 (Tour)

"안 타실 거예요?"

루크가 머뭇거린 건 팻 때문이 아니었다. 루크는 지금 이 순간이 꿈처럼 느껴졌다. 이러나저러나 닫힌 공간에서 머리를 싸매봤자 의문만 생겨난다는 걸 지난밤 내내 뼈저리게 느꼈다.

"어디로 가죠?"

루크가 탑승하자 팻의 자동문이 빠르게 닫혔다. 곧이어 빽빽하게 들어찬 도로 위로 팻이 부드럽게 끼어들었다.

"일단 한 바퀴 돌아볼 거예요."

안나가 팻의 천장에 달린 모니터를 가리켰다. 길쭉한 라마의 전체 지도 위로 외곽순환도로처럼 보이는 환형 도로가 나타났다.

"라마 우주선. 크기가 얼마나 되죠?"

"여기 순환도로는 한 바퀴에 1000킬로미터가 조금 넘을 거예요."

"그걸 오늘 다 돌 수 있나요?"

루크가 밖을 확인했다. 체증까지는 아니더라도 제법 차량의 밀도가 높아 팟은 제 속도를 내지 못했다.

"아니요, 오늘은 시내만 살펴볼 거예요. 전국 일주는 나중에 이주를 마치신 다음…."

"그렇군요."

루크가 안나의 말을 끊으며 다시 자리에 앉았다.

"어젯밤은 잘 주무셨어요?"

안나가 뒤늦게 루크의 안색을 살폈다.

"그런대로."

루크는 생각에 잠긴 듯 건성으로 대답했다.

"잠을 자는 것도 곧 마지막이 될 거예요."

안나가 창밖을 보며 말했다.

"여기 사람들은 잠들지 않으니까요."

"무슨 말이죠?"

루크가 고개를 갸우뚱하며 안나를 쳐다봤다. 그녀는 반쯤 고개를 돌린 채 창밖을 보고 있었다.

"이주민에서 정식 시민이 되면 알 수 있어요. 사실 어젯밤 주무신 것도 특이한 일이죠. 대부분은 첫날부터 불면을 경험하니까요."

"내가 너무 낙천적이라 잠을 잤단 말인가요?"

"아니요, 그 반대죠."

안나가 루크와 눈을 마주쳤다.

"잠은 결국 무의식을 위한 시간이에요. 79억 지구에 흩어진 나를 만나는 시간이기도 하고요. 이제 그 연결이 끊어졌으니 잠이 필요하지 않은 건 어쩌면 당연하죠."

어제 경험한 외부의 일을 받아들이기에도 루크는 아직 많은 것들이 벅찼다. 그런데 지금 그녀는 루크 자신에게 일어나는 내면의 일을 언급하고 있었다. 이 세계가 그것에까지 영향을 미친다는 게 믿기지 않았다.

"아직 졸리시면 주무셔도 돼요. 일종의 습관 같은 거니까. 하지만 2주 정도 시간이 지나면 자연스레 알게 되실 거예요. 내가 왜 그동안 미련하게 잠을 자며 시간을 허비했는지."

안나가 등받이에서 몸을 떼어 수백 미터 앞에 우뚝 솟은 건물을 가리켰다.

"저기가 엠파이어스테이트 빌딩이에요. 내부까지 완벽하게 재현해놨죠."

루크의 시선이 그녀의 손끝을 향했지만, 그의 마음은 아직 딴 곳에 있었다.

"그럼 당신도 어젯밤 잠을 자지 않았나요?"

"그럼요."

안나가 당연하다는 듯 대답했다.

"언제부터, 당신은 언제 여기에 왔죠?"

"그건 말씀드릴 수 없어요. 궁금한 게 많으실까 봐 그래서 태블릿을 드린 건데. 알고 싶은 건 거기서 웬만하면 찾을 수 있었을 텐데요."

대놓고 내색하지는 않았지만 안나는 투어가 원하는 대로 이루어지지 않는 걸 불편해하는 것 같았다. 루크도 그런 안나의 심기를 알아차릴 수 있었다.

어느새 한적해진 도로 옆으로 높이 솟은 건물들이 빠르게 지나가고 있었다.

"다들 뭘 하면서 사는 거죠? 그러니까 무엇을 위해서….."

"실존적인 질문이군요. 다들 각자의 위치에서 부여받은 일을 하고 있어요. 거기서 나름의 성취를 얻고 또 계획을 세우는 거죠."

"잠을 자지 않으면, 24시간 일을 하나요?"

"그렇지는 않아요. 잠을 안 잔다고 피로까지 못 느끼는 건 아니니까. 이곳 법에 따라 휴게시간과 근로시간은 명확히 구분되어 있어요."

"나는… 어떤 역할을 하게 되나요?"

루크가 차분하게 묻자 안나는 오히려 조금 당황하는 것 같았다. 자신의 역할을 묻는 건 이주를 결심했을 때나 나오는 질문이었다.

"이주를 결심하신 건가요?"

"그러지 않으면 추방당한다면서요."

"그렇기는 하지만."

루크와 안나를 태운 팟이 속도를 더 높였다. 창밖의 풍경이 빠르게 지나가자 루크의 시선이 불안한 듯 자꾸만 뒤쪽을 향했다.

"아무튼 고무적이군요. 선장님이 이곳에 정착하실 경우….."

안나가 품에서 태블릿을 꺼내 검색하기 시작했다.

"현재 티오가 있는 직업군이 몇 개 없어요. 요리사와 팟 정비사 그리고 콜센터 상담 자리가 비어 있네요."

세 후보군 모두 루크가 지구에서 한 번도 경험해보지 못한 것들이었다. 그래서 당혹스러운 표정을 감출 수 없었다.

"왜요? 마음에 들지 않나요?"

"그렇다기보다 한 번도 해본 적 없는….."

"그건 중요하지 않아요. 이틀이면 다 배울 테니까."

"쉬운 일이라는 뜻인가요?"

"아니요, 이곳 사람들의 평균 학습 능력이에요. 아무리 어려운 실무도 하루 이틀이면 다들 습득해내니까요. 마치 오랫동안 숙련되어 온 사람들처럼 말이죠."

루크가 저도 모르게 숨을 크게 들이쉬었다.

"아직 완전히 적응하지 않아서 그래요. 새 거주지가 생기고 나면…."

"가족이 있나요?"

루크가 안나의 말을 끊고 물었다.

"무슨 의미죠?"

"이곳에서 같이 사는 가족이 있냐고요."

제대로 관찰한 건 아니지만, 루크는 지나는 사람들이 모두 혼자였다는 사실을 떠올렸다. 남자와 여자 그리고 드물게 보이던 어린아이 모두, 그들은 홀로 어딘가를 향해 바쁘게 움직여다녔다.

"정말 공부를 안 하셨군요."

안나가 어색한 미소를 지어 보였다.

"오늘은 좀 읽어보죠."

안나를 바라보는 루크의 표정은 한결 편안해졌다.

"이곳에서 가족 형성은 금지되어 있어요. 그렇게 하고자 하는 사람도 없고요. 사랑, 연애, 결혼, 출산. 이 모든 게 여기엔 없어요. 지구에서는 당연하게 여겨졌겠지만, 여기서는 그런 일들이 금기시되죠."

"그럴 수가! 그럼 남녀 간의 연애도?"

"딱히 법으로 금지한 건 아니에요. 하지만 아무도 그렇게 하려 하지 않죠. 왜 육체적, 정신적 자원을 소비하면서 그런 하등한 감정을 다뤄야 하죠?"

루크를 바라보는 안나의 시선이 조금 더 진지해졌다.

"그러니까 당신은 사람에 대한 사랑의 감정을 단 한 번도…"

"제가 되묻고 싶군요. 사랑을 해서 얻는 것이 뭐죠? 잠깐의 설렘과 강렬함?"

"지금 사랑학을 강의하자는 게 아니라…."

"아무튼, 거주민들은 효율성과 이성적인 사고에 집중하고 있어요. 어떻게 하면 이 세계가 붕괴되지 않고 잘 유지될 수 있을지, 미래 세대는 어떤 사람들로 구성되어 있을지 그런 데 관해서만 관심을 두는 편이죠."

"그러니까 미래 세대가 있으려면 사랑과 결혼 그리고 출산을…."

"그건 지구에서의 사고방식이에요."

"다음 세대가 중요하다면서요. 그건 어떻게?"

"출산만큼 리스크가 높은 일도 없죠. 생명체에게."

"그럼 어떻게요?"

"당신이 보여줬잖아요."

안나가 태연한 얼굴로 루크를 가리켰다.

"저요?"

"네, 새로운 세대."

그제야 루크는 안나의 말이 무엇을 의미하는지 깨달았다. 만으로 41세의 나이를 넘긴 자신이 바로 이곳의 다음 세대라는 것을.

"말씀드렸죠. 여기서는 효율적이지 않은 일은 하지 않는다고. 제가 왜 2주라는 시간을 투자해 선장님을 밀착 케어한다고 생각하세요?"

"그렇군요, 그러니까…."

"출산하지 않는 대신 우리는 정기적으로 새로운 이주민을 받아요. 물론 우리가 결정하는 건 아니지만, 꽤 정확한 확률로 새로운 탈출자가 이곳을 방문하죠. 마치 지구에서 남녀의 비율이 일정하듯이."

"당신들이 결정하지 않는다고요?"

"다크홀이 언제 어떻게 생겨나는지는 우리도 알 수 없어요. 지속적으로 우주선 주변을 감시하고, 새로운 물체가 다가오는지를 살필 뿐."

"그래서 내가 도착한 사실은 당신 말고 다른 사람들도 알고 있나요?"

"그럼요."

안나가 어이없다는 듯 그를 보고는 창밖을 두리번거렸다.

"저기, 저기 보세요!"

건물들 사이로 드문드문 보이는 전광판 하나를 가리켰다. 강한 빛을 내뿜는 전광판 위로 우주복을 입은 사람의 사진이 떠 있었다. 그것이 자신의 프로필 사진임을 확인한 루크는 눈을 질끈 감았다.

"당신은 지금 우리 세계에서 가장 관심 받는 인물이에요. 마치 지구에서 아이가 태어난 것처럼."

18
투어 II (Tour II)

눈에 잘 띄는 곳마다 사진이 걸려 있었다. 지구에서는 이보다 더한 유명세를 탔지만 낯선 곳, 낯선 사람들뿐인 여기선 완전히 다른 기분이었다.

"의례적인 건가요?"

"무슨 뜻이죠?"

"라마에 온 사람들은 다 저렇게…."

"그럼요."

안나가 수줍어하는 루크를 보곤 웃음을 터트렸다.

팟이 속도를 줄이더니 길가로 빠졌다.

"다 왔어요."

안나가 문 개폐 버튼을 누르고 먼저 일어섰다.

"여기가 라마에서 가장 뷰가 좋은 장소입니다. 얼른 내려보세요."

로크는 내리길 머뭇거렸는데 얼굴이 함부로 노출된 것 때문만은 아니었다. 기절하듯 잠들기는 했지만, 루크는 어젯밤부터 어떻게든 여길 떠나야 한다고 결심한 터였다. 외계인의 인간 실험실, 국가 기관이 만든 가상 세계, 이산화탄소 중독으로 인한 환각 상황… 루크는 지금의 상황을 설명할 수 있는 그럴듯한 방법을 내내 고민했다.

아무런 결론도 나지 않은 지금, 루크는 여길 탈출해 다시 우주 공간으로 가는 것만이 유일한 해답이라고 여겼다.

"왜요? 아까 전광판 사진 때문에?"

안나가 손을 내밀며 루크를 재촉했다. 그녀는 이곳에서 대화를 나눈 유일한 사람이었다. 아니, 어쩌면 그녀는 인간이 아니라 정교하게 만들어진 로봇일지도 몰랐다. 어쨌든 루크는 자꾸만 이 상황에 익숙해지려는 자신을 경계해야겠다고 마음먹었다.

차에서 내려 루크는 깊이 숨을 몰아쉬었다. 라마의 공기, 그러니까 실내라면 실외라고 할 수 있는 이곳의 바람은 더할 나위 없이 상쾌했다. 밀폐된 공간에서 바람이 불고 있다는 사실은 그저 놀랍기만 했지만.

"혹시 날씨도 있나요? 비가 온다든지."

"그럼요, 때로는 태풍도 오는걸요."

"그걸 통제하는 세력, 아니 관리자가 있는 거고요?"

"글쎄요."

안나가 그 질문에는 고개를 갸우뚱했다.

루크는 다시 주위를 둘러보았다. 이 어마어마한 원통형 우주선은 누가 봐도 잘 만든 인공 건축물이었다. 실린더 전체가 천천히 회전하고 있었기 때문에, 머리 위에도 삐죽삐죽 솟아 나온 건물들이 지면에 거꾸로 붙박여 있는 게 보였다. 워낙 멀리 떨어져 있어 잘 보이지는 않았지만.

"설마 저 위에서 뭐가 떨어지고 그러지는 않겠죠?"

루크가 농담처럼 물었다.

"남반구에 있는 사람들은 왜 안 떨어지냐는 지구 어린아이들의
질문 같군요."

안나가 루크를 돌아보며 어디론가 걷기 시작했다. 곧 언덕배기에
있는 난간 앞에서 멈추었다.

"여길 누가 만들었는지, 어떻게 운용되는지는 아직 몰라요."

"그럼 이 우주선을 관리하는 사람이 없단 말입니까?"

"어제 말씀드렸잖아요. 지구와 마찬가지로."

안나의 설명을 들을수록 루크는 답답함을 느꼈다.

"라마는 인공물체잖아요? 하다못해 지하로 들어가면 기계실이라
든지, 에너지를 공급하는 발전소라든지 이런 게 있을 거잖아요."

"물론 있어요."

"그럼 그걸 만든 누군가도 있을 것 아닙니까. 왜 자꾸 숨기는 거
죠?"

안나는 언덕 아래 펼쳐진 세상을 하염없이 바라보았다. 도심의
끝자락에 해당하는 이곳에서는 라마의 자연이라 할 수 있는 작은
대지와 강들이 멀리까지 펼쳐져 있었다.

"그래서 제가 드린 태블릿을 보시라고 한 거예요."

안나가 루크와 눈을 마주치며 미소를 지었다.

"역사에 의하면, 이곳에 처음 정착한 사람은 헤르만이라는 선구
자예요. 약 3,000년 전이라는 것 말고는 알려진 게 없죠."

"헤르만?"

"그가 처음 여기 왔을 때는 아무런 건축물도 시설도 없었어요. 그저 텅 빈 채 회전하는 야생의 라마뿐이었죠."

"그걸 어떻게 믿나요? 영상 같은 기록이라도 있습니까?"

안나는 고개를 저었다.

"가장 과학적인 교육을 받으신 분이 자꾸만 감정적인 질문을 하시는군요."

"아니요, 논리적으로 묻는 겁니다."

"지구에는 선사시대의 영상이 남아 있나요?"

"그건 아니지만, 방대한 자료와 기록을 통해…."

"역사는 모두 창조된 거예요. 인간은 1의 정보를 받으면 자신의 가설을 더해 100의 결과를 만들어내죠. 그걸 잘 포장해 권위와 문서로 공유하면 사실처럼 되는 거고요."

"인간의 역사를 불신하는 것처럼 들리는군요."

루크가 갑작스레 그녀의 손목을 잡았다.

깜짝 놀란 안나가 손을 빼며 한걸음 뒤로 물러섰다. 루크는 그녀가 인간을 모사한 로봇이라면 체온이 없을 거라 여겼다. 순간적으로 든 생각이지만 확인해야겠다는 충동이 들었다.

"미안합니다. 당신이 인간이 맞는지 모르겠어서."

그녀의 살갗은 부드럽고 또 따뜻했다. 손가락 사이를 스쳐 지나간 솜털의 촉감들까지.

"루크, 말씀드렸듯이…."

안나가 한 걸음 더 거리를 두고 말했다.

"이 세계는 감정적인 행동이 모두 금지되어 있어요. 이런 행동은 불쾌해요."

루크가 양손을 들어 미안하다는 제스처를 해보였다.

"오늘 교육은 여기까지만 하죠."

안나가 다시 팟으로 향했다.

루크는 잠시 멈춰 서서 언제 다시 볼지 모를 아름다운 풍경을 눈에 담았다. 아무런 편견을 가지지 않는다면, 자연과 도시 그리고 햇볕이 어우러진 한 편의 그림과도 같았다.

라마의 한쪽 끝에는 인공태양처럼 보이는 광원이 부드럽게 눈을 찔렀다. 지구에서의 밤을 모방하려 한 듯, 절반은 빛이 닿지 않아 어둑했다.

"있는 그대로 받아들여라…."

그래도 여전히 의문투성이였다. 유리로 막혀 있는 투명한 하늘. 천천히 회전하는 원통형 둘레. 어디가 끝인지 알 수 없는 강줄기까지. 안나는 아무런 답도 해주지 않았다. 숨기는 게 아니라 정말 전혀 모르는 것처럼 보였다.

"돌아갈 시간이에요."

안나가 루크를 재촉했다. 두 사람이 다시 오르자, 팟은 빠르게 속도를 내며 도로에 합류했다.

스쳐 지나는 풍경과 차들이 그의 시선을 끌었다. 자세히 보이지는 않았지만, 차량에는 대부분 한 사람만 탑승하고 있었다.

잠시 후, 정속으로 주행하던 팟 옆에 검은 차량 한 대가 바짝 따라붙었다. 썬팅이 되어 있지 않은 창문 너머로 검은 선글라스를 낀 남성이 팟 내부를 노려봤다.

상대의 표정이 영 개운치 않았다. 자신의 얼굴을 계속해서 쳐다보고 있었다.

"아는 사람인가요?"

루크가 안나를 보며 말했다.

"아니요."

안나가 대수롭지 않다는 듯 대답했다.

"그럼 왜 우리를⋯."

루크가 수상한 낌새를 느끼고 돌아보았다. 뒤쪽에도 역시 검은 차량 한 대가 바짝 붙어 쫓아오고 있었다.

"혹시 경호 차량 같은 게 있나요?"

눈에 띄게 불안해하는 루크를 보며 안나도 조심스럽게 주위를 살폈다.

"누군가 우리를 따라오고 있어요. 수동 조종. 수동으로 운전 가능한가요?"

루크가 팟의 천장과 벽을 훑으며 운전대를 찾기 시작했다.

"루크, 진정해요."

"내 얼굴이 공개되었다면서요. 저들이 날 추격하는 것 같아요."

"루크, 모두 자율 주행 중이에요. 도로에서 흔히 있을 수 있는 일이라고요. 진정해요."

유난히 가깝게 붙어 있었지만, 안나가 보기에 유별난 일은 아니었다.

"그렇지 않아요. 경로를 바꿔요. 다른 곳으로."

루크가 팟의 모니터를 거칠게 터치했다.

"루크, 진정하고 자리에 앉아요. 제가 상황을 컨트롤 하고 있어요."

"당신도 한 편은 아니겠죠."

"루크."

그때 옆에 바짝 붙어 있던 검은 차량이 차선을 옮기더니 속도를 높이며 사라졌다. 동시에 뒤따르던 차량도 경로를 바꿔 다른 길로 빠지기 시작했다.

차량이 모두 사라진 걸 확인하고 나서야 루크는 숨을 고르며 자리에 털썩 앉았다.

"루크, 아직 불안한 상태겠지만, 여긴 아주 안전하고 이성적인 세상이에요. 범죄와 약탈, 위험 같은 건 없어요."

안나는 다시 한번 루크를 진정시켰다.

"일단 복귀하는 게 좋겠어요."

"어제 악몽을 꿨어요. 누가 나를 추격하고 죽이는. 그래서…."

"뭐라고요?"

"그래서 그래요. 원래 악몽을 잘 꾸지 않는데…"

루크가 창밖을 보며 심호흡을 했다.

"루크, 다시 말해봐요? 어젯밤에 무슨 일이 있었다고요?"

"꿈을 꿨다고요. 아주 지독한 꿈을."

안나의 표정이 순식간에 굳어졌다.

19

그 (He)

루크는 아직 안나의 미세한 표정 변화를 알아차리지 못했다.

방금까지의 추격이 진짜였는지, 아니면 일종의 피해망상이었는지를 가려내려는 듯 안나는 대답이 없었다. 태블릿을 만지작거리는 손이 조금 불안한 듯 보였다.

"왜요? 무슨 문제라도…."

"아니, 아니에요."

안나가 정신을 차리고는 어색한 미소를 지었다.

"도통 적응이 안 되는군요."

"뭐가요?"

"다들 너무 차갑고 잔뜩 굳어 있어요. 로봇 같으면서도 로봇 같지 않은. 그런 어색한 느낌."

"인간에게서 감정을 빼고 나면 그런 모습 아닐까요."

안나가 에둘러 루크의 말에 맞장구를 쳤다.

"감정이라…."

감정을 다루는 건 루크에게도 자신 있는 일이었다. 혹독한 우주인 선발 과정을 거치면서, 수십 명이 넘는 평가자들의 테스트 하는 시선을 견뎌야 했으니까. 어쩌면 그들을 속인다는 게 더 적절한 표현일지도 몰랐다.

"꿈 이야기를 좀 더 해보죠."

"무슨 꿈이요?"

"어젯밤에 꾸었다고 한…."

"아, 악몽 말씀이군요."

"악몽이었나요?"

"네, 방금 상황과 비슷한."

안나의 눈빛이 더 진지해졌다.

"별거 아닌데, 정말 듣고 싶어요?"

루크의 말에 안나가 무겁게 고개를 한 번 끄덕였다.

"어린애들 같은 꿈 얘기를 하게 될 줄이야. 그러니까 내가 처음 달에 가기 위해 집을 나서던 순간이었어요…."

***

루크의 이야기는 그리 길지 않았다. 집 현관문을 나서던 순간, 그리고 선글라스를 낀 남자들에게 총을 맞은 순간까지.

안나는 한 마디도 놓치지 않고 집중했다.

"선글라스를 낀 남자들에 대해 더 말해줄 수 있나요?"

"검은색 정장을 입고 구식 선글라스를 낀 흔한…."

"무슨 말을 하지는 않았고요?"

"글쎄, 그런 것까지는….."

루크는 안나가 갑자기 자신의 꿈에 관심을 가지는 게 의아했다. 하지만 한편으로는 누군가 자신의 이야기를 들어주고 있다는 사실이 조금은 만족스럽기도 했다. 어느덧 팟은 왔던 길을 그대로 돌아가 다시 이주민 거주센터로 들어섰다.

루크가 먼저 벨트를 풀고 일어섰다. 안나는 여전히 자리에 그대로 앉아 있었다.

"안 내려요?"

팟이 플랫폼에 정차하자, 루크가 개폐 버튼을 누르며 물었다.

"오늘 훈련은 여기까지예요. 나머지는 자유시간입니다."

"자유시간이라….."

루크가 기다랗게 이어진 통로를 보며 중얼거렸다. 길지 않은 시간이었지만 바깥 풍경을 보고 나니, 이 현대적인 실내는 영 불편하기만 했다.

"그럼 밖으로 나가는 것도 가능한가요?"

"그건 이주민 동의서에 서명한 이후에나….."

"2주라고 했죠?"

"어떤…?"

"저에게 주어진 시간이."

"네, 맥시멈이죠. 그 전에 다들 결정을 내려요."

루크는 고개를 끄덕이고는 팟에서 먼저 내렸다.

안나는 닫힌 문 가운데 사각 모양 창문으로 점차 멀어지는 루크의 모습을 물끄러미 바라보았다.

***

"웰 스트리트 341."

루크가 멀어진 것을 확인하고 안나가 목적지를 말했다.

"접근제한구역입니다. 보안 코드를 입력해주세요."

안나가 화면에 나타난 키보드에 일련의 숫자를 입력했다. 팟이 반대편 노선으로 이동하더니 빠른 속도로 출발했다. 다시 도로에 들어서자, 안나는 손에 쥐고 있던 휴대전화를 켰다.

자크^{Jacques}

화면에 이름이 떠오르자마자, 누군가 응답했다.

"무슨 일이지?"

"드릴 말씀이 있어요. 안전한가요?"

"늘 그렇듯 그냥 집에 있을 뿐이지. 무슨 일이신가, 우리 루키 트레이너^{rookie trainer}께서."

중년 남성의 목소리는 힘이 없었다.

"어제 새로운 이주민을 받았어요. 41세 남자, 루크 쇼."

"그래, 안 그래도 텔레비전에서 봤어. 이주에 동의할 것 같은가? 잘난 친구들은 늘 까다로워서."

"아직 확실하지는 않아요. 그것보다…."

안나가 잠시 말을 멈추었다가 다시 입을 열었다.

"이상한 점이 있어서요."

"말해봐."

"어젯밤 꿈을 꿨다고 합니다. 아주 생생한 자각몽을요."

수화기 너머로 침묵이 흘렀다. 그르렁대는 자크의 숨소리만 들릴 뿐이었다.

"확실한가?"

자크의 목소리는 안나의 예상과 달리 차분했다.

"악몽 때문에 잠을 못 잤다고도 했고요. 도로에서 데자뷔를 느낀 듯 행동하기도 했고요."

"악몽 때문에 잠을 못 잔다…."

"검은색 선글라스를 낀 자들이 자신을 죽였다고 합니다."

"…."

안나가 루크의 상황을 구체적으로 보고할수록 자크의 침묵도 길어졌다.

"안나."

그리고 잠시 후 그녀의 이름을 불렀다.

"네, 박사님."

안나는 무언가를 기다리는 듯했다.

"그러니까 자네는, 녀석의 꿈이 무의식과 연결되어 있다고 보는 건가?"

"그럴 가능성이 높은 것 같아요. 꿈의 내용이…."

"의식이 탈출한 뒤에 발생하는 대량 무의식 학살이다…."

"그렇게 볼 수 있지 않을까요?"

"이론뿐인 그 현상을 이곳에서 꿈으로 경험하는 사람이 있다. 그것도 이주한 지 하루밖에 되지 않았는데?"

"말이 안 되는 건 잘 알고 있어요."

"역사에 비추어 보면 있을 수 없는 일이지. 여기 인간들은 꿈을 꾸지 않으니까."

"네, 그래서 연락드린 거예요."

"그가 이곳 역사와 철학을 하룻밤 사이에 너무 열심히 공부한 건 아닌가?"

"네?"

"똑똑한 것들은 늘 연기를 하니까. 교육 내용에 꿈과 관련된 부분도 있나 해서."

"그 부분은 이주민 교육에는 없습니다."

자크가 다시 고민에 빠진 듯 침묵했다.

"혹시 보통 이주민들에겐 없는 능력이 이자에게 있을 가능성은…."

"안나."

자크의 목소리는 단호했다.

"역사는 하나의 소설과 같은 거야. 운 좋게 명예를 얻은 누군가가 짧은 생에 이루지 못한 소망을 후손들에게 남긴 거지. 그들이 진위를 판별할 수 없음을 너무나도 잘 알기에."

"그렇기는 하지만, 예외라는 것도 있지 않을까요?"

"작은 단서 하나로 판단하지 말아. 그가 그런 척하는 건지, 아니면 진짜로 꿈을 꾸는 건지는 알아봐야 하니까."

"네, 알겠습니다."

"그렇다고 너무 붙지는 말고, 자연스럽게 행동해. 티가 나면 안되니까."

"네, 박사님. 곧 도착합니다."

안나의 말을 끝으로 통화가 끝났다. 루크와 함께 이동할 때 지나던 넓은 도로 대신 팟은 이제 작은 골목길을 따라 도심지를 벗어나는 방향으로 향하고 있었다.

잠시 후, 제한 구역임을 알리는 표지판과 함께 팟이 속도를 줄였다. 곧이어 탑승자의 신원을 확인하기 위한 드론들이 양옆으로 빠르게 다가왔다.

"안나 프루스. 아이디 111041."

안나가 자신의 얼굴을 훑는 레이저를 바라보며 대답했다.

출입이 허가되었습니다.

짧은 기계음이 나면서 팟이 다시 속도를 높였다. 낮은 벽돌 건물들이 즐비한 이곳은 마치 할렘가를 연상시키듯 허름했다.

주행모드를 변경합니다.

팟의 아래쪽에서 고무바퀴가 드러났다. 도로에 난 궤도를 따라 부드럽게 움직이던 데서 직접 땅에 바퀴를 대고 움직여야 했다.

"수동 조종 모드로."

안나가 명령하자 팟의 바닥에서 기다란 스틱 하나가 솟아올랐다. 그걸 잡고 방향을 틀자 팟이 기민하게 작은 골목으로 들어섰다. 루크를 안내하던 사무적인 모습과 달리, 그녀의 얼굴에는 결연함마저 감돌았다.

어둠이 몸을 기대기 시작한 거리에는 유난히 느리게 걷는 사람들과 방향을 잡지 못한 채 갈팡질팡하는 이들이 드문드문 눈에 띄었다. 길지 않은 골목을 지나자 주황색 가로등이 불을 밝히는 붉은 건물 하나가 나타났다. 안나가 속도를 줄여 길가에 팟을 세웠다.

문을 열고 내리자 매캐한 냄새가 얼굴을 감쌌다. 뒤로는 높게 솟은 시가지 건물들이 위용을 드러내고 있었다.

안나는 건물 반지하로 연결된 낡은 계단으로 향했다. 현관문과 계단이 말끔하게 정리되어 있었다. 계단을 조금 내려가자 검은색 문 옆에 명패가 보였다.

자크 다비드[Jacques David]

"박사님, 안나입니다."

안나가 문고리를 두 번 들었다 놓으며 말했다. 잠시 후, 낡은 문이 열리더니, 은발 머리를 귀 뒤로 넘긴 자크가 그녀를 맞이했다.

20

전의식 (Preconsciousness)

자크는 예전보다 더 야위었다. 은색 머리와 수염이 덥수룩했는데 지저분해 보이진 않았다.

"일찍 왔군."

자크가 거실로 향했다. 움직이는 게 예전보다 부쩍 느려졌다. 안나가 뒤따르며 방안을 둘러보았다. 그동안 연락만 주고받다가 이렇게 직접 찾은 건 실로 오랜만이었다.

"육신이야 늘…."

건강은 괜찮냐는 말에 자크는 오래된 흔들의자에 힘겹게 앉으며 혼잣말처럼 중얼거렸다.

"삐걱대기 마련이지."

삐걱대는 의자 소리를 따라 자크가 느긋하게 웃었다.

"그래도 건강하셔야죠."

안나가 자크와 눈을 마주치고는 반대편에 앉았다.

"루크라고 했지?"

"루크 쇼. 41세. 우주인이요."

자크가 깍지를 끼며 고개를 끄덕였다.

"지구에 두고 온 딸에 대한 우려가 커요."

"이주민들이 늘 겪는 일이지."

"그래도 유난히 자의식이 강하고 고집도 센 편이에요."

"오늘이 첫 번째 훈련이고?"

안나가 고개를 끄덕였다.

"동의서에 서명을 안 하겠다고 버티나 보군?"

"그 정도까지는 아닌데, 조금 심상찮아요."

"자네 직감은 늘 정확했잖아."

자크가 테이블 위에 다 식은 커피를 들이켰다.

"꿈 이야기를 조금 더 해보지."

"통화로 말씀드린 것 외에는 아직 뚜렷하게 발견된 사항은 없습니다."

"아니, 자네 생각 말이야."

이곳에서 꿈을 꾼다는 건 금기에 가까웠다. 아니, 꿈을 꾸는 사람이 없었기에, 그걸 제대로 이해하는 사람이 없다는 표현이 더 적절했다. 자크를 제외하고는.

"자네가 직접 들었잖아. 정말 꿈같던가?"

"저도 책에서만 봐서…."

"그놈의 책은…."

자크가 몸을 일으키더니 벽 한쪽에 쓰러질 듯 서 있는 책장으로 향했다. 잠깐 훑어보더니 《Ecrits》라는 글자가 희미하게 적힌 책 한

권을 꺼냈다.

"꿈이란 존재를 증명할 수 있는 도구가 되지는 않아. 모두가 각자의 꿈을 꿀 뿐, 다른 사람의 꿈을 엿볼 수도 없지. 다들 자신이 꿈속에서 보고 듣고 경험한 이야기만 할 뿐인데도, 우리는 그것이 내면 어딘가에선 분명히 존재했다고 믿는 거라고."

알쏭달쏭한 자크의 혼잣말에 안나는 몸을 조금 기울였다.

"그렇지만 꿈이 실제라 믿는 사람들이 있었지. 오래전 여기에…."

자크가 책을 펼치려다 말고 테이블 위에 조심스럽게 내려놓았다.

"하지만 나도 꿈을 꾸지 않은 지 아주 오래되었어. 정확히 언제인 지조차 알 수도 없고."

"그래도 박사님은 이 세계에서 유일한 선지자시잖아요."

자크가 피식 웃음을 터트렸다.

"그놈의 꿈 때문에 이 지경이 되었잖아. 몇 년 전부터는 녀석들이 온수 공급도 끊었다네. 죽지 못해 사는 거지."

궁색한 처지와 달리 자크의 눈빛은 형형했다.

"자네는 이곳에 왔을 때를 기억하고 있나?"

갑작스런 질문에 안나가 몸을 움찔했다.

"그럴 리가요."

"맞아. 우리 모두는 태어난 순간을 기억하지 못하지. 하지만 말이야."

자크가 안나에게로 부드럽게 몸을 기울였다.

"그 기억을 되살려줄 수 있다면? 이 세계에 갇혀버린 정신을 탈출시킬 수 있다면?"

"그게 무슨 말씀인지…."

"꿈은 무의식과 연결되는 유일한 통로야. 그를 만나보고 싶어. 최대한 빨리."

"루크가 동의서에 서명한다면 만날 수 있지만, 그때는 이미…."

"알아. 온전한 정신으로, 지금 상태 그대로 만나야 해."

"박사님."

갑작스런 요구에 안나의 얼굴이 사색이 되었다.

"불가능하다는 거 알고 있어. 그래서 자네에게 부탁하는 거야."

***

"루크 쇼. 이주민 후보자입니다."

팟에서 내리자마자, 경비원으로 보이는 자가 다가왔다. 목에 건 아이디카드를 건네자 바로 길을 내주었다.

"어디로 가야 하죠?"

여기 지리는 대충 파악했지만, 루크는 다른 속셈이 있었다.

"오른쪽 복도를 쭉 따라가세요."

경비원이 '이주민 구역'이라고 적힌 푯말을 가리켰다. 루크는 그 방향으로 곧장 걸었다.

성큼성큼 걸으며 주위를 살폈다. 이틀간 라마의 내부를 둘러보고 나서 이곳을 반드시 떠나야겠다고 마음먹었다.

철골 구조와 유리판으로 이루어진 우주선의 외벽은 누가 보아도 인공적으로 만들어진 게 분명했다. 그런데도 마치 새로운 세상이 이미 만들어져 있었던 것처럼 찬양하는 홍보물들을 보며 루크는 이곳이 정상적인 공간이 아님을 확신했다.

'외계인이 지구인을 포획하기 위해 만든 감옥이라는 게 더 그럴 듯해.'

돌아오는 팟 안에서 루크는 나름의 결론을 내렸다. 다른 행성을 침공하지 않고 자연스럽게 그들을 '수집'하는 일. 그리고 최대한 그들이 머물던 환경과 비슷한 공간을 조성하며 '윤리'를 베푸는 것.

무엇보다 인간들 스스로 서로를 관리하게 함으로써, 자신의 모습을 드러내지 않는 치밀함까지 갖춘 이곳의 지배세력들. 루크는 이 미지의 세력들은 분명 인간보다 한 수 위의 지능을 갖춘 지적 생명체일 거라 확신했다.

"좋은 아침입니다."

루크가 복도에서 마주친 젊은 여성에게 먼저 인사를 건넸다. 상대는 인사가 갑작스럽다는 듯 어색한 미소를 건네고는 그대로 가던 길을 재촉했다.

이곳이 만들어진 감옥이라는 확신이 서자, 다음 계획은 명확해졌다. 탈출. 루크는 자신에게 주어진 2주의 시간을 최대한 활용하여 이곳을 빠져나가야겠다고 결심했다.

'월등한 지적 존재의 통제로부터 벗어날 수 있을까' 하는 의문이 들었지만, 그건 중요하지 않았다. 모든 지능은 빈틈이 있다는 걸 루크는 그동안의 경험을 통해 똑똑히 알고 있었다.

이십여 미터를 더 걸어가자 갈림길이 나왔다. 그리고 이주민 구역으로 들어가는 입구 오른쪽에 두 명의 경비원이 있었다.

"잠시 지나갈게요."

누가 보아도 이주민 후보 복장을 한 루크가 겁 없이 다가들었다.

"이주민 구역은 저쪽입니다."

키가 2미터는 넘어 보이는 경비원 리암Liam이 무뚝뚝하게 말했다.

"알고 있어요. 그냥 둘러보려는 겁니다."

아무런 계획도 없었다. 아니, 계획을 세울 수 없을 만큼 이곳은 철저했다. 무작정 방향을 튼 건 그저 빈틈을 찾아보려는 시도였다.

"이주민은 정해진 구역만 다닐 수 있습니다. 돌아가세요."

"그런 지침은 못 들었는데요."

루크는 좀 더 갈등을 유발해야겠다고 생각했다. 오직 이성으로만 유지된다는 인간들의 머릿속이 감정을 마주하면 어떻게 될까 궁금했다.

"그럴 리가요. 담당 팀장이 누구죠?"

다른 경비원이 앞을 막아섰다.

"이곳에는 돌아다닐 자유도 없나요?"

루크가 한 발 앞으로 더 다가서며 일부러 목소리를 높였다.

"이주민 구역은 저쪽입니다."

경비원은 당황하지 않고 차분하게 재차 안내했다.

"그러니까 이주민에게는 이동의 자유가 보장되지 않냐고!"

이런 상황이 처음인 듯 두 경비원이 어리숙하게 서로를 마주 보았다.

"그냥 돌아만 보고 오겠다고요. 오래 걸리지 않을 거예요."

루크가 또렷한 눈빛으로 키 큰 경비원을 올려다보았다. 눈을 마주치는 게 어색한 듯 리암이 시선을 허공에 두었다.

"답답해서 그래요. 잠도 푹 못 자고."

이번엔 불쌍한 표정으로 미소까지 지어 보였다.

"네, 그럼."

예상치 못한 상황이었다. 몇 초 동안 눈을 마주치던 리암이 무언가에 홀린 듯 길을 내주었다.

"고맙습니다."

오히려 당황한 건 루크였다. 원래 계획은 작은 소동을 일으켜 다른 곳으로 연행되는 것이었다. 그다지 크지 않은 이주민 구역의 구조도 파악하고, 비상시 대응 계획 등을 살피기 위해서였다.

그런데 그저 있는 힘껏 노려보았을 뿐인데 마치 순한 양이 된 것처럼 경비는 게이트 입구를 열어주었다. 상부에 교신하지도 않았다. 그러니까 안나가 따로 승인해준 것도 아니라는 의미였다. 혹여나 마음이 바뀔까 루크가 달리듯이 걸어 코너를 돌았다.

아직 안심할 때는 아니었다. 지구처럼 CCTV 카메라가 보이지는 않았지만, 루크는 곧 자신의 일탈이 들통날 것을 알고 있었다. 그 전에 가능한 한 많이 그리고 멀리 이곳의 구조를 파악해야겠다고 생각했다.

루크가 빠르게 움직였다. 미로처럼 생겼지만, 갈림길마다 친절하게 푯말이 붙어 있었다.

이주민 외부 도킹 구역

100여 미터쯤 내려가자 처음 우주선을 타고 접속했던 도킹 구역 입구가 나타났다. 강화유리로 된 창문을 통해 바깥 상태를 확인할 수도 있었다. 루크는 강화유리에 바짝 붙어 검푸른 우주와 수십억 개의 지구를 바라보았다.

아무런 경비 인력이 없다는 게 조금 의아하기는 했지만, 지금은 그럴 의심을 할 때가 아니었다.

"B-17, 18….”

강화유리 안쪽으로 대략 수십 개는 되어 보이는 도킹 스테이션이 줄지어 있었고 각각 문 위에는 알파벳과 번호가 붙어 있었다. 처음 도착했을 때 미처 번호를 확인하지 못했던 게 아쉬웠다. 루크는 기억을 더듬어 착륙했을 때의 스테이션 내부로 이어지는 벽면이 어느 쪽을 향하고 있었는지 떠올렸다. 기억과 대조하며 각각의 스테이션을 따라 반 바퀴를 돌다가 멈춰 섰다.

"여기가 맞는 것 같아."

C-6이라는 알파벳과 번호가 붙은 도킹 스테이션에 멈춰 창밖을 내다보았다. 어느 곳에도 자신이 타고 온 드래곤 캡슐은 보이지 않았다. 도킹 스테이션을 지나 복도 끝까지 도달했지만, 그 어디에도 드래곤 캡슐은 없었다. 하지만 수확은 있었다. 지능이 떨어지는 것처럼 보이는 경비원들이 있다는 것 그리고 우주선 도킹 구역이 임시 거주지와 그리 멀지 않은 곳에 있다는 것.

아직 필요한 정보는 많았지만 몇 가지 실마리를 얻었다고 확신하며 루크는 몸을 돌렸다. 십여 미터 앞에 정장을 말끔히 차려입은 낯선 남자가 우뚝 서 있었다.

"아….”

검은 선글라스에 검은 정장. 본 듯한 옷차림이었다.

"제가 길을 잘못 들었군요."

핑계를 대며 그를 지나쳐 가려 했다.

"루크 쇼 선장님."

상대가 선글라스를 벗고는 차분한 목소리로 이름을 불렀다.

모른 척하고 지나가기는 글렀다는 생각에 루크가 걸음을 멈추고 뒤돌아보았다.

"하인츠 코헨*Heinz Cohen*입니다."

푸르른 눈에 높은 콧대가 인상적인 하인츠가 스스럼없이 악수를 청했다. 상대가 범상치 않은 사람임을 직감한 루크는 멀찍이 떨어진 채 인사를 받았다.

21
초자아 (Superego)

상대의 침묵이 어색했는지, 하인츠가 먼저 손을 거두었다.

루크는 그를 파악하려 애를 썼다. 짙은 남색 타이에 딱 맞는 수트 핏. 모든 곳에 각이 잡힌 옷차림. 누가 봐도 패션을 중시하는 높은 인사거나, 꽤 폼을 잡는 경호원처럼 보였다.

"이곳에 온 지 하루밖에 안 돼서…"

루크가 일부러 목소리에 힘을 풀고 말했다. 상대에게서 느껴지는 알 수 없는 위압감이 긴장감을 자아냈다.

"그러셨군요."

하인츠가 선글라스를 상의 안으로 넣더니, 제자리를 맴돌았다.

"루크 쇼 선장, 41세. EA-104422 출신. 하늘에 생긴 다크홀을 통해 홀로 탈출 성공. 맞나요?"

하인츠가 허공을 보며 루크의 이력을 읊기 시작했다.

"잘 아시는군요."

"도착한 지 48시간이 채 되지 않았는데, 적응은 좀 되던가요?"

하인츠가 오른 손목에 찬 시계를 보며 말했다. 클래식한 느낌의 손목시계가 빛을 반사하며 밝게 빛났다.

"덕분에. 우주선도 잘 구경하고 돌아가는 길입니다."

"우주선이라…."

하인츠가 우뚝 멈추더니 다시 루크 앞에 섰다.

"설마 여길 우주선이라 지칭하지는 않을 테고, 혹시 타고 온 우주선을 찾고 있나요?"

하인츠가 갑자기 오른손을 들어 손가락을 튕겼다. 그러자 양손이 결박당한 두 사람이 모퉁이를 돌아 복면을 쓴 자에게 끌려오는 게 보였다. 그들은 몇 분 전 루크가 게이트에서 마주친 두 명의 경비원이었다.

"리암과 알렉스. 둘 다 20년 이상 된 베테랑이죠."

곧이어 수십 미터 떨어진 곳에서 두 사람이 무릎 꿇려졌다.

"이곳은 선택받은 땅이에요. 이주를 희망하는 사람은 늘 넘쳐나죠."

루크가 두 경비원과 하인츠를 번갈아 보았다.

"고작 이틀 동안 있었던 우리 후보님께서는 잘 모르시겠지만."

하인츠가 단호한 표정으로 루크를 노려보았다.

"라마는 선택받은 자들만 살 수 있는 곳이죠. 그 얘기는."

하인츠가 고개를 돌려 신호를 보내자, 복면을 쓴 사내들이 품속에서 권총을 꺼내 들었다.

"이곳의 규칙과 규율이 아주 엄격하다는 걸 뜻합니다."

그리고 두 발의 총성이 복도를 울렸다.

"당신 미쳤어!"

루크의 고함 뒤로 머리에 총을 맞은 리암과 알렉스가 그대로 바닥에 고꾸라졌다. 그들의 머리에서 피가 새어 나오나 싶더니 이내 바닥을 조금 적시고는 멈추었다.

"이런 장면을 보여줘 유감입니다만, 긴급한 대처가 필요했습니다."

"역시 내 생각이 맞았어. 미친 놈들⋯."

루크가 상의 포켓에 넣어 두었던 이주민 동의서를 꺼내 들더니 그 자리에서 반으로 찢어 바닥에 내던졌다. 하인츠는 그저 보고만 있을 뿐이었다.

"당신이 인간인지 아닌지 모르겠지만, 이곳에 내 남은 인생을 걸 생각은 없어요. 당연히 이주 따위를 할 생각도 없고. 지구로 돌아가겠습니다."

"돌아간다고요?"

하인츠가 다시 사내들과 눈을 마주쳤다. 그러자 그들이 신속하게 바디백body bag을 펼치더니, 리암과 알렉스의 시신을 수습했다.

"어디로요?"

하인츠가 다가오더니 코앞까지 바짝 붙어 섰다. 자신보다 키가 한 뼘은 더 컸지만 루크는 주눅 들지 않았다. 내려다보는 하인츠의 거만한 눈을 응시하며 루크가 대답했다.

"당신이 말한 곳. EA-104422로."

루크가 곁눈질로 창밖을 바라보았다. 어제와 같이 평온하게 정렬된 80억 개의 지구가 각자의 방식대로 천천히 자전하고 있었다.

"아직 안내를 못 받았나? 당신이 탈출한 지구는 완전히 사라졌을 텐데."

하인츠가 한 걸음 옆으로 빗겨서며 루크의 귀에 대고 속삭였다.

"바로 당신이 떠났기 때문에."

그 말에 루크의 동공이 미세하게 흔들렸다.

"그건 당신네들 착각이겠지."

루크가 뒤로 물러나며 줄지어 있는 도킹 스테이션을 바라보았다.

"내 우주선을 돌려줘. 나머지는 내가 알아서 할 테니."

하인츠가 루크의 말에 대꾸하지 않고 사내들에게 신호를 보냈다. 그러자 도킹 포트 옆에 난 작은 문 안으로 두 사람의 시신이 신속하게 이동했다.

"이곳을 떠나는 방법은 단 하나밖에 없어요. 추방이라고 불리는 법적 절차죠."

곧이어 공기가 빠져나가는 큰 소리가 들리더니, 퉁, 하는 소리와 함께 무언가 바깥으로 사출되었다. 곧이어 우주 공간으로 추방된 리암과 알렉스의 바디백을 창밖으로 확인할 수 있었다.

"이런 게 법적 절차요?"

가슴이 쿵쾅거리듯 뛰었지만, 루크는 진정하려 애쓰고 있었다.

"물론 아무에게나 무자비하게 적용하진 않습니다. 사회 질서를 어지럽힌 자들에게 내리는 최후의 법적 절차죠. 저들은 큰 실수를 저질렀어요."

"내가 부탁했어요. 저들이 실수한 게 아닙니다."

"부탁?"

하인츠가 갑자기 과장된 몸짓을 해 보였다.

"우리 우주선에서 가장 보안이 철저한 구역을 지키고 서 있는 경호원들이, 누가 부탁한다고 문을 열어줄 것 같습니까?"

좀처럼 감정을 드러내지 않던 하인츠의 목소리가 격앙되었다.

"철저한 구역인 줄 몰랐지만, 그래도 저들은 아무런 잘못이 없습니다."

"그랬군요. 감춰둔 무기로 협박이라도 한 줄 알고…."

"기본적인 사실관계도 확인하지 않고 자국민을 살해하는 게 이곳에서는 흔한 일입니까!"

이렇게 된 이상 어차피 애원해도 살 수 있을 것 같지 않았다. 루크는 머리에 총을 맞더라도 할 말은 하고 싶었다.

"그렇지 않아요. 라마는 말이죠."

하인츠가 다시 차분한 얼굴빛을 띠었다.

"범죄 따위는 아예 없는 곳이에요. 모두가 각자의 위치에서 최고의 성과를 내려고 노력하죠. 하지만 때로는, 아주 공교롭게도, 오늘과 같은 큰 오류가 발생하기도 합니다. 그리고 그런 글리치glitch는 신속하고 정확하게 제거하는 것이 라마의 균형을 바로잡을 수 있는 관례인 셈이죠. 바로 지금처럼요."

하인츠가 다시 손짓하자 복면을 쓴 자들이 망설임 없이 돌아섰다.

"저 친구들이 왜 복면을 썼는지 압니까?"

하인츠가 루크에게 고개를 숙여 귓속말을 했다.

"누가 죽였는지 아무도 알면 안 되거든. 이 좁은 세상에서 혹여나 아는 사람이라고 망설이다가는."

사내들이 돌아가고 난 텅 빈 복도 위에 하인츠와 루크 둘만 남아 있었다.

"똑같은 신세가 될 테니까. 아무튼 서론이 너무 길었군요. 당신이 불법적인 방법을 쓰지는 않았다고 하니 믿도록 하겠습니다. 신뢰는 이곳에서 아주 중요하니까요."

"미친…."

루크가 혼잣말로 중얼거렸지만, 하인츠에게도 충분히 들렸을 것이다.

"한 가지만 묻죠. 리암과 알렉스를 어떻게 속였죠?"

"속이지 않았어요."

"질문이 부적절했나요? 두 사람을 어떻게 따돌렸죠?"

"그냥 부탁했을 뿐입니다."

하인츠가 고개를 크게 저으며 팔짱을 풀었다.

"나는 취조 같은 건 선호하지 않아요. 각자의 세상에서 최고였던 사람답게 신뢰를 바탕으로 이야기해봅시다. 어떻게 한 거죠?"

"당신도 이주민인가요?"

하인츠가 처음으로 인상을 찌푸렸다.

"각자의 세상에서 최고라고 했잖아요. 언제 여기 온 거죠?"

"오해가 있었군요."

하인츠가 싱겁다는 듯 피식 웃었다.

"당신은 EA-104422에서 최고였죠. 나는 이곳에서 최고란 의미입니다."

하인츠의 대답에 루크의 표정이 순간 변했다.

"당신이 그럼 이곳의 책임자인가요? 대통령 같은?"

그저 일개 경호 대장쯤으로 생각했던 그가 스스로를 최고라 자칭하고 있었다.

"애매한 개념이군요. 이곳의 사회구조는 그렇게 수직적이지 않아요."

"그런데 손가락 몇 번 튕겨 사람을 죽였군요."

"표현이 과격하군요. 그냥 이곳의 질서를 유지하는 책임자라고 해둡시다."

하인츠가 즉답을 피했다.

"그러니까 진짜 최고는 아니군요."

루크가 빈틈을 놓치지 않았다.

"그런가요? 그럴 수도."

하인츠의 눈빛이 다시금 진지해졌다.

"루크 쇼 선장. 이곳의 책임자로서 통보합니다. 앞으로 24시간 내두 경호원을 어떻게 속였는지 납득할 만한 답변을 가져오세요. 그렇지 않으면, 당신이 그토록 바라던 바가 자연스럽게 이루어질 겁니다."

"추방할 겁니까, 저들처럼?"

루크가 애써 태연해하며 물었다.

"당신뿐 아니라, 당신과 관계된 모든 사람들까지. 라마의 역사서에 의하면 매우 드물게 외부에서 오염원이 들어온다고 하더군. 당신이 그 정도 깜냥이 된다고 생각하지는 않지만, 감염은 늘 조심해야 하니까."

"그게 무슨⋯."

"방으로 돌아가 당신이 여기서 접촉한 사람들을 떠올려보세요. 그들의 인생까지 책임져야 할 테니."

하인츠가 루크를 정면으로 쳐다보곤 몸을 돌려 복도를 벗어났다.

22
꿈속의 꿈 (Dream in Dream)

"안 돼!"

루크가 소리를 지르며 깨어났다.

"여보, 왜 그래요?"

선잠을 자던 멜리사가 몸을 뒤척이며 일어났다. 이마에 식은땀이 흥건한 채 루크는 연신 두리번거렸다.

아직 깜깜한 창밖. 익숙하게 흔들리는 커튼. 반쯤 열린 방문 틈까지. 모든 게 매일 보던 그대로였다.

"지금 몇 시지?"

루크는 아직 현실인지 꿈인지 혼란스러웠다.

"2시 40분이네. 조금 더 자요. 아직 시간 있으니까."

멜리사는 차분하게 말했지만, 표정은 그렇지 않았다.

"오늘이 며칠이지?"

"여보."

멜리사가 잔뜩 긴장한 루크를 걱정스럽게 보았다.

"아니, 잠깐… 내가 확인해야겠어."

루크가 이불을 걷고 자리에서 일어나 탁상 위에서 시계를 집어 들었다.

2029년 11월 11일

"이 시계 맞는 거지?"

갑작스럽게 현실로 돌아왔지만, 루크는 아직 꿈속에서 빠져나오지 못했다. 현실만큼 생생한 꿈이었지만, 막상 깨어나고 나니 아련한 추억처럼 흐릿해졌다.

"엠마는?"

"자기 방에서 자고 있지. 왜 그래, 오늘따라?"

"좀 안 좋은 꿈을 꿨어."

"일주일 뒤에 있을 비행 때문에?"

"비행?"

"여보…."

멜리사는 아직 꿈과 현실을 구분 못 하는 루크가 안쓰러운 표정이었다.

"잠깐, 엠마 보고 올게."

루크가 슬리퍼를 신고 건너편 방으로 향했다. 옅은 달빛을 반사한 보랏빛 벽지가 방안을 비추고 있었다. 엠마는 인형을 안고 고이 잠들어 있었다.

"엠마…."

루크는 그제야 안심했다는 듯 딸의 머리를 쓰다듬었다.

"루크, 무슨 일인지 말해줘."

뒤따라온 멜리사가 방문틀을 짚은 채 서 있었다.

"아니야, 그냥 꿈을 좀 꿨어. 긴 꿈을."

루크는 잠시 숨을 고르더니 조심스럽게 방을 나왔다.

"꿈이야 늘 꾸는 거잖아."

"그렇기는 하지."

루크는 잠시 머뭇거리다가 거실로 내려갔다.

"잠깐만 머리 식히고 올라갈게."

멜리사를 안심시키고 나서 거실 소파에 몸을 파묻었다. 열린 창문으로 들어온 바깥 공기가 얼굴을 스쳤다.

'라마, 하인츠….'

방금 보았던 처형 장면이 아직도 생생했다. 스며 나오다 멈춘 핏자국, 우주선 밖으로 사출되던 바디백까지.

"지독한 악몽이야."

루크는 꿈을 되뇌려다 말고 즉시 텔레비전을 켜서 음소거 버튼을 눌렀다. 화면에서는 뉴스 속보가 나오고 있었다.

Live: 달 탐사 우주선 발사 중계
최초의 유인달탐사선 발사 10분 전

화면을 바라보는 루크의 미간에 서서히 주름이 잡혔다. 믿을 수 없었다. 유인달탐사선이라니…. 아직 이곳의 기억이 온전히 돌아오지 않았지만, 자신이 모르는 유인달탐사선 발사란 있을 수 없는 일이었다. 그것도 10분 뒤에.

　루크는 소파에서 벌떡 일어나 돌아섰다. 팔짱을 낀 채 서 있던 멜리사와 마주쳤다.

　"여보."

　"어떻게 된 거지?"

　그녀는 이미 체념한 얼굴이었다.

　"아직도 많이 서운해?"

　멜리사가 다가와 그를 꼭 안았다.

　"그게 무슨 말이야?"

　"여보, 나는 당신이 주인공이 아니어도 괜찮아. 엠마도 아빠가 로켓 안 탄다고 얼마나 좋아했는지 몰라."

　"멜리사, 도대체 무슨 말이냐고?"

　루크가 멜리사를 떼어내며 물었다.

　"루크. 우리 이제 이 이야기는 하지 않기로 했잖아."

　"나는 유인달탐사선의 선장이야. 지금 저 화면에서 나오는 발사는 계획에 없던 거라고."

　"루크…."

　멜리사가 안쓰러운 얼굴로 고개를 저었다. 그러고는 잠시 바닥을 내려보며 고민하는 눈치였다.

　"안 그래도 의사한테 연락이 왔어. 증상이 계속되면 다시 클리닉을 방문하라고."

　"뭐?"

　루크가 미간을 잔뜩 찌푸렸다.

　"한두 번이 아니잖아. 밤마다 이러는 거."

"멜리사, 자세히 말해줘."

"나도 너무 힘들어. 엠마가 보게 될까 두렵기도 하고…."

멜리사의 눈시울이 붉어지기 시작했다.

"멜리사."

무슨 상황인지 알 수 없었지만, 루크는 울고 있는 멜리사를 꼭 안았다. 층계 난간에는 토끼 인형을 든 엠마가 자신을 물끄러미 내려다보고 있었다.

"엠마, 아무 일도 아니야. 엠마, 아빠가 잠시 이야기를 좀 하려고…."

루크가 딸을 올려다보며 미소를 지었다.

"당신이 충격을 받았다는 건 너무나 동감해. 하지만…."

멜리사의 울음으로 가득 찬 목소리가 점점 커졌다.

"가족이 우선이잖아. 그깟 우주인 선발에서 탈락했다고…."

"무슨 말이야. 나는 우주인이야. 70년 만에 달에 다녀온…."

"루크!"

루크를 바라보는 멜리사의 눈에 눈물이 가득 고였다.

"이제 제발 그만해!"

기어코 멜리사의 고함이 터져 나왔다. 어린 엠마는 몸을 휑하니 돌려 제 방으로 돌아갔다.

"멜리사!"

"정신과 의사가 그랬어! 당신, 이 증상 한 달만 더 지속되면 입원해야 한다고. 지금 약도 효과가 없으면, 그땐 평생 약을 먹어야 할수도 있다고!"

"멜리사. 나는…."

그때 텔레비전 화면이 밝게 변하더니 우주선 내부의 모습이 드러났다. 두 명의 우주인이 긴장된 표정으로 발사를 준비하고 있었다.

"하퍼! 올리버!"

루크는 둘을 단번에 알아보았다.

곧이어 카운트다운이 마무리되더니, 팔콘 9X 로켓이 강한 화염을 내뿜으며 상승하기 시작했다.

"안 그래도 올리버가 발사 전에 연락했어. 당신 괜찮은지. 괜히 또 망상을 건드릴까 전하지는 않았어. 미안해."

"멜리사, 진정해. 내가 보기에는…."

루크는 텔레비전 화면과 멜리사를 번갈아 보았다.

"진정은 수백 번도 더 했어. 당신이 꿈속에서 헤어 나오지 못하고 있는데, 그걸 모른 척하는 게 얼마나 힘든지 알아?"

멜리사가 그동안 쌓인 감정들을 쏟아내기 시작했다.

"그래, 당신이 힘들었다는 걸…."

루크가 멜리사를 달래며 텔레비전을 힐끗 보았다.

1단 로켓 점화 이상. 로켓 상승 실패

똑바로 올라가야 할 로켓이 방향을 잡지 못하고, 한쪽으로 기울고 있었다.

"이런, 젠장!"

루크가 화면 앞으로 다가들었다. 똑바로 상승하지 못한 로켓이 이내 방향을 틀더니 지상으로 내리꽂히며 비행하고 있었다.

"올리버, 하퍼!"

마치 자신이 우주선에 탄 것처럼 루크가 소리를 질렀다. 거실에 놓인 전화기를 찾아 다급하게 수화기를 들었다.

"여보세요? 여보세요?"

아무런 신호음도 들리지 않았다.

"멜리사, 휴대전화 좀 가져다줘! 얼른 통제센터에 연락해야 해!"

하지만 멜리사는 팔짱을 낀 채 그저 바라만 보고 있었다.

"여보, 이제 그만해."

이미 집 전화선도 모두 끊어놓은 상태였다. 멜리사는 체념한 듯 자리에 털썩 주저앉았다.

"당신의 꿈, 당신의 생각들…. 이제 다 지겨워."

"멜리사, 무슨 말인지는 알겠는데 우리 차분히…."

멜리사를 달래려고 루크가 다가가는 순간, 창밖으로 강한 섬광이 비추었다.

루크는 처음에 자동차 전조등 불빛이라고 생각했다. 하지만 그건 너무나도 강렬하고 또 높은 곳에서 내려오고 있었다.

로켓 추락 예상 지점-긴급 대피

화면 자막에는 한 마을을 향해 수직 낙하하는 로켓의 궤적이 나타나고 있었다.

"맙소사, 설마!"

머리로는 대피해야 한다는 걸 알았지만, 시선은 강렬한 빛을 내뿜는 섬광에 고정되어 있었다. 손으로 눈을 가리며 창가로 다가섰다. 이내 곧 자신의 집으로 떨어지는 로켓의 화염이 보였다.

"이건 말도 안 돼."

루크가 다시 멜리사를 바라보았다. 그녀는 이미 바닥에 널브러져 있었다.

"멜리사, 엠마!"

그제야 루크는 서둘러 계단으로 뛰어갔다.

추락 예상 지점: EA-011401

홀낏 스쳐본 화면 위로 추락 예상 지점의 좌표가 떠올랐다.

선명한 글자. 이제는 낯설지 않은 일련의 숫자들.

그것이 무엇을 의미하는지 알게 된 루크는 그렇게 자리에 선 채로 운명을 맞이했다. 곧이어 느낄 수도 없는 강한 섬광이 집 안을 채우더니 루크의 또 다른 무의식 하나가 그대로 사라져버렸다.

23
의도 (Intention)

이번에는 확실히 알 수 있었다.

깨어났을 때의 생동감이 꿈보다 더 강렬했기에.

눈을 태워버릴 것만 같은 섬광에 잠에서 깨어났지만, 주위는 아직 어둡기만 했다. 그것이 라마의 밤인지, 아니면 저기 저 작은 암막 커튼 때문인지는 아직 알 수 없었다.

오전 4시 40분

탁상 위의 LED 시계가 붉은색으로 깜박이고 있었다. 이곳의 시간 체계는 지구에서와 같은 듯했다. 이주에 동의한 사람들은 잠들지 않는다고 했지만, 루크의 몸은 아직 지구에서의 일주기 리듬을 따르고 있었다.

루크가 자리에서 몸을 일으켰다. 어제 하인츠와 대면한 직후 그는 바로 방으로 돌아왔다. 아무도 감시하지 않는다고 했지만, 더는 그 말을 믿을 수 없었다. 알 수 없는 그들만의 방법으로 일거수일투 족이 드러나고 있는 게 분명했다.

루크가 머리맡에 두었던 태블릿을 켰다. 세뇌당하는 것 같아 외면했지만, 궁금증을 해결해줄 건 이제 이 태블릿만이 유일했다. 마치 오래된 백과사전처럼 빼곡한 글과 몇 개의 그림으로 이루어진 자료집은 꽤 그럴듯하게 기술되어 있었다. 루크는 최대한 거리를 유지하며 섭렵하기로 했다.

***

43. 라마의 선구자들

서기 1994년. 라마에는 커다란 혼란이 있었습니다. 서로 다른 지구에서 출발한 다섯 명의 이주민들이 동시에 라마에 도킹하는 데 성공했습니다. 그들은 각자의 우주선을 타고 우주 공간에서 만나….

어느새 벌써 1,000페이지가량을 읽은 것 같았다. 그래도 궁금증은 해소되지 않고 있었다.

"동시에 다섯 명이라…."

루크가 헛웃음을 터트렸다. 과거란 언제나 진실 여부를 확인할 수 없는 오래된 지식일 뿐이다. 에드워드 카$^{Edward Carr}$는 역사를 과거와 현재의 끊임없는 대화라고 표현했지만, 그것은 그저 '현재의 상상력'과 '현재'의 끊임없는 대화일 뿐이라는 게 그의 생각이었다.

그에게 역사학은 고리타분하고 검증할 수 없는 비과학의 영역처럼 보였다. 하지만 그 수레바퀴에 갇힌 지금, 루크는 무엇보다 이 디지털 역사책에 집착하고 있었다.

… 각자 다른 인종과 배경을 가진 이주민들은 라마의 기원에 대해 부정했습니다. 그들은 건성으로 이주민 동의서에 서명한 후, 교화 과정을 거쳐 정착하는 것처럼 보였죠. 하지만 그것은 완전하지 못했습니다…

"교화 과정?"

단어 하나가 루크의 주의를 끌었다. 즉시 해당 문구를 클릭했지만, '해당 내용을 찾을 수 없다'라는 메시지가 떴다. 그가 보기엔 이 태블릿은 왜곡되고 조작된 일방적인 역사책이 분명했다.

… 반란은 수개월 동안 지속되었습니다. 그들은 라마의 자원들을 이용해 무기를 제작하고, 이성적인 주민들을 위협했습니다. 대치 과정에서 수십 명의 무고한 주민들이 희생되었고…

반란이 있었다는 건 의외의 내용이었다. 이주민들을 설득하려면, 이곳의 약점을 보여서는 안 될 테니까.

… 혼돈에 질서를 부여한 사람은 하인츠 코헨이었습니다. 스무 살의 젊은 나이에 이곳에 온 하인츠는 제과점에서 제빵사로 일하고 있었습니다. 어느 날 자신의 가게에 들이닥친 반란 세력에게…

문단을 훑던 루크의 눈에 익숙한 이름 하나가 눈에 띄었다. 하인츠 코헨. 그제야 머릿속에서 무언가 실마리가 맞아 들어가는 것만 같았다.

"놈이 이곳의 신격화 대상이었군."

민주적인 방식을 표방하지만, 실제로는 단 한 명의 절대자를 따르는 우상화 사회인 것이다. 그러지 않고서야 무자비하게 사람을 죽이고도 눈 하나 꿈쩍하지 않을 수 없을 테니까.

루크는 태블릿을 껐다. 더 이상 이 역사서를 살필 이유가 없었다. 앞부분의 흥미로운 내용은 모두 하인츠를 우상화하기 위해 깔아놓은 복선이었을 테니까.

"초인 같은 인물이 나타나서 혼란을 진압하고 질서를 부여했다…."

이제 자신이 저항해야 할 대상이 누구인지 명확해졌다. 하지만 무엇으로?

창을 가린 커튼을 걷으려 할 때, 상의 포켓에 넣어두었던 휴대전화가 울렸다. 여기 도착했을 때 안나에게 받은 수신 전용 전화기였다.

"제 방도 들여다봅니까?"

루크가 망설임 없이 전화를 받았다. 대화할 상대 하나 없는 곳에서 어쩌면 그는 그녀를 기다리고 있었는지도 몰랐다.

"그럴 리가요. 좋은 아침입니다."

루크는 창밖을 바라보았다. 우주선 일부에 가려 온전하지는 않았지만, 수십억의 지구들이 어제와 같은 모습 그대로 공간 위에 떠 있었다.

"어젯밤은 좀 어땠어요?"

"무슨 말이죠?"

"보통 이틀째부터 불면을 호소하거든요. 삼사 일이 지나면 더 이상 불편하지 않겠지만."

"아주 잘 잤어요. 덕분에 공부도 많이 하고."

루크가 던져 놓은 태블릿을 흘낏 보았다.

"다행이라고 해야 하나요. 어떻게, 꿈도 좀 꾸셨나요?"

안나가 전화를 건 목적을 바로 드러냈다.

"제 꿈이 그렇게 궁금한가요?"

"그렇다기보다, 일종의 건강 상태를 체크하는 거예요."

"더 생생해지더군요. 이제는 꿈속에서 글자도 보여요."

"아…."

안나는 적잖이 당황한 말투였다.

"혹시 어떤 글자가…."

안나가 궁금증을 참지 못하고 물었다.

"왜요? 제 꿈도 훔쳐보려고요?"

농담으로 한 말이었지만, 안나는 말끝을 흐리며 당황했다.

"오늘 이틀째 훈련이 있어요. 6시까지 모시러 갈게요."

"아, 안나."

루크가 수화기를 고쳐 잡았다.

"하인츠 코헨. 설마 모르지는 않겠죠?"

루크의 질문에 안나가 잠시 침묵했다.

"당신네들 우두머리가 하인츠 맞죠? 태블릿에도 아주 영웅처럼 묘사되어 있던데."

"밤새 공부를 좀 하셨나 보군요."

안나가 태연한 척 말을 돌렸지만, 목소리는 옅게 떨리고 있었다.

"도대체 이 괴상한 세계를 만든 게 누구인지 좀 알아보려고. 아직 끝까지 읽지는 못했지만….'

"혹시 만난 적 있나요?"

"모르고 계셨어요?"

"네, 들은 바 없어요."

"설마!"

루크는 잠시 말을 멈추고 생각에 잠겼다. 두 명의 직원이 즉결처분당할 정도로 큰 사건을, 이곳의 팀장인 안나가 모른다는 걸 이해할 수 없었다. 혹여나 그녀가 징계를 받고 다른 곳으로 쫓겨나지는 않을까 걱정하던 터였다.

"어디서요? 방으로 찾아왔나요?"

"당연히 알 거라 생각했는데….'

"루크, 솔직해야 해요. 그를 어디서 만났죠?"

안나의 말투가 조급했다.

"당신네들 조직은 도대체 어떻게 굴러….'

"루크, 지금 제 말 잘 들어요. 제가 갈 때까지 꼼짝 말고 있어요. 누가 노크하거나 찾아오더라도 문 열지 말고요."

수화기 너머로 부산한 소리가 들려왔다.

"그리고 이 회선은 안전하지 않아요. 만나서 자세히 설명해줄게요."

"안전하지 않다니? 지금 협박하는….'

말을 마치기도 전에 전화가 끊어졌다. 루크는 휴대전화를 물끄러미 보다가 다시 통화 버튼을 눌렀다. 하지만 연결할 수 없다는 메시지만 뜰 뿐, 발신은 불가능했다.

"도무지 종잡을 수가 없군."

그녀를 기다리는 것 외에 할 수 있는 게 없었다. 도무지 누구를 믿어야 할지도 알 수 없었다. 처음부터 자신을 조력해준 이는 안나였지만, 그녀 역시 이 거대한 세계의 일부에 불과했다. 그녀가 왜 갑자기 민감하게 반응하는지 전혀 짐작이 가지 않았다.

"내 살길은…."

루크는 결국 스스로 문제를 해결하는 수밖에 없다고 판단했다. 어떻게 되었든 이곳을 탈출하는 것만이 유일한 해결책이었다.

벽에 걸린 실외복으로 갈아입고 루크는 방문 앞에 섰다. 어차피 여길 자유롭게 탐사하는 건 불가능했다. 하지만 이 완벽해 보이는 라마에 어떠한 치명적인 빈틈이 있는지 계속해서 살필 필요는 있었다. 도저히 방법이 없어 보여도 끝까지 희망을 놓지 않는 건 우주인의 불문율과도 같았다.

문이 열리자마자 누군가 그를 가로막고 선 실루엣이 보였다.

"망할…."

아직 상대와 눈이 마주치지 않았지만, 그가 하인츠라는 걸 루크는 넥타이 색깔만 보고도 단번에 알아차렸다.

"우연치고는 놀랍군. 막 노크를 하려던 참인데."

하인츠가 기분 나쁜 미소를 지으며 루크를 내려다보았다.

"일정이 있습니다. 비켜주세요."

"무슨 일정 말입니까?"

그제야 루크가 고개를 들어 하인츠를 바라보았다. 눈가의 미세한 주름들이 그의 나이를 짐작케 했다.

"이주민들은 매일 교육을 받잖아요. 모르지 않을 텐데."

"이주민 후보가 정확한 용어죠. 아직 이주민은 아니니까. 잠깐 이야기 좀 나눌까요?"

"무슨 이야기? 당신이 90년도에 뒷골목을 주름잡았던 거?"

루크가 비꼬듯이 대꾸하자 하인츠가 의미심장한 미소를 지었다.

"공부를 열심히 하셨군."

"잠깐만요!"

그때 복도 끝에서 누군가 빠른 걸음으로 다가오며 외쳤다.

"이런."

그의 존재를 확인하자 하인츠가 곤란하다는 표정으로 한발 물러섰다.

"불필요한 접촉은 삼가주세요, 하인츠 코헨 교수님."

24
해석 (Analysis)

안나와 하인츠 사이에서 루크는 어리둥절했다.

"안나 프루스. 오랜만이군요."

하인츠가 당황한 듯 품에서 선글라스를 꺼내 썼다.

안나는 하인츠를 지나치더니 루크에게 눈짓을 보냈다.

"많이 늦었어요. 얼른 훈련에 참여하세요."

루크가 두 사람을 살피다 안나를 따라나섰다. 하인츠는 의미심장한 미소를 지으며 두 사람을 지켜보았다.

"안나 팀장님."

하인츠가 멀어지는 안나를 불러 세웠다.

망할 자식, 안나가 혼잣말로 중얼거리며 고개를 돌렸다.

"저희는 오늘 스케줄이 바빠서요. 교수님께서도 이곳 출입은 자제해주세요."

안나가 애써 태연한 미소를 지었다.

"아직 우리 주민이 되지 않은 사람과 너무 가까워지는 건 아닌가 요? 그것도 성별이 다른 남녀가."

하인츠의 비아냥에 안나의 볼에 살짝 홍조가 올라왔다. 안나는 그를 한 번 쏘아보고는 다시 걸음을 재촉했다.

"저 사람이 교수요?"

"일단 따라와요."

안나가 의도적으로 루크와의 거리를 벌리며 속도를 높였다. 이윽 고 코너를 돌아 나가자, 경비원들이 서 있는 게이트가 나타났다.

"루크 쇼. 오후 5시까지 외출입니다."

안나가 건성으로 말하며 게이트를 통과했다. 고개를 끄덕이는 경 비원들을 슬쩍 보던 루크의 눈이 휘둥그레졌다.

"저들은…."

모자에 가려 얼굴은 잘 안 보였지만, 명찰은 또렷했다.

리암과 알렉스. 어젯밤 하인츠의 총알에 희생된 두 사람이 분명 했다.

"하나만 묻읍시다."

"자세한 건 팟에 탄 다음."

"여기 경비원들은 똑같은 이름을 가진 사람만 뽑나요?"

"그게 무슨 소리죠?"

안나가 루크를 쳐다보고는 손목시계를 조작해 팟을 호출했다.

"하마터면 큰일 날 뻔했어요. 어쩐지 예감이 좋지 않더라니."

어제와 동일한 팟이 빠른 속도로 다가오더니 길가에 멈추어 섰다.

"안나. 잠시만."

루크가 잠시 걸음을 멈추었다. 며칠째 꿈만 같은 현실을 마주한 루크는 지금 자신이 살아가는 이 현실을 명확히 할 필요가 있었다.

"왜죠? 시간이 없어요."

안나는 평소답지 않게 서둘렀다.

"아까 게이트의 경비원들이요."

"네, 리암과 알렉스. 이곳에서 근무한 지 20년도 넘었죠."

"어제 죽는 걸 봤어요."

안나는 무슨 뚱딴지같은 소리냐는 표정이었다.

"하인츠가 총으로 두 사람의 머리를 쐈어요. 바디백에 담아서 우주로 추방했고요."

그제야 안나가 피식 웃더니 먼저 팟 안으로 들어갔다.

"얼른 타요."

"그들이 어떻게 다시 저기 서 있을 수 있죠?"

루크는 답을 듣기 전까지는 움직이지 않을 태세였다.

"리암과 알렉스는 죽지 않았어요. 아니, 죽은 적이 없겠죠."

"내 두 눈으로 똑똑히 봤어요. 설마 또 꿈이라고?"

"그러니까 여기 타요."

거듭된 안나의 재촉에 루크가 어쩔 수 없이 팟에 올랐다.

***

"어디로 가는 거죠?"

급격하게 상승하는 팟의 속력에 루크가 천장에 달린 손잡이를 잡았다.

"가능한 한 멀리."

"서두르는 것 같군요. 왜죠?"

안나는 대꾸하지 않고 창밖만 보고 있었다.

"안나, 알려주기로 했잖아요. 하인츠는 어떤 인물입니까?"

다그쳐보았지만, 그녀는 미동도 하지 않았다.

"여기 최고 권력자처럼 굴더군요. 나에 대해서도 다 알고 있다는 듯이."

안나는 여전히 생각에 잠긴 듯이 말이 없었다.

"도대체 뭐죠? 왜 당신 앞에서는 고분고분한 거죠?"

"초자아."

"네?"

안나가 고개도 돌리지 않고 속삭이듯 말했다.

"하인츠는 스스로 초자아라고 생각하는 인물이에요."

"그게 무슨…."

"프로이드의 정신분석이론에 의하면, 의식과 무의식 전반에 걸친 '초자아'라는 개념이 있어요."

"그건 오래된 학자의 이론일 뿐이죠."

"하지만 이곳에서 프로이드의 이론은 하나의 물리법칙처럼 여겨져요. 그래야 저 많은 지구를 설명할 수 있으니까."

안나가 고개를 들자, 선루프 너머로 떠오른 지구들이 보였다.

"도무지 과학적이지 못한 세상이군."

"또 과학 타령이군요."

"아무튼 그가 초자아라고 주장하는 게 왜 중요하죠?"

"이주민들 일부는 그가 진짜 초자아라고 여기니까요."

"무슨 말인지 도통…."

"프로이드 이론에 따르면, 초자아는 의식과 무의식 전반에 걸쳐 있어요. 이상 원리에 따라 가장 완벽한 행동을 하도록 추구하죠. 도덕과 윤리 규칙 준수. 이런 것들이 초자아의 역할이에요."

"그렇다고 칩시다. 하인츠가 초자아인 것과 사람을 마음대로 죽이는 건 무슨 관계죠?"

루크가 진지하게 나오자 안나가 설핏 미소를 지었다.

"어린애 같은 질문이군요."

"아니요. 지금 나는 진지해요."

"그는 사람의 의식 일부를 조종하는 능력을 가지고 있어요. 순간적으로 환상을 만들어 내거나 착각을 일으키죠."

"그럼 내가 하인츠의 마술 같은 능력에 속았단 말입니까?"

"마술이라고 하기에는 좀 거창하지만. 보셨잖아요, 리암과 알렉스가 멀쩡한걸."

"그럴 리 없어요."

루크가 고개를 저었다. 안나의 말은 생생하기만 한 경험을 부정하라는 것처럼 들렸다. 도저히 있을 수 없는 일이었다.

"하인츠는 자신이 무의식을 통제해 그러한 경험을 불러일으킨다고 주장해요. 한때 그를 따르는 추종 세력이 수천 명에 이르렀고, 이성적인 사회 질서를 위협하는 수준까지 넘어서고 말았죠."

"혹시⋯."

루크가 태블릿에서 본 하인츠의 '역사'를 떠올렸다.

"90년대에 하인츠의 행적과 관련이 있나요?"

"맞아요. 라마의 근대 역사에서 가장 혼란스러운 시기였죠. 유형, 무형의 무기가 모두 금지된 계기가 되기도 했고요."

"하인츠가 어떻게 반란을 진압했나요?"

루크의 표정이 더욱 진지해졌다.

"아까 말씀드린 그 능력. 반란자들에게 일종의 환영을 주입했어요. 환각을 느낀 반란군들은 공포에 휩싸여 스스로 우주선을 떠났죠."

"해피 엔딩이군요."

"아니요, 마치 약물에 취한 것처럼 스스로 자해하더니, 우주복도 입지 않고 밖으로 탈출했어요."

"무얼 봤길래?"

"그걸 본 사람은 모두 죽었으니 알 턱이 없죠. 하인츠도 자신이 무슨 환각을 만들어냈는지는 말하지 않아요."

"그럼 하인츠가 초자아가 맞겠군요. 그럼 그를 잘 따르면…."

"아니요, 그는 아니에요."

안나가 단호하게 말했다.

"나도 속일 정도면…."

"아직 라마 역사서를 다 공부하지 않았군요."

"네, 하인츠 부분에서 멈추었어요. 그를 신격화하는 종교 집단처럼 느껴져서."

"그럴 리가요. 역사서는 모두 객관적인 사실만 기술되어 있어요."

"역사학자들은 늘 그들이 발견한 역사가 객관적이라는 걸 강조하죠."

"마지막 챕터에 보면 '라마의 예언'이라는 부분이 있어요. 그곳에 잘 나와 있지만…."

"예언이요? 객관적인 역사서라면서요."

"그 챕터만 빼고요."

"그래서 예언이 뭡니까. 하인츠가 초자아가 아니라고 나와 있나요?"

"예언서에 따르면⋯."

안나가 숨을 들이켜더니 잠시 말을 멈추었다.

"초자아가 사람들에게 능력을 보인 뒤 1년 안에 이곳을 통째로 바꿀 수 있는 변화를 일으킨다고 되어 있어요. 하인츠가 반란군을 진압하고 40년이 지났지만, 그런 일은 일어나지 않았죠."

"그게 하인츠가 초자아가 아닌 이유입니까?"

"일부죠."

"다른 건?"

"그는 자신과 다른 사람의 무의식을 통제한다고 주장했어요. 그러니까 저 아래 수십억 개의 지구에서 일어나는 일들을 자유자재로 할 수 있다고 말이죠."

"그런데 왜 아니라고 하는 겁니까?"

"우리 세상은 그렇게 허술하지 않아요. 대다수 의식이 있는 세력들이 그에게 테스트를 제안했지만, 하인츠는 끝내 수용하지 않았어요."

"무슨?"

"무의식과 의식 사이를 오갈 수 있다는 걸 증명하는 테스트."

안나가 심각한 어조로 루크를 뚫어지게 쳐다보았다.

"웃기는군. 당신네 사회는."

루크가 안나를 마주 보았다.

"아무튼 하인츠에게 포섭되지 않아 다행이에요. 저런 식으로 이주민 후보들에게 접근해 제 편으로 만드는 게 노인네 취미죠."

"그럼 왜 제지하지 않죠?"

"말씀드렸잖아요. 이곳은 이성적으로 돌아간다고."

"전혀 이성적이지 않아 보이는데."

"위법이 아닌 한 개인의 행위는 물리적으로 제한할 수 없어요. 하인츠도 그걸 잘 알고 있어서 규칙의 선을 절대 넘지 않는 거죠."

"나한테는 반강제적으로 협박을 하던데."

"무슨 협박이요?"

"내가 리암과 알렉스를 조종했다나? 어떻게 그들을 설득했는지 당장 실토하라고."

루크가 농담조로 말을 꺼냈지만, 안나의 표정이 순간 굳어버렸다.

"당신이… 경비원들을 조종했다고요?"

루크는 안나의 심각한 표정을 물끄러미 바라보았다.

"아니요, 그럴 리가요. 나는 그저 부탁만 했을 뿐이에요."

25
추격 (Chase)

안나는 믿지 못하겠다는 얼굴이었다.

"정중하게 부탁했죠. 한 번 둘러보게 해달라고."

"그랬더니 그들이 게이트를 열어줬다고요?"

"네."

"그런 일은 있을 수 없어요. 말했듯이…."

"두 사람이 20년 동안 게이트를 지켰다고요?"

"그동안 단 한 번도 사고가 없었어요."

"기록된 사고가 없었던 거 아닙니까?"

"뭐라고요?"

루크가 딴청을 피우듯 창밖을 보았다.

"하인츠도 알고 있었어요. 내가 게이트를 통과했다는 걸. 그래서 나를 바로 발견한 거고요."

"하인츠는 시도 때도 없이 돌아다녀요. 마치 이 세상이 자기 것이라는 듯."

"그럼 우연이라고 해야겠군요."

루크가 양손을 들어 보이고는 다시 창밖을 보았다. 한적한 도로를 따라 자율주행 중인 차량들이 스쳐 지나갔다.

"루크."

잠깐의 침묵을 깨고 안나가 입을 열었다.

"앞으로는 숨기는 게 없어야 해요."

"무슨 의미입니까?"

"여긴 지구와는 완전히 다른 사회예요. 개인은 하나의 국가만큼이나 존중받고 또 신뢰를 주죠."

"그래서 그렇게들 말이 없군요."

비꼬는 건 아니었지만, 루크는 이미 이곳에 넌더리가 났다.

"모두가 이성만으로 활동하는 건 우리 세상을 유지하는 큰 원동력이에요. 에너지를 범죄 예방이나 범인 검거에 쓰지 않아도 되고, 사기를 걱정하며 전전긍긍하지 않아도…."

"내가 보기엔."

루크가 말을 끊으며 자세를 고쳐 잡았다.

"이 거대한 원통이 사기예요. 이 세계에서 가장 큰 사기. 오늘은 어떤 사기를 보여줄 거죠? 라마인들은 어떻게 생활하는지 궁금한데."

차도 넘어 거리에는 오가는 사람들이 많지 않았다. 가끔 무리 지어 걷는 이들도 있었지만, 대부분은 홀로 이동했다.

"그건 7일 차에 알게 돼요."

"그때까지 여기 있다면 말이죠."

"무슨 뜻이죠?"

안나가 인상을 찌푸렸다.

"그냥 원론적인 말이에요. 벌써부터 주목받고 있잖아요. 날 싫어하는 사람이 있는 델 머물러도 되나 고민 중이에요."

"누구요?"

"하인츠 교수."

"그거라면 신경 안 쓰셔도 돼요."

"왜죠? 비밀을 알려주지 않으면 죽일 것처럼 협박하던데."

"그냥 동네에서 여기저기 참견하는 할아버지라고 생각하세요. 당신이 처음도 아니고."

"그렇다고 보기엔…."

차량 한 대가 놀라운 속도로 옆을 빠르게 지나갔다. 검은색 SUV가 그대로 앞을 가로막았다.

"여기도 난폭운전이 있군요."

"그럴 리가요."

안나가 보기에도 상황이 심상치 않은 것 같았다. 동시에 넉 대의 차량이 다가들어 순식간에 팟 주위를 둘러쌌다.

"뭐죠? 환영 이벤트 같은 건가?"

농담처럼 말하면서도 루크는 긴장하며 주위를 살폈다.

안나는 팟의 컨트롤 화면을 주의 깊게 확인했다. 교통 상황을 보여주는 이미지에는 전방 차량만 나타날 뿐, 주위를 둘러싼 차량은 보이지 않았다.

"도로 이탈 후 정지."

안나가 음성으로 명령을 내리자, 팟이 우측으로 차선 변경을 시도했다. 하지만 무언가에 막힌 듯 옆으로 가지 못하고 깜빡이만 켜고 있었다.

"우측으로 차선 변경 후 길가에 정지."

안나의 목소리가 조금 높아졌다. 그때 선행하던 차량이 브레이크를 밟으며 속도를 급격히 줄였다. 팟의 오토파일럿이 충돌을 피하려 더 세게 브레이크를 밟았다.

안전벨트를 하지 않은 안나의 몸이 공중에 붕 떠오르더니 그대로 바닥에 떨어졌다.

루크가 순식간에 벨트를 풀고 안나의 상태를 살폈다.

"저는 괜찮…."

이마가 부어올라 있었지만, 의식은 또렷해 보였다.

"여기는 범죄가 없다면서요."

다섯 대의 차량이 팟 주위를 둘러싸고 있었지만, 아직 아무도 내리진 않았다.

"그렇다면 경찰이나 군인도 없는 건가요?"

"최소한의 무장 병력들이 있기는 하지만, 지구에서와 같은 규모는 아니에요."

"그럼 이 상황은 뭡니까?"

"저도 모르겠어요. 저런 모델의 차량들은 운행이 금지된 지 꽤 되었어요."

"운행 금지…."

그때 맨 앞의 차량 뒷좌석 문이 열렸다. 하인츠가 아까와는 다른 선글라스를 낀 채 팟을 향해 느긋하게 다가왔다.

"저 망할 노친네."

좀처럼 감정을 드러내지 않던 안나가 팟의 문을 열고 소리쳤다.

"교수님! 방금 일은 전체 윤리위원회에 회부를 해서!"

하인츠가 손을 들어 안나의 말을 제지했다.

"당신은 잠시 빠져 있는 게 좋겠군."

단호하고도 묵직한 말투였다. 눈에는 살기도 어려 있었다.

"그냥 힘없는 노인일 뿐이라더니…."

루크의 입에서 비아냥거리는 소리가 나왔다.

하인츠는 루크가 탑승한 쪽으로 다가오더니 창을 노크했다. 루크가 태연하게 창문을 내렸다.

"루크 쇼 선장."

하인츠가 선글라스를 벗으며 그를 내려다보았다.

"답은 가져왔나?"

"무슨 답?"

"내 질문에 대한."

"안나도 똑같은 질문을 하더군요. 그래서 똑같이 말해줬습니다."

"그걸 믿던가? 저 어린애는?"

"교수님, 아니, 하인츠. 더 이상은…."

참다못한 안나가 팟의 문을 열고 내렸다. 그러자 하인츠가 품속에서 오래된 리볼버를 꺼내 그녀에게 조준했다.

"당신은 그냥 조용히 들어가 있어."

눈앞에서 사람 머리에 총알이 박히는 걸 본 탓에 루크도 아찔한 기분이었다.

"이 세계의 질서를 유지하는 데는 말이야, 말로만 되지 않는다는 걸 역사가 증명하지."

"그건 40년도 더 된 얘기예요. 지금은 모든 게 완벽하게 돌아가고 있어요."

"과연 그럴까?"

하인츠가 허공에 총구를 겨누더니 방아쇠를 당겼다.

탕!

45구경 총구에서 뿜어져 나온 탄환 소리가 도로 위를 울렸다. 거리를 지나던 사람들의 시선이 일시적으로 모였지만, 이내 아무 일도 없다는 듯 제 갈 길을 갔다.

"봐. 이성적인 사람들은 저렇게 행동하지. 아무리 계산해 봐도 거리에서 우연히 마주한 일에 개입하는 것은 이득이 되지 않거든."

"또 궤변을 만드시는군요."

"궤변은 시대적인 거야. 현재의 궤변이 미래의 대세가 되지."

"교수님은 미쳤어요. 모두가 그렇게 생각하고 있는데, 본인만 모르시는군요."

안나의 태도는 당당했다. 하인츠가 사람의 심리를 조작해 환영을 만들어낸다는 걸 알고 있기 때문이었다.

"미안하지만, 자네와는 볼일이 없어. 이 친구만 데려갈 거니까."

"안 돼요. 제 고객입니다. 이주 동의서에 서명할 때까지는 제가 관리해야 해요."

"사명감이 투철하군."

하인츠가 고개를 끄덕이더니 이번엔 총구를 루크에게 향했다.

"그럼 위험 요소를 제거해버리는 건 어떨까?"

관자놀이에 총구가 닿았지만, 루크는 미동도 하지 않았다. 상대가 어설픈 환영을 만들어내는 거라 스스로 되뇌면서.

26

가상 (Unreality)

안나의 얼굴이 사색이 되었다.

살인. 그러니까 인간이 직접적으로 인간을 죽이는 일은 90년대 반란 진압 이후 완전히 사라졌다.

의식의 요소가 조금이라도 흐릿한 라마인들은 모두 제거했기에 더 이상 범죄와 살인이 일어나는 건 결코 있을 수 없는 일이었다. 공격성과 충동 그리고 타인에 대한 경멸로 가득 찬 무의식과 달리, 이상적인 의식의 세계는 이성과 평화만이 공존하는 곳이었다.

"내가 방아쇠를 당기지 않을 거라 생각하겠지?"

하인츠가 의미심장한 얼굴로 안나를 바라보았다. 머리로는 그러지 않을 거라 확신했지만 안나는 얼버무렸다.

"틀렸어."

하인츠가 총구를 루크의 관자놀이에 더 세게 눌렀다.

"이주민끼리의 살인은 금지되어 있지만, 외부인에 대해서는 아직 논의된 적이 없지."

"하인츠! 진정해요."

"특히나 이자가 우리 세계에 해가 된다면."

"루크는 이주민 후보예요. 곧 서명할 거라고요. 안 그래요, 루크?"

루크는 동조하지 않았다.

"동의하지 않겠지만, 나에게는 직감이라는 게 있어. 이놈은 처음부터 글렀다는 걸 알아봤어."

"그게 이유인가요? 지금 이런 일을 벌이는 게?"

"때로는 결과가 방법을 정당화시켜주기도 하니까."

'환영을 만들어낸다고 했지…. 이건 환영이다, 환각이다….'

루크는 미동도 하지 않은 채, 요동치는 가슴을 진정시키고 있었다.

"교수님, 일단 진정하세요. 만약 루크의 이주가 부당하다고 생각하면, 정식으로 부결 요청을 해주세요. 이런 식으로는…."

안나의 말이 채 끝나기도 전에 하인츠가 방아쇠를 있는 힘껏 당겼다. 딸깍, 하인츠의 두 번째 손가락이 재차 방아쇠를 끌어당겼지만, 웬일인지 격발이 되지 않았다.

하인츠가 진정 자신을 죽일 생각이었다는 것을 알아차린 루크는 왼팔을 들어 리볼버를 쳐냈다. 그러고는 팟의 문을 수동으로 열어 젖히고 오른발로 하인츠의 가슴팍을 밀어냈다. 예상치 못한 반격에 하인츠가 맥없이 나동그라졌다.

"어서 타요!"

SUV 안에 있던 그의 수하들이 차에서 뛰쳐나왔다.

"두 번째는 장담 못 해요!"

루크의 재촉에 안나가 팟 안으로 뛰어들었다.

"이거 수동 조종 가능하죠?"

루크가 팟 안을 살폈지만 손으로 조종할 수 있는 도구는 보이지 않았다.

"아주 위급한 경우에만…."

"그게 바로 지금이에요. 어서!"

"수동 조종 활성화! 비상 상황!"

안나의 명령어에 팟 바닥에서 조종간이 튀어나왔다. 루크가 그걸 잡고 대각선 방향으로 쭉 밀었다. 그러자 팟이 빠른 가속력으로 발진하더니, 앞을 가로막은 SUV를 들이받았다. 큰 충격을 받은 SUV가 반 바퀴 돌았다.

"벨트 매요! 어서!"

루크가 팟을 후진시킨 다음, 다시 가속할 준비를 했다.

부축을 받고 일어선 하인츠는 리볼버를 살피며 욕설을 내뱉었다. 불발의 원인이 안전장치 때문인 걸 확인한 것이다. 루크에게 총을 겨누기 전, 분명 허공에 격발한 터였다. 안전장치가 다시 채워져 있다는 건 납득할 수 없는 일이었다.

하인츠가 다시 리볼버를 겨누는 걸 확인한 루크는 빈틈이 생긴 SUV들 사이로 조종간을 밀었다. SUV 차량들 사이를 비집고, 팟이 쏜살같이 튀어 나갔다.

탕! 탕!

팟의 유리창을 뚫고 들어온 총알이 앞 유리마저 관통했다.

"어디로 가야 하죠?"

루크가 조종간을 최대로 밀었다. 계기반이 따로 없었기에 속도가 얼마나 되는지는 알 수 없었지만 지금 이 도로에서 가장 빠르게 달리고 있는 것만은 확실했다.

"어디로 가냐고요!"

루크가 뒤를 돌아보았다. SUV들이 바짝 추격해오고 있었다.

안나도 선뜻 판단이 서지 않았다. 이토록 폭력적인 상황은 접해본 적도 배운 적도 없었다. 그러니까 이럴 때 찾아가야 하는 '안전한 공간' 같은 건 없었다.

"안나, 시간이 없어요. 이게 환각이 아니라면."

탕, 그때 세 번째 총알이 뒷좌석을 뚫고 루크의 오른팔을 스쳤다.

루크가 타는 듯한 통증을 느꼈지만, 가까스로 억누르며 조종간을 쥐었다.

"루크, 괜찮아요?"

루크의 오른팔에서 새어 나오는 피를 보며, 안나는 거의 공황 상태에 빠졌다.

피와 폭력. 이 두 단어는 오래된 역사서에서도 글로만 본 것이다.

"환각은 확실히 아니군."

상처를 확인하고 루크는 쓴웃음을 지었다.

"이해할 수 없어요. 하인츠가 왜 저러는지."

"이해는 나중에 하기로 하고, 일단 여기서 벗어납시다."

루크가 추격 중인 SUV를 따돌리기 위해 오른쪽 차선으로 바짝 붙었다. 세 번째 총알이 팟의 디스플레이를 뚫으면서 지도를 확인하는 것도 불가능했다.

"다음, 다음 교차로에서 우회전이요."

모든 차량이 자율운행하는 도로 위에 인간을 위한 신호등은 없었다. 루크가 속도를 줄이지 않고 그대로 우회전하는데 반대편에서 거대한 무인 트레일러의 그림자가 드리웠다.

뒤늦게 알아차리고 루크가 조종간을 꺾었지만, 인간의 반응 속도로는 감당할 수가 없었다.

사고를 예측한 팟의 자율 주행 컴퓨터가 외부 에어백을 퍽 터트렸다. 곧 거대한 풍선이 팟을 둘러싸면서 충격이 완화되었지만, 두 사람은 그 안에서 수십 바퀴를 굴러야만 했다.

"꽉 잡아요!"

다행히 벨트를 매고 있었지만, 계속되는 횡 가속력을 견디기에는 역부족이었다. 그렇게 몇십 초가 지났을까. 팟이 외딴 건물 앞까지 굴러가더니 기우뚱하며 바로 섰다.

"안나! 괜찮아요?"

먼저 정신을 차린 건 루크였다. 안나의 얼굴에 찰과상이 있었지만 의식은 멀쩡해 보였다.

"안나, 시간이 없어요."

루크가 그녀의 벨트를 풀고 바깥을 확인했다. 추격하던 SUV들이 점점 가까워지고 있었다.

"어서 나가야 해요."

팟 안에는 이미 매캐한 연기가 가득했다. 에어백의 폭약인지, 배터리 폭발의 전초인지 알 수 없었다. 루크는 안나의 한쪽 팔을 잡고, 자동으로 열린 문밖으로 이끌었다. 그제야 구경꾼들의 술렁임이 들려왔다.

"머리에 저거 머리에 피 아니야? 저 차가 교차로로 달려들었어."

"내가 봤어. 그제 전광판에 떴던 사람 아니야? 이주민 후보?"

몰려드는 시선들을 뒤로 하고 루크는 안나를 부축해 골목으로 들어섰다. 아수라장이 된 도로 위로 하인츠와 그의 추종자들이 차에서 내리고 있었다.

"안나, 어디로 가야 하는지 말해줘요. 정신 차려요!"

안나는 아직 정신을 차리지 못한 채 간신히 몸을 지탱하고 서 있을 뿐이었다.

"저기! 저리로 들어갔다!"

멀지 않은 곳에서 소리가 들렸다.

외진 골목 벽에 기대어 돌아보았다. 하인츠와 추종자들과의 거리가 어느새 수십 미터로 줄어들었다.

"루크… 여기가 어디죠?"

정신이 조금 돌아왔는지 안나가 머리를 흔들며 말했다. 낮인데도 음침한 기운이 감도는 좁은 골목이었다.

"몰라요. 어디로 가야 하는지 당신도 모르는 것 같아서…."

루크는 안나를 부축해 계속 움직였다. 왠지 이 광경이 낯설지 않다는 생각이 들었지만, 지금 그런 사소한 기분은 살필 겨를이 없었다.

안나가 어디인지 알아차렸다는 듯 말했다.

"루크, 저기요, 저기서 왼쪽으로 가야 해요."

안나가 가리킨 곳은 그저 평범한 골목길이었다.

골목 모퉁이를 돌자, 안나에게 익숙한 반지하 건물이 나타났다. 동시에 두 사람을 쫓던 발걸음 소리가 갑작스레 잦아들었다.

"여기요."

안나가 지하로 내려가는 계단 앞에서 멈추었다. 숨을 고르며 층계를 밟았다. 그러고는 문을 세게 두드리기 시작했다.

"자크! 자크! 안나 프루스에요. 안에 있어요?"

27
대결 (Versus)

안나가 세게 문을 두드렸지만 여전히 응답이 없었다.

"그들이 오고 있어요."

골목을 돌고 돌아 들어왔지만, 하인츠 일행은 용케도 찾아낸 듯했다. 조금씩 발소리들이 가까워지고 있었다.

"여기 말고는 없어요."

그들이 가까이 접근했다는 걸 안나도 눈치챘다.

"없다고요? 경찰서 같은 데도?"

루크의 말에 안나가 고개를 저었다.

"젠장."

총상이 생긴 로크의 오른팔에서 아직도 피가 흘러나오고 있었다.

"그럼 병원은요? 공개된 장소잖아요."

"병원은 있지만, 사전 허락 없이 들어갈 수 없어요."

루크가 어이없다는 표정을 지었다.

"감정은 늘 일을 키우기만 하지. 그래서 문제야."

반지하 계단 앞까지 온 하인츠가 쓰고 있던 선글라스를 벗었다. 그의 왼손에는 리볼버가 들려 있었지만, 아직 루크를 조준하지는 않았다.

"그저 요청을 했을 뿐인데, 일이 이렇게 되어버려서야 원."

"교수님. 이번 일 윤리위원회에 보고하지 않을게요. 그러니까…."

안나는 이곳에 온 뒤로 죽을 수도 있다는 공포감을 이번에 처음 느꼈다.

"안나 팀장님한테는 사과드리리다. 당신은 아무런 관련이 없는 사람인데…."

하인츠는 리볼버를 만지작거렸다.

"그리고 작년부터 내가 윤리위원회의 상임이사직을 맡고 있다는 걸…."

하인츠가 총구를 들어 루크의 머리에 겨누었다. 이번엔 실수하지 않겠다는 듯 표정이 결연했다.

"잠깐만요!"

하인츠가 방아쇠를 당기려다 말고 멈추었다.

"루크를 추방할게요."

예상치 못한 말이었는지 하인츠의 얼굴이 일그러졌다.

"이주민을 가르치고 보살펴야 할 팀장이 추방을 먼저 제안한다고?"

"교수님은 루크가 이곳에 맞지 않는다고 생각하시는 거잖아요. 맞죠?"

하인츠가 고개를 한 번 끄덕였다.

"그럼 이주민 동의서를 받지 않고 추방하도록 할게요. 다만….".

"다만?"

"2주의 기한은 지켜줘야 해요."

"무슨 꿍꿍이지?"

"한 번도 적용된 적은 없지만, 이주민을 강제로 추방하려면 최대 기간 동안 훈련과 기회를 줘야만 해요. 그러고도 부적응자라고 판단이 되면 합법적으로 추방할 수 있어요."

"합법적이라…."

"교수님 목적은 분명하게 알겠어요. 하지만 자꾸 이런 문제를 일으키는 건 교수님께도 좋지 않잖아요."

"그건 잘못된 설득인 것 같은데. 외부인을 어떻게 처리하든 아무도 문제 삼지 않아."

"네, 잘 알고 있어요. 하지만 이성을 지켜달라는 부탁이에요. 우리가 지켜온 가치, 목표가 있잖아요."

"별로 설득력이 없군."

하인츠가 기분 나쁜 표정을 지으며 다시 방아쇠를 당기려는 순간, 삐걱대는 소리와 함께 문이 열렸다.

"오랜만이야, 하인츠."

방금 샤워를 마친 듯, 자크의 머리는 아직 젖어 있었다.

"한 달 만에 온수를 넣어주다니, 아주 감격스러웠어."

그러고는 별일 아니라는 표정으로 상황을 훑어보았다.

"그건 뭔가? 스미스 웨슨 M1917?"

자크가 하인츠의 손에 들린 리볼버를 유심히 보며 물었다.

"이런 곳에 살고 있었군."

자크의 등장이 적잖이 당황스러웠는지 하인츠의 손이 떨리기 시작했다.

"정말 오랜만이야. 아마 2000년 이후 처음이지?"

"글쎄. 그걸 기억할 만큼 한가하지는 않으니까."

"왜? 이들을 죽이려고? 그럼 40년 만의 살인사건인데."

자크가 꼴이 말이 아닌 루크와 안나를 물끄러미 보았다.

"살인은 원주민한테나 적용되는 거고. 저 기분 나쁜 이주민은 그저 처치라고 해두지."

"이주민?"

자크가 루크를 위아래로 훑어보았다.

"아, 스크린에서 봤군. 우주인이라고?"

루크가 인상을 쓴 채 안나와 눈을 마주치자 그녀가 고개를 끄덕였다.

"네, 그렇습니다."

"하인츠가 저렇게 흥분하는 데는 다 이유가 있을 텐데 말이야. 시간 나면 들어오지. 양쪽 다 들어보자고. 그래야 내 직성이 풀리지."

자크가 문을 열고 안으로 들어가자는 제스처를 했다.

"허풍은 여전하군."

"차라도 한잔하고 가. 온수에 탄 거라 미지근하겠지만."

"됐어. 아무튼 자네가 여기 있다는 걸 알았으니 나도 대비를 좀 해야겠군."

"왜? 사라진 줄 알았어?"

"아니. 아예 관심도 없었거든."

하인츠가 수하들에게 돌아가라는 신호를 보냈다.

"그럼 다행이지. 나는 아직까지 원한이 있는 줄 알고."

자크가 안으로 먼저 들어갔다.

"아, 자네들은 들어와. 피까지 흘리고, 이게 무슨 꼴이야."

안나가 이때다 싶었는지 서둘러 들어갔다.

"뭐 해요? 안 오고."

안나가 루크를 돌아보았다. 루크는 하인츠를 한 번 노려보고 나서야 따라 들어갔다.

***

집 내부는 오래돼 낡았지만 단정했다. 반지하라도 햇빛이 작은 창을 통해 충분히 들어오고 있었다.

"좀 앉아 있으라고."

자크가 두 사람을 거실 소파에 앉혀놓고 안으로 사라졌다.

"누구죠?"

루크는 긴장한 채 물었다.

"자크 박사님이에요."

"하인츠와는 무슨 관계고?"

안나는 바로 대답하지 않았다.

"자크는 당신 편인가요? 숨겨진 권력자?"

"둘 다 틀렸어요."

자크가 작은 상자 하나를 들고 다시 거실로 나타났다.

"하도 오랫동안 안 쓴 거라 찾는 데 시간이 좀 걸렸지."

상자를 열자 누렇게 바랜 붕대와 유통기한을 알 수 없는 소독약

이 들어 있었다.

"써도 되는 건가요?"

"글쎄. 94년부터 있었으니까…."

루크가 소독약을 열려다 말고 멈칫했다.

"마르지는 않았을 거야. 워낙 꽁꽁 싸매서."

"94년이면…."

루크는 어제 태블릿에서 본 내용을 떠올렸다. 역사서에 의하면, 그때 이곳에 큰 반란이 있었다고 했다.

"당신은 하인츠의 스승인가요?"

자크가 헛웃음을 터트렸다. 안나는 적잖이 당황한 얼굴이었다.

"자네가 가르쳤나?"

"아니요, 그 부분은 아직…."

루크가 두 사람을 번갈아 보며 추리를 이어갔다.

"하인츠가 반란을 진압하고 질서를 부여했다고 들었어요. 이렇게 살아계신 걸 보면 반란군은 아니었을 테고…."

"반란군… 참 적절한 표현이군."

"죄송합니다. 역사서는 제게 수정 권한이 없어서."

안나의 표정이 순간 굳어졌다.

"괜찮아. 남들 시선 따위는."

어느새 자크의 얼굴에는 결연함이 감돌았다.

"당시 대장이었다고 해두지."

"그럼 당신이 반란군의 대장이라는 건가요?"

"그건 너무 명예롭지 못하군."

"도무지 이해되지 않는군요. 하인츠는 당신을 두려워하는 것처럼 보이던데."

"두려움은 이성으로도 극복할 수 없으니까."

선문답 같은 대화에 루크는 어안이 벙벙해졌다.

"안나, 도대체 무슨 짓을 꾸미는 건지 모르겠지만."

루크는 잠시나마 안나를 믿었던 자신이 한심하게 느껴졌다.

"역사는 철저히 승자의 입장에서 기록된다고 하지 않던가."

자크가 흔들의자에 앉아 다리를 꼰 채 말했다.

"아무래도 패배자에게 붙느니, 승자에게 가는 게 낫죠."

루크가 더 볼 것 없다는 듯 슬며시 소파에서 일어났다.

"그가 당신을 죽이려 했는데도?"

"하지만 직접 방아쇠를 당기지는 않았어요. 어쩌면 안나 말마따나 환각이었을 수도 있고요."

"루크, 아니었다는 걸 알잖아요."

"안나. 생각할 시간이 필요해요. 지금은 누구 쪽에 붙어야 할지 결정할 때가 아니라."

"우리한테 붙으라고 한 적은 없는데."

지켜보는 자크의 말투는 여유로웠다.

"그럼 더 잘됐군요."

루크가 현관으로 다가가 문을 열었다.

"하인츠는 방아쇠를 당기지 않은 게 아니라, 못 당긴 거야. 뜻대로 할 수 없었던 거지."

뜻대로 못했다는 건 앞으로도 그럴 수 있다는 의미가 담겨 있었다. 루크는 그의 말에 망설였다. 곧 열었던 문을 닫고 두 사람을 돌아보았다.

28
반란군 (Rebellion)

"그걸 당신이 어떻게 알죠?"

하인츠가 루크의 머리에 총을 겨누었던 현장에 자크는 없었다. 그리고 그는 자신에 대해 모두 알고 있다는 투였다.

"보지 않아도 알 수 있지."

루크가 다시 거실로 돌아왔다. 힘 빠진 늙은이의 몰골이었지만 자크의 눈빛은 강렬했다.

루크가 마주 노려보며 맞은편 소파에 앉았다.

"그럼 하인츠가 쇼를 하고 있다는 건가요?"

"아니, 그는 그럴 위인은 못 돼."

"그럼 어떻게 방아쇠를 당기지 못한 거라 확신하는 겁니까?"

"나는 그와 5년 넘게 전투를 했어. 이 좁디좁은 세계에서. 전투 때마다 녀석이 수십 명을 학살하는 걸 보았지. 단 한 번도 망설이거나 속임수를 쓴 적이 없었어."

"당신이 반란군 대장이었다면서요?"

"아니. 그 반대야."

자크가 잠시 생각을 더듬었다가 입을 열었다.

"나는 그와 동료였어. 반란군을 진압하기 위해 결성된. 믿기 힘들겠지만, 한때는 목숨을 맡길 만큼 가까운 사이였지."

루크는 혼란스러웠지만 그의 다음 말을 기다렸다.

"다섯 명의 반란군 진압에 성공한 이후, 하인츠는 그 공로를 홀로 차지하길 원했어."

자크가 등받이에서 몸을 떼더니 목욕 가운을 조심스럽게 벗었다. 오른쪽 어깨 위에 오래된 총상으로 보이는 흉터가 드러났다.

"반란군 진압을 공식 선포하고 질서를 되찾은 밤. 녀석은 길지 않은 복도에서 나를 쐈지. 워낙 사격 실력이 형편없어 총알은 명중하지 못했고. 내가 즉시 반격해 오른 다리에 한 방 날렸지."

"삼류 소설 같은 얘기군요."

루크가 고개를 저으며 말했다.

"그렇게 들릴 수도."

자크가 테이블 위에 놓인 찻잔을 들었다.

"한잔하겠나?"

"아니요, 괜찮습니다."

루크의 눈길은 거실을 훑고 있었다. 오래된 책장과 낡은 가구들은 자크가 이곳에서 적지 않은 시간 동안 은둔 생활을 했음을 짐작케 했다.

"그 이후로 둘 사이에 어떤 일이 있었는지는 태블릿을 통해 배우기로 하죠."

루크가 천천히 몸을 일으켰다. 사람은 늙으면 과거를 미화하는 습관이 있다. 한때 이 세계를 주름잡았던 것처럼 떠벌리고 있지만, 그의 현실은 햇빛이 겨우 드는 초라한 반지하의 삶이었다. 루크는 자크가 허세를 부린다고 생각했다. 하지만 어쨌든 자신을 죽음의 위기에서 구해준 사람이었다.

"좋지. 궁금한 게 있으면 얼마든지."

루크는 책장으로 다가갔다. 불어와 영어 그리고 일본어로 적힌 심리학 서적들이 눈에 띄었다.

"전공 분야가 아닐 텐데."

"저는 군사학 전공입니다."

루크가 서가를 쭉 훑어보기 시작했다.

"하지만 이곳의 주류 패러다임은 심리학인 것 같아서요."

루크의 말에 자크가 웃음을 지었다.

"여기 온 지 3일밖에 안 되었지만, 모든 사회 현상을 프로이드의 이론으로 해석하더군요. 사실 좀 놀라웠습니다."

"어떤 점이?"

"프로이드는 제가 떠난 지구에서도 인기 있는 인물이죠. 하지만 그의 무의식 이론은 하나의 도구일 뿐이에요. 절대적인 명제가 아니죠."

"잘 알고 있군."

자크의 시선이 루크를 따라가고 있었다.

"이곳 사람들은 모두 의식적 존재이고, 무의식은 수십억 개 지구에 퍼져 있다는 게 사실은 잘⋯."

루크가 서가에서 책 한 권을 꺼내 들었다. 《괴델, 에셔, 바흐》라는 독일어 제목이 눈에 띄었다.

"이해가 되지 않습니다."

그러고는 페이지를 빠르게 넘기며 자리로 돌아왔다.

"이해는 현상의 필요충분조건이 아니지."

루크가 자크를 한 번 쳐다보고는 소파에 다시 앉았다.

"사실 의식, 무의식 이론은 가장 강력한 가설일 뿐이야. 이곳에서 오랫동안 통용되어 온. 현재로서는 저 하늘에 떠 있는 수십억 개의 지구를 설명할 마땅한 다른 방법이 없기도 하고."

"급조한 느낌이 들더군요."

루크가 책장을 마저 넘기더니 그대로 테이블 위에 올려놓았다.

"그래서 하인츠가 방아쇠를 당기지 못한 건 심리적으로 어떻게 설명하실 겁니까?"

"…."

갑작스런 질문에 자크는 멈칫했다.

"내가 자네에게 묻고 싶은 거야. 어떻게 하인츠가 방아쇠를 당기지 못하도록 했는지."

그리고 진지한 눈으로 루크를 노려보았다. 두 사람 사이에 묘한 긴장감이 흘렀다.

루크가 천천히 고개를 끄덕였다.

"그와 똑같은 질문을 하시는군요."

그러고는 자리에서 일어섰다.

"하인츠도 제 머리에 총구를 들이대며 물었죠. 어떻게 경비원들을 제압했냐고. 지금 당신도 똑같은 질문을 하고 있어요. 하인츠를 어떻게 조종했는지."

"그게 같은 질문처럼 보이나?"

자크가 가운 안으로 조심스럽게 왼손을 집어넣었다. 안나는 눈치 챘지만, 루크는 보지 못했다.

"모두 제가 상대방을 어떻게 했다고 생각하니까."

"그 말은 자네가 아무것도 하지 않았단 말이군."

"특별한 능력이 있었다면 제가 이렇게 총알을 맞지도 않았겠죠."

루크가 오른쪽 어깨를 으쓱하며 대답했다.

"그럼 아무것도 아니었군."

자크가 갑자기 자리에서 일어서더니 왼손에 권총을 들고 루크 앞 으로 다가갔다. 그 움직임은 노인네의 것이라기엔 믿을 수 없을 만 큼 빠르고 또 정확했다.

"뭐 하시는 겁니까 지금!"

루크가 반사적으로 양손을 들었다. 그의 관자놀이에는 또다시 권 총 총구가 드리워져 있었다.

"박사님! 지금 뭐 하시는…."

"아무것도 아닌데 괜한 시간을 낭비했어."

자크가 안나를 보며 말했다. 그녀는 당황한 것처럼 보였지만 여 전히 차분하게 앉아 있었다.

"루크 선장. 이 세계의 정착자들은 새로운 걸 좋아하지 않아. 라 마의 자원은 한정되어 있고, 놀랍도록 아름답게 평화를 유지하고 있거든."

"저도 원해서 온 게 아니에요."

"그럼 돌아가야지. 사라져버린 너의 세계로."

자크가 왼손가락에 힘을 주더니 그대로 방아쇠를 당겼다.

찰칵, 방아쇠가 공이치기를 움직였지만, 탄창의 첫 번째 칸은 비어 있었다. 루크가 반사적으로 눈을 감았다가 다시 천천히 떴다. 자크는 겨누었던 총을 거두어 조심스럽게 품속으로 넣었다.

"역시나 허세였군."

"박사님…."

안나가 뒤늦게 두 사람 사이로 끼어들었다.

"루크, 미안해요. 제가 대신 사과할게요."

루크는 자리에서 일어나며 떠날 채비를 했다. 현관문을 여는 데도 말리지 않았다.

어느덧 중천에 떠오른 '가짜 태양'이 그의 눈을 부시게 했다.

"망할 놈의 라마."

반지하 계단을 올라 거리로 나섰다. 아까보다 부쩍 사람들이 늘어나 있었다. 누렇게 변색된 붕대 위로 피가 새어 나와도 신경 쓰는 이는 아무도 없었다. 어디로 가야 할지 알 수 없었지만, 루크는 계속해서 나아갔다. 이곳을 어떻게든 떠나리라 결심하면서.

* * *

"박사님!"

루크를 붙잡으러 나가려다 멈춰 선 안나는 원망 섞인 눈으로 자크를 보았다.

"녀석은 아니야."

"그게 무슨 말씀이세요."

"녀석은 자격이 없다고."

"충분히 이야기해보지도 않고 어떻게 단정하죠? 그는 분명히 꿈을 꾸었다고 했어요. 그것도 아주 생생하게!"

"우연의 일치겠지."

"그게 어떻게 우연이죠?"

"안나."

자크가 열린 문을 닫았다.

"그는 다른 사람의 마음을 움직일 수 있다고 했어."

"네, 무의식 세계와의 연결을 유지한다고도 했고요."

"잘 기억하고 있군."

"그럼 두 가지 다 충족한 것 아닌가요? 이곳에 온 직후로 계속해서 꿈을 꾸고 있고, 하인츠뿐 아니라 경비원들의 마음도 조종했어요."

자크가 잠시 망설이다 말했다.

"하지만 내 마음은 움직이지 못했지."

"박사님, 도무지 이해가…."

"하인츠가 한때 초자아 후보로 추앙받던 건 그가 다른 사람을 설득하는 능력이 뛰어났기 때문이야. 물론 거짓으로 판명났지만."

"단지 박사님이 방아쇠를 당기는 걸 막지 못했기 때문에 루크가 그가 아니라는 건가요?"

"꼭 그렇지만은 않아. 젊은 하인츠에게서 느껴지던 기운, 그 아우라가 녀석에게는 없어."

"동의할 수 없군요."

"그럼 자네는 확신한다는 건가?"

"아니요, 최소한 제대로 된 검증을 해야 한다는 거예요. 이대로 가면….”

“추방해야겠지.”

“하인츠에게도 그렇게 말했으니까요. 2주 안에 루크가 그라는 걸 증명하지 못한다면, 결국 우주로 추방해야 해요.”

“증명하면 하인츠가 가만히 있을까?”

“객관적인 증거들을 통해 공개적으로 선포하면, 하인츠도 어떻게 하지 못할 거예요.”

“일이 그렇게 커지기 전에 손을 쓸 텐데.”

“예상할 수 있는 일이니까 우리가 막아야죠.”

“아니, 불가능해.”

자크가 등을 돌렸다.

“박사님! 그럼 저대로 죽게 두실 건가요?”

안나의 다급한 외침에 자크가 고개를 돌렸다.

“죽게 두기는.”

“네?”

“자네가 옆에 있지 않은가.”

29
조종 (Control)

정면을 보면 익숙했지만, 고개를 들면 어색했다.

오래된 뉴욕의 골목과도 같은 이곳은, 얼핏 보면 너무나도 익숙했다. 하지만 조금만 고개를 들면, 라마의 기이한 구조가 웅장함을 드러내고 있었다. 장축을 중심으로 돌돌 말린 원통형 구조 탓에, 거리를 가늠할 수 없는 땅과 하늘 그리고 도로들이 머리 위로 휘어져 있었다.

금방이라도 모든 게 쏟아져 내릴 것만 같은 위태로움을 머리 위에 두고 루크는 지금 하릴없이 거리를 걷고 있었다. 아니, 걷는다기보다는 발뒤꿈치에 힘을 가득 싣고 쿵쿵거린다는 표현이 더 어울렸다.

만신창이가 된 팻은 이미 말끔히 치워져 있었다. 전도된 트레일러 역시 길가에 세워져 있었다. 흩어진 유리 조각들과 오일 흔적만이 이곳에서 사고가 있었음을 알려주었다.

바삐 움직이는 거리에서 루크는 무작정 손을 들었다. 팻과 유사한 형태의 무인 택시와 다양한 색상의 개인 차량이 도로를 분주히 지나다녔다.

루크는 엄지손가락을 들어 히치하이킹을 시도했다. 도심 한복판에서 피 묻은 붕대를 한 남자가 시도하는 히치하이킹. 지구에서도 성공 가능성이 제로에 가까운 일이었다.

하지만 루크에게는 대안이 없었다. 이주민 센터의 위치와 방향을 가늠해보려 했지만, 높은 건물들에 가려 찾을 수 없었다. 거리의 풍광은 뉴욕과 유사했지만, 지하철과 같은 대중교통은 없는 게 확실했다. 설령 있다 해도 탑승할 티켓도 없었지만.

루크는 지금 다시 이주민 센터로 돌아가려 했다. 거기서부터 출발해야 우주선을 찾고 지구로 돌아갈 수 있었다. 80억 개의 지구 중 어디로 가야 할지는 중요하지 않았다. 지금은 이 괴이한 세상을 뜨는 것만이 유일한 목표였다.

***

"안나. 자네 혹시 꿈을 꾸나?"

안나의 얼굴에 당황한 기색이 역력했다.

"그래. 실례되는, 아니 위험한 질문이지."

자크가 테이블에 걸터앉았다.

"꿈을 꾼다는 게 부끄러운 일은 아니야. 다만 남들에게 공유하지 못할 뿐."

"저는 꿈을 꾸지 않습니다."

"그래야 할 테지."

이곳에서 잠을 자고 꿈을 꾼다는 건 금기에 가까웠다. 꿈을 꾸는 것이 라마의 규칙이나 법을 위반하는 건 아니었지만, 누구도 그것을 반기지 않았다.

라마의 역사서에 의하면, 꿈은 무의식과 소통하는 통로라고 되어 있었다. 무의식을 천박하고 죄스러우며 원초적인 세계로 인식하는 라마인들에게 꿈을 꾼다는 건 상상도 할 수 없는 일이었다.

그러니까 꿈을 꾼다는 사실만으로 이곳에서는 정신세계에 심각한 문제가 있거나 곧 도태되어야 할 인간으로 취급받기 일쑤였다. 당당하게 꿈을 꾼다고 말할 수 있으려면, 그것을 완전히 통제할 수 있는 경지에 이르렀음을 증명해야만 했다. 역사서가 예언한 초자아의 존재처럼.

"왜 갑자기 그런 질문을 하시는 거죠?"

"꿈은 전염성이 있거든. 루크와 함께 있는 시간이 길어지면, 자네도 꿈을 경험할 수 있을 거야."

"그렇게 되면 박사님께 먼저 말씀드릴게요."

안나의 몸은 이미 현관을 향하고 있었다.

"그래, 꿈을 꾼다는 건 아주 힘든 일이야."

안나는 지금 시답잖은 이론을 이야기할 때가 아니라고 생각했다. 그는 훌륭한 이론가이자 행동가였지만, 점점 라마의 현실에서 멀어지고 있는 것만 같았다. 안나는 서둘러 계단을 뛰어 올라갔다.

***

루크가 엄지손가락을 들고 도로를 두리번거리던 그때, 한눈에 보기에도 고급 차량으로 보이는 세단 한 대가 멈추어 섰다.

"어디로 가시나요?"

짙은 썬팅 너머로 중년 여자의 목소리가 들려왔다.

"이주민 센터요. 이주 후보자입니다."

"네, 루크 쇼 선장님. 스크린에서 봤어요."

친근함이 묻어나오는 목소리였다. 곧이어 뒷좌석의 문이 자동으로 열렸다. 3열로 된 좌석 끝에는 기껏해야 일곱 살 정도로 보이는 여자아이가 앉아 있었다.

"소피아, 인사해야지."

낯선 사람의 등장에 긴장했는지 소피아는 카시트에 한껏 몸을 파묻었다.

루크 역시 공교롭기는 마찬가지였다. 무작정 하이킹을 시도하기는 했지만, 아이를 데리고 있는 여성이 응하리라고는 미처 생각지 못했다.

"마침 그쪽으로 가는 길이었어요."

차량이 곧장 출발했다.

"그 근처에 사시나요?"

"아니요. 아이 일 때문에 들르려던 참이에요."

루크가 소피아를 돌아보며 어색한 미소를 건넸다. 소피아가 두려운 눈으로 루크를 슬쩍 보았다.

"무슨 일이 있었나 봐요?"

맞은편 여자는 줄곧 루크에게서 눈을 떼지 않았다.

처음 마주하는 라마인. 의식으로만 이루어진 존재. 꿈도 꾸지 않고 잠도 자지 않는 기계 같은 인간.

안나에게서 들었던 라마인의 모습이라기엔 너무나 인간적이고 가족적이었다.

"따님이신가요?"

"저 아이요?"

중년 여자가 조금 당황스러워하며 되물었다.

"이런…. 아직 훈련을 받은 지 얼마 안 되었나 봐요."

"그런 셈입니다."

여성이 루크의 상처를 유심히 바라보았다.

"소피아는 이곳에서 아주 특별한 친구예요. 어쩌면 최연소 이주민이라고 해야겠죠."

그제야 이해가 된다는 듯 루크가 고개를 끄덕였다. 사랑과 결혼 그리고 연애조차 하지 않는 이곳에서 소피아를 여성의 딸이라고 보는 건 말도 안 되는 일일 것이다.

"아주 똑똑하고 명석한 친구예요. 어른이 될 때까지 제가 잘 보살펴주고 있죠."

"그렇군요."

루크가 친근하게 웃으며 소피아를 쳐다보았지만, 아이는 냉정하게 고개를 돌렸다.

"제가 무서운가 보군요."

"아마 모든 라마인들이 그렇게 생각하겠죠."

팟이 속도를 줄이더니, 교차로를 빠져나갔다.

얼마 지나지 않아 이주민 센터 건물의 윤곽이 전면 유리창 너머로 드러났다. 그에 맞추어 팟이 차선을 변경하는 것까지 확인한 루크는 그제야 안도의 숨을 내쉬었다.

"감사합니다. 라마에서 이런 친절을 받게 될 줄은 미처 몰랐네요."

루크가 옆 좌석으로 옮기더니 내릴 준비를 했다.

"루크 쇼."

여자의 말투에 온화함과 단호함이 함께 묻어났다.

"우리 모두는 기다리고 있어요."

뚱딴지같은 말에 루크가 어리둥절한 표정을 지었다.

"무슨 말이죠?"

여자는 대답 없이 그를 물끄러미 바라만 보았다. 대꾸가 없자 루크는 소피아와 여자를 번갈아 쳐다보았다.

"다 온 것 같군요."

여성이 묘한 웃음을 지으며 자동문을 열었다.

루크가 고맙다는 인사를 건네고는 차에서 내렸다. 그러자 문이 곧장 닫히더니 쏜살같이 도로로 합류했다.

'기다린다…?'

잠깐 생각에 빠져 있던 루크가 몸을 돌리는데, 그를 기다리는 사람이 서 있었다.

"안나."

그녀의 얼굴은 몹시 초췌해 보였다.

"누구 차를 타고 온 거죠?"

"그냥 히치하이킹을 했어요."

안나의 표정이 순간 일그러졌다.

"손을 들어 차를 얻어 타는 거요. 지구에서는 종종 하는 일이죠."

"그러니까 모르는 사람 차를 그냥 타고 왔다고요?"

"방금 보셨잖아요."

안나가 눈을 질끈 감았다 떴다.

"일단 들어가요."

안나가 루크의 왼팔을 잡고 센터 쪽으로 이끌었다.

센터 입구에 다다르자 안나가 두리번거리며 조심스러워다.

"루크, 잘 들어요. 당신은."

안나가 혹여나 누가 들을까 다시 한번 주위를 살폈다.

"이곳의 질서를 흔들고 있어요. 그것도 역사상 유례없이 빠른 속
도로."

30
파동 (Wave)

러시아워가 다가오자, 라마의 거리에는 사람과 차량이 부쩍 늘어난 상태였다.

"아악!"

숨을 크게 들이쉰 안나가 갑자기 소리를 버럭 질렀다.

"지금 뭐 하는 거예요."

당황한 루크가 한 발짝 뒤로 물러섰다.

"아악! 살려줘요!"

이번에는 안나가 더 크게 소리를 질렀다. 그녀의 얼굴이 순간 크게 일그러졌다.

"안나…."

루크는 어쩔 줄 모른 채 고개만 두리번거렸다.

"자, 봤죠?"

안나가 꼿꼿이 서서 루크를 응시했다.

"뭘요? 왜 그러는 겁니까 도대체."

"대낮에 사람들이 이렇게나 많은 길거리에서 젊은 여성이 비명을 질렀어요."

"그건 나도 알아요."

"무슨 일이 생겼죠?"

아무 일도 없다는 듯 거리는 여전히 분주하고 또 고요했다.

"아직 모르겠어요? 한 번 더 할까요?"

"아니요, 그래, 알겠어요."

루크가 서둘러 안나를 진정시키며 말했다.

"거리에 이렇게 많은 사람들이 있는데, 아무도 저에게 다가오지 않았어요. 왜일까요?"

"어제 알려줬잖아요. 남의 일에 관심이 없다고."

"아직 부족하군요."

안나가 루크를 한 번 쳐다보더니 갑자기 도로로 뛰어들었다. 도로엔 속력을 높여 달리는 차들이 가득했다.

"안나!"

루크가 제지할 새도 없이 순식간에 안나가 왕복 8차선 도로를 무단 횡단하기 시작했다. 시속 60~70킬로미터로 달리던 차들이 급격하게 핸들을 틀며 가까스로 안나를 피해 다녔다.

"미쳤어요!"

루크가 지른 고성은 브레이크 걸린 타이어들의 소음에 묻혀버렸다. 잠시 후, 안나는 무사히 도로를 횡단하여 맞은편 거리에 섰다. 아무도 그녀에게 다가오거나 걱정하는 이는 없었다. 루크가 근처 육교를 발견하고 달려갔다.

"안나! 도대체 왜 그러는 거예요?"

"보셨죠? 라마의 거리는 극도로 안전하다는 걸."

"지금 저를 교육하는 건가요?"

"20대 젊은 여성이 소리를 지르고 찻길에 뛰어들었지만, 단 한 명의 라마인도 저에게 다가오지 않았어요. 이게 단순히 무관심 때문일까요?"

"그럼 뭐… 이들이 로봇이라도 된다는 건가요? 그냥 길거리를 돌아다니는?"

루크가 숨을 고르며 힘겹게 대답했다.

"순진하시군요. 이곳 사람들은 모든 상황을 이성적으로 판단해요. 그 말은, 감정이나 욕망이 터져 나오는 걸 극도로 혐오한다는 뜻이죠. 여길 지나친 수백 명의 사람들 모두 제 비명 소리를 듣고 무단 횡단하는 것도 눈치챘을 거예요."

"그런데 아무도 제지하지 않았죠."

"네, 이성적인 행동이 아니니까."

"이성적으로 생각하면 위협이 될 수도 있잖아요. 자신들에게 해가 될 수도 있는 건데."

"라마는 오랜 역사를 통해 예상치 못한 위험과 감정 그리고 욕망을 잘 통제하도록 만들어졌어요. 제가 무단횡단을 하더라도 차들은 저를 피해가죠. 사고가 아예 없는 건 아니지만, 사람이 다치는 경우는 없다고 보면 돼요."

"…."

"사람들이 돌발 행동을 무시하는 이유는 딱 두 가지예요. 미친 자와 단 0.1%도 얽히고 싶지 않아서. 그리고 사회 시스템이 그런 글리치들을 잘 제거할 것을 알기에."

"사회 시스템이 제거한다…."

"네, 하인츠와 같은 세력들이 아무런 제약 없이 활동하는 이유죠."

"일종의 경찰력을 대신한다는 거군요."

"그렇다고 볼 수 있죠."

안나가 센터를 향해 걷기 시작했다. 루크도 일정한 거리를 두고 그녀를 따랐다.

"그토록 이성적이고 계산적인 사람들은 절대 모르는 사람을 차에 태우지 않아요. 그것도 아이를 데리고 있는."

"아이가 있는지 어떻게 알았죠?"

루크가 놀란 표정을 지었다.

"아이가 탑승한 차량에는 의무적으로 붉은 등이 들어와요. 당신이 내릴 때 보았죠."

"그렇군요."

"아이가 이곳에 오는 경우는 아주 드물어요. 10년에 한두 명 있을까 말까 하죠."

"소피아, 소피아라고 했어요."

"네, 소피아는 6살에 이곳에 왔어요. 최연소 기록을 2개월 차이로 놓쳤죠."

어느새 두 사람은 거리의 인파 속으로 들어가고 있었다.

"각자의 지구에서 최고가 되어야 한다면서요. 6살 아이가 어떻게…."

"꼭 그렇지는 않아요. 당신처럼 승승장구하던 사람도 있지만, 우연히 오게 된 경우도 많으니까."

"당신은 어떻게 왔나요?"

루크가 갑작스럽게 묻자 안나는 걸음을 멈추었다. 마주 오는 사람들이 마치 갈림길을 만난 물처럼 자연스럽게 흩어졌다.

"실례되는 질문인 건가요?"

루크는 진심으로 궁금한 눈빛이었다.

"이곳에서 금기시되는 질문 중 하나죠."

"하지만 어떻게 왔는지 알고 싶군요."

"그게 왜 중요하죠?"

"당신은 나에 대해 모든 걸 알고 있잖아요. 나도 물어볼 권리가 있죠."

안나가 실소를 터트리며 고개를 숙였다.

"미안하지만…."

안나가 다시 길을 걸어 나갔다.

"기억나지 않아요. 아니, 기억할 수 없어요."

"안나."

루크가 팔목을 붙잡자 안나가 불쾌한 얼굴로 돌아보았다.

"루크, 여기서 이런 행동은 허용되지 않아요."

"아무도 신경 쓰지 않는다면서요, 아니, 개의치 않는다고 했잖아요."

"먼저 놓고요."

안나가 루크의 손을 뿌리치며 돌아섰다. 두 사람 사이에 미묘한 긴장감이 감돌았다.

"루크, 아까 얘기로 돌아가죠. 당신이 온 뒤로 라마인들이 동요하고 있어요. 아무도 말하지 않았지만, 객관적인 사실들이 그걸 증명하죠."

"객관적인 사실들?"

"네, 하인츠와 있었던 일은 모두 가짜라 치더라도, 아이를 태운 차량이 낯선 사람에게 문을 여는 건 있을 수 없는 일이에요. 그건…."

"그녀는 그저 친절을 베풀었을 뿐이에요."

"그렇지 않아요, 이곳에서 친절은 아무런 가치가 없으니까."

"안나, 도대체 뭐가 문제인 거죠? 당신도 이제 하인츠의 생각에 동조하는 건가요? 내가 이곳에서 문제를 일으키고 있다는?"

루크를 쳐다보는 안나의 눈가가 조금 촉촉해지는 것 같았다.

"하인츠에게는 동의하지 않아요. 하지만 당신이 이곳에서 위험해질 거라는 데는 동의해요. 라마를 위험에 빠트리는 자는 반드시 제거될 테니까. 이곳의 이성적인 예측 시스템에 의해서."

루크는 허공을 바라보며 어찌해야 할지 모르겠다는 듯 주춤거렸다. 안나는 자신의 유일한 조력자이자 안내인이었다.

"하인츠는 당신이 추방된다고 알고 있을 거예요. 2주만 달라고 했으니 아마 기다리겠죠. 당신 주위를 맴돌면서."

"그럼 나를 추방하는 겁니까? 당신이 하인츠와 약속한 대로?"

"그건 위원회에서 결정할 사안이에요. 아마 하인츠가 가결 시킬 거예요."

"그럼 잘 됐군요. 내가 원하던 바이기도 하고."

"제 말을 잘 안 들으셨네요."

안나의 눈에 글썽이던 눈물 한 줄기가 오른쪽 뺨을 타고 흘렀다.

그녀가 당황하며 소매로 눈물을 닦았다.

"라마인도 눈물을 흘리는군요."

"아니요, 눈물이 아니에요. 오해 말아요."

"그럼 못 본 걸로 할게요."

루크가 애써 모른 척하며 고개를 돌렸다.

"추방은 순화된 표현이에요. 위원회에서 추방이 결정되면, 지금 옷차림 그대로…."

안나가 채 말을 잇지 못했다.

"우주로 그냥 내던져지는군요."

루크는 전에 들었던 안나의 말이 떠올랐다.

"네, 고통스런 죽음이 될 거예요."

루크가 애써 태연한 척하며 고개를 끄덕였다. 여길 탈출하겠다고 결심한 건 딸의 의식이 머무는 지구를 찾기 위해서였지 죽은 채로 나가겠다는 건 아니었다. 안나로부터 추방과 다름없는 결정 사안을 통보받은 지금, 루크는 탈출전략을 어떻게 짜야 할지 난감해졌다.

"당신 잘못은 아니죠. 이방인이 새로운 세상에 적응하지 못하면, 떠나는 게 당연합니다."

하지만 루크는 자신이 절대 죽지 않으리라 믿고 있었다. 그건 우주인 시절부터 여러 생사 고비를 넘겨왔던 그가 자연스레 체득한 일종의 종교와도 같은 자신감이었다.

31
파동 II (Wave II)

"루크, 시간이 됐어요."

정중하지만 거친 노크 소리에 잠에서 깼다. 블라인드를 걷자 수많은 지구들이 저마다 빛을 발하고 있었다.

"꿈은 아니군."

어떻게 잠이 들었는지 기억나지 않았다. 안나로부터 추방을 통보받고 대책을 세우던 참이었다. 머리맡에는 전원이 꺼져버린 태블릿이 놓여 있었다.

"루크, 시간이 없어요. 위원회 결정이에요."

안나의 목소리가 예사롭지 않았다.

루크는 침대에 걸터앉은 채 눈을 꼭 감았다. 상황을 헤쳐나가려 했지만, 별다른 대비책은 없었다. 안나가 제공한 라마의 역사 태블릿에 탈출 루트 따위가 있을 리는 없었다. 그래도 혹시나 하는 기대감에 밤늦게까지 샅샅이 훑어본 탓에 극도의 피로가 그를 짓누르는 듯했다.

"루크, 1분 내로 안 나오면 강제로 문을 개방합니다!"

안나의 목소리가 위협적이었다.

"지금 옷을 입고 있어요."

루크는 서둘러 실내용 우주복을 갖춰 입었다. 사형수가 된 것 같은 기분이었지만, 마지막 만찬도 유언을 위한 시간도 주어지지 않았다. 어쩌면 지금부터 시작일 수도 있겠지만.

"루크, 더는 기다릴 수 없습니다. 뒤로 물러서세요."

곧이어 전자 도어락에서 짧은 경보음이 울리더니, 문이 자동으로 열렸다.

"루크 쇼! 당신을 라마에서 추방한다!"

곧이어 복면을 쓴 여러 명이 루크를 향해 달려들더니 그를 결박하기 시작했다.

당황한 루크가 저항을 해보았지만, 아무런 소용이 없었다.

"루크, 몇 번이나 말했을 텐데요."

안나가 태블릿을 품에 안은 채 여유롭게 서 있었다.

"안나, 이게 뭐 하는 겁니까!"

"라마의 절차와 규칙을 따르고 있어요."

"잠깐만!"

변변한 짐 하나 없는 텅 빈 방이었지만, 루크가 소중히 여기는 게 단 하나 있었다. 우주선 스크린에 붙여 놓았던 딸 엠마와의 사진.

"내 사진!"

루크의 목소리가 커지자, 누군가 그의 머리에 검은 복면을 덮어 씌웠다.

루크가 발버둥을 치면 칠수록 압박은 더 거세졌다. 밖으로 끌려 나오자, 복도에는 평소에 보지 못한 사람들이 일렬로 서 있었다. 검은 천 너머로 그 실루엣이 루크에게도 보였다.

"안나, 잠깐만! 이렇게 갑작스럽게 추방한다는 말은 없었잖아!"

루크는 소리 질렀다.

저렇게 원시적인 사람이 있다니…. 위원회 결정이 옳았네…. 감정과 분노 하나 조절하지 못하는 짐승….

끌려가는 루크 주위로 사람들의 험담이 들려왔다.

"루크 쇼 선장."

막다른 복도를 돌아 나서자 익숙한 목소리가 들려왔다.

"하인츠? 이 결정을 내린 게 당신이야?"

루크가 숨을 헐떡이며 물었다.

"이 정도로 벌써 지쳤나?"

하인츠가 몸을 숙여 무릎 꿇린 루크를 내려다보았다.

"지금이라도 당신이 저지른 만행을 고백하면 결정을 재고해보지."

"무슨 만행?"

루크가 하인츠를 노려보며 말했다.

"아직 나한테 비밀을 알려주지 않았잖아. 어떻게 우리 이 두 건장한 경비원들을 속였는지."

하인츠가 양옆에 선 리암과 알렉스를 쳐다보았다.

"말했잖아. 그냥 부탁했을 뿐이라고."

루크가 힘에 부쳤는지 고개를 푹 숙였다.

하인츠가 양복 상의에서 선글라스를 꺼내 썼다.

"진행해. 예정대로."

하인츠의 명령에 따라 수하들이 루크의 양어깨에 팔을 넣은 다음 그를 우주선의 벽 쪽으로 끌어당겼다.

루크가 몸을 비틀더니 자리에서 일어섰다. 굳이 묻지 않아도 어디로 가야 하는지 알 수 있었다.

B-37 AIRLOCK

복면의 틈새로 두터운 철문 위에 적힌 붉은색 글씨가 보였다. 우주복을 입으면 자유롭게 드나들 수 있는 출입문이지만 그렇지 않으면 죽음을 위한 관문일 뿐이었다.

지금 이 상태로 진공의 우주 공간으로 내던져진다면 몸속의 피가 끓으며 순식간에 의식을 잃고말 터였다. 경험해본 적은 없지만, 그 과정이 그리 고통스럽지는 않을 것이라 루크는 애써 스스로를 진정시켰다.

"마지막 유언 같은 것도 못 하나?"

루크가 에어로크 앞에 선 채 뒤를 돌아보았다.

"해서 뭐 하게. 들어줄 사람도 없는데."

"안나, 이게 최선인가요? 당신들은 평생 하인츠 밑에서 굽신거리며 살 건가요?"

안나는 루크의 시선을 피하는 것 같았다. 하인츠가 이번엔 루크의 방에서 가져온 사진을 내밀었다.

"이 종이 쪼가리도 가지고 가려고?"

엠마의 사진이었다. 루크의 눈시울이 순간 붉어졌다.

루크는 묶이지 않은 손을 하인츠에게 뻗었다.

"그럼 처음부터 순순히 나왔어야지."

하인츠의 입꼬리가 올라가더니, 품에서 라이터를 꺼내 사진에 불을 붙였다.

"안 돼!"

루크가 소리 지르며 달려들었지만, 그의 추종자들에게 붙들려 꼼짝도 할 수 없었다.

"그래, 마지막까지 네 녀석이 얼마나 원시적인지 보여줘."

하인츠가 잿더미가 된 사진을 바닥에 떨구며 루크를 자극했다.

루크가 발악하며 몸부림쳤다. 그의 입에서 터져나오는 괴성이 소름 돋을 정도였다. 그는 이미 제정신이 아니었다.

그때 예상치 못한 일이 벌어졌다. 하인츠 옆에 선 수하들이 갑자기 품에서 총을 꺼낸 것이다. 그러고는 약속이라도 한 듯 서로 자신의 머리를 향해 방아쇠를 당겼다.

루크를 붙들고 있던 여러 명도 총을 꺼내더니 자신의 턱밑을 쏘았다. 순식간에 십수 명의 요원들이 바닥에 쓰러지자, 하인츠와 안나 그리고 루크 세 사람만 덩그러니 남았다.

하인츠가 당황하며 권총을 꺼냈다. 하지만 어디를 겨누어야 할지 갈피를 못 잡았다. 루크는 무슨 상황이 벌어지는지 관심도 없다는 듯 하인츠만 노려보았다.

"그냥 조용히 나를 추방하기만 했어도….'

루크는 몸을 일으키면서도 하인츠에게서 눈을 떼지 않았다.

"뭐야, 이게 무슨 일이지?"

권총을 든 하인츠의 오른손이 점점 높아지기 시작했다. 하인츠가 저항했지만, 오른손은 어느새 그의 왼쪽 관자놀이를 향하고 있었다. 복잡하게 꼬이는 오른팔을 하인츠가 제지하려 했지만, 그의 왼손은 아무것도 하지 못했다.

"너는 백번 죽어도…."

루크의 말이 명령이라도 된 것처럼 하인츠가 스스로 방아쇠를 당겼다. 그는 그대로 바닥에 고꾸라졌지만, 머리에 피 한 방울 새어 나오지 않았다.

"루크…."

먼발치에서 안나가 잔뜩 겁을 먹은 채 서 있었다. 그녀를 보자 루크의 분노도 조금씩 가라앉기 시작했다.

루크가 정신을 차리며 숨을 골랐다. 바닥에 쓰러진 수십 구의 시신들에서는 모두 피가 나오지 않았다. 그제야 정신을 차린 루크는 무언가 이상하다는 걸 알아차렸다.

"또 저 지구 어딘가에서 우리가 만나고 있는 거겠죠."

루크가 에어로크의 창밖을 바라보았지만, 텅 빈 우주 공간만이 있었다.

"아니면 이곳이 새로운 지구이거나."

그제야 이게 꿈이라는 걸 자각한 루크는 의미심장한 미소를 지으며 안나를 쳐다보았다.

32
탈출 (Evacuation)

똑똑.

아직 침대에 누운 루크의 심장이 요동치고 있었다.

이곳에서 꾸는 꿈은 지구보다 더 생생했다. 지구에서도 종종 '꿈이 꿈이라는 걸' 알아차리는 자각몽을 꾸긴 했어도 이곳에서는 모든 꿈이 그러했다. 새로운 경험이 스트레스가 되어 무의식을 자극한 것이라 생각했지만, 이번처럼 생생한 경험은 또 처음이었다. 게다가 꿈과 현실이 이어지는 것 같은 기분까지.

"누구세요?"

노크 소리는 분명 안나였다. 규칙적이고 강하지 않은 게 분명 그녀였다.

"루크 선장님, 안나예요."

루크는 서둘러 실내용 우주복을 챙겨 입었다. 그러고는 책상 위에 놓여 있던 딸과의 사진부터 챙겨 들었다.

"잠시만요, 다 됐어요."

루크의 심장은 더 빠르게 뛰고 있었다. 꿈에서처럼 문밖에 하인츠와 그의 추종자들이 서 있을지도 모를 일이었다.

"또 주무셨나요?"

문밖에는 안나 혼자였다. 통로를 슬쩍 훑어보았지만, 아무도 없었다.

"지금 가야만 해요."

"어디로?"

안나의 목소리는 침착했지만, 경계하는 티가 났다. 조금 의심을 보태면 누군가의 감시를 받는 것만 같았다.

"나가서 설명해드릴게요."

추방이 결정된 것일까. 아니면 실제 추방은 이렇게 평온하게 시작하는 걸까.

앞장선 안나를 따라가면서 루크는 온갖 생각을 했다.

"설마 이 길로 추방하려는 건 아니죠?"

안나가 헛웃음을 터트렸다.

"아직 위원회도 안 열렸어요. 그리고…."

게이트에 이르자 안나가 경비원들에게 어색하게 인사를 건넸다.

"2주 동안의 훈련 기간을 보장하기로 했잖아요."

"하인츠도 동의한 부분인가요?"

"동의하지는 않았지만…."

훈련센터의 정문을 지나쳐 길거리로 나섰다. 아직 해가 뜨지 않은 미명이라 길거리는 한산하기만 했다.

"충분한 시간을 주지 않고 추방을 건의하면 위원회에서도 승인하지 않을 거예요."

"그러니까 이제 10일 정도만 데리고 있다가 확실히 추방하겠군요?"

"노력하고 있어요."

"듣던 중 고마운 말이네요."

안나가 다시 길거리를 바라보자, 팟 한 대가 비상등을 켜며 속도를 줄였다.

"해도 뜨기 전부터 실습인가요?"

다행히 갑작스러운 추방이 결정된 것 같지는 않았다. 어제 일련의 사건들을 겪고 나서 루크는 사형수가 된 것 같은 심정이었다. 언제 어디로 불려 나갈지 모르는.

"오늘은 좀 특별하거든요."

안나가 주위를 휙 둘러보곤 먼저 올라탔다. 루크가 뒤이어 타자 문이 자동으로 닫혔다.

"역사박물관. A구역."

안나가 목적지를 말하니 화면에 웃는 아이콘이 뜨며 움직이기 시작했다. 한산한 길거리를 보면서 루크는 문득 궁금해졌다.

"여기 사람들은 잠을 자지 않는다고 했잖아요. 그런데 이 시간에 거리는 왜 한산한가요?"

안나가 무슨 뚱딴지같은 말이냐는 표정을 지었다.

"잠을 자지 않는다는 게 24시간 일한다는 뜻은 아니겠죠?"

루크가 납득이 간다는 듯 고개를 끄덕였다.

"그럼 쉬는 시간에는 뭘 하나요?"

"그게 정말 궁금하세요? 지구에서와 똑같아요. 운동하는 사람도 있고 개인 시간을 보내는 이들도 있죠."

"그렇군요. 당신은 뭘 하나요?"

개인적인 질문은 처음이었다. 안나는 대답을 머뭇거렸다.

"궁금해서 그래요, 라마인의 삶이."

루크가 어깨를 으쓱했다.

"훈련 중 개인적인 질문은 금지되어 있어요."

"불공평하군요."

"뭐가요?"

"당신들은 내가 지구에서 뭘 하는지, 무슨 직업이었는지 속속들이 알고 있었잖아요."

질문을 하다가 루크는 아차 싶었다.

"잠깐만. 그런데 그런 걸 어떻게 안 거죠? 혹시 저 지구들을 모두 하나씩 감시하는 건가요?"

"아니요, 그렇지는 않아요."

"그런데 어떻게 내가 여기 도착하기 전부터 정체를 알고 있었던 거죠?"

루크의 목소리가 보채듯 다급해졌다.

"선장님, 왜 갑자기…."

"나한테는 오늘 훈련보다 더 중요해요. 어떻게 안 거죠? 그러니까 저 지구들에서 '의식적인 존재'가 누구인지 당신은 알고 있다는 거잖아요."

루크의 눈빛이 매서우면서도 또 간절했다.

"다 그렇지는 않아요. 당신처럼 배경을 속속들이 아는 경우는…."

"안나, 거짓말하지 말고 대답해요. 나한테는 중요한 문제예요."

루크가 금방이라도 안나를 덮칠 듯 바짝 붙었다.

"루크…."

"좋아요. 그럼 내 딸의 의식이 사는 지구가 어디인지도 알고 있겠네요. 그렇죠?"

"그건…."

"다 알고 있었어. 저 80억 개의 지구에 누가 주인인지!"

안나가 유리로 뻥 뚫린 천장을 가리키며 소리쳤다.

"루크, 진정해요. 그렇지 않아요."

"다른 건 필요 없어요. 우리 딸이 있는 지구의 아이디를 알려줘요. 내 지구의 아이디처럼."

루크가 간절한 목소리로 말했다.

"루크, 당신 딸이 어디 있는지는 알지 못해요. 진정해요."

루크가 눈을 질끈 감으며 다시 자리에 털썩 주저앉았다. 팟은 이미 속도를 높여 자동차 전용도로로 진입하고 있었다.

"루크, 거짓말이 아니에요. 당신이 어디서 온 누구인지 알게 된건…."

안나가 잠시 머뭇거렸다.

"자크."

루크가 툭 내뱉듯이 말했다.

"그걸 어떻게…."

루크는 자크의 방 안에서 보았던 물품들을 떠올렸다.

"그의 서가에 안대가 있더군요."

"그건…."

"푹 숙면을 취하지는 않더라도 잠을 잔다는 뜻이겠지."

안나가 그의 말을 끊어보려 했지만, 루크는 개의치 않았다.

"잠든다는 건 꿈을 꾸는 것일 테고. 여기서는 꿈을 꾸는 게 금기시되어 있으니까 양지로 나오지 못하고 숨어 지내는 거지."

"…."

안나가 긍정도 부정도 하지 못했다.

"그럼 자크가 꿈을 통해 나를 보았다는 말이겠군요. 신뢰가 가지는 않지만."

급하게 떠올린 추리였지만, 루크는 어느 정도 퍼즐 조각이 맞을 것 같은 예감이 들었다.

"자크도 매번 그런 건 아니에요. 몇 년에 한 번씩 그가 꿈을 꾸면…."

"그래서 나에 대해 그토록 속속들이 알고 있었던 거군요."

"이론적으로는 자크의 무의식이 당신네 지구의 '자크'와 연결된 거니까."

"…."

루크가 눈을 질끈 감은 채 아무런 답을 하지 않았다.

"그 늙은이가."

팟 안에 잠시간 침묵이 흘렀다.

"루크, 안 그래도 얘기를 하려고 했는데…."

"7살 금발 여자애. 텔레비전 보는 걸 좋아하고, 아빠가 선물을 사오기만을 기다리는 어린 여자애. 그런 애가 살고 있는 지구는 꿈꾼 적이 없나요?"

루크가 딸과의 추억을 떠올리며 중얼거렸다.

"루크, 미안해요."

"얘기해봐요. 오늘 온 목적이 뭔지."

루크는 자포자기한 심정이었다. 추방이 기정사실화된 지금 맨몸으로 지구까지 도달하는 것은 애초에 불가능했다. 딸의 의식이 머무는 지구에 가고 싶다는 건 바람이었을 뿐.

"자크가 한 가지 제안을 해왔어요."

"역시 그렇군요."

"그런데 생각보다 위험해요."

"맨몸으로 우주에 내보내는 것보다 위험합니까?"

루크가 눈을 뜨고 고개를 돌려 안나를 보았다.

"오늘 당신을 몰래 우주선 밖으로 내보낼 거예요."

루크의 눈이 휘둥그레졌다.

"일종의 테스트인가요? 추방을 결정하기 위한?"

"아니요, 진심이에요."

"어떻게? 아니, 왜?"

"그건 말해줄 수 없어요. 확실한 건⋯."

안나의 표정이 결연했다.

"당신에게 이곳을 도망칠 수 있는 우주선을 하나 제공한다는 거."

"역사박물관에서 훈련한다고 하지 않았나요?"

루크가 팟의 화면에 떠오른 목적지를 가리켰다.

"네, 그곳에서요."

33
박물관 (Museum)

"이쪽으로."

라마 역사박물관은 잠든 듯이 고요했다. 드높은 메인 홀을 따라 양쪽으로 붉은색 카펫이 깔린 계단이 드러났다.

"이 시간에도 관람객이 있군요."

루크의 목소리가 울릴 만큼 한산했지만, 곳곳에는 일상복 차림의 사람들이 있었다.

"네, 24시간 개방이니까요."

안나가 그들을 한 번 일별하고는 서둘러 계단으로 향했다.

"저처럼 훈련받는 이주민 후보가 또 있나요?"

질문이 많아진 건 궁금한 게 많아서만은 아니었다. 안나는 이곳에 들어오면서 가급적 계속해서 말을 걸어달라고 했다.

"과거에는 동시에 여러 명의 이주민이 올 때가 많았어요. 10여 년 전부터 그런 일은 거의 없지만."

안나가 첫 층계에 발을 내디디며 벽을 가리켰다. 거기엔 1900년 대부터 지금까지 라마에 이주한 모든 이들의 얼굴 사진이 걸려 있었다.

"맙소사, 당신 사진도 있겠군요."

루크의 말에 안나는 그저 미소만 지었다.

"선장님 사진이 걸리지 않은 게 유감이군요."

루크는 그 말을 듣고도 태연한 얼굴로 층계를 올랐다. 2층에 도착하자 시대별로 다양한 역사의 전시관들이 나타났다.

"라마에서는 역사를 연도에 따라 분류하지 않아요. 그것은 과연 이곳이 언제 시작되었는지 아무도 알 수 없기 때문이죠."

쭉 뻗은 홀을 따라 걸으며 안나가 교육을 하듯 말했다.

"그건 지구도 마찬가지 아닌가요?"

"하지만 지구에는 지층이나 화석같이 적어도 과거를 확인하고 예측할 수 있는 자료들이 남아 있죠."

"라마에는 그런 자료들이 없다는 거군요"

안나가 갑자기 멈춰 섰다.

"이곳은 일원론^{monism} 전시실이에요."

안나가 안으로 들어가지는 않고 입구에만 서서 말했다.

"제가 배웠던 그 일원론?"

루크가 호기심이 생긴 듯 고개를 들이밀었다. 어둑한 방 안으로 인체의 구조도로 보이는 그림들이 가득했다.

"아마도요."

안나가 대충 설명을 마치고는 다시 복도를 따라 걸었다.

"지구와 다른 점은, 일원론과 이원론^{dualism}이 위세를 떨치던 때가 완전히 구분되어 있다는 정도겠죠."

안나가 십여 미터 떨어진 다른 방 입구에서 멈췄다. 천장에 오래된 철학자로 보이는 이의 초상화가 그려져 있었다.

"휴스턴에서는 영혼을 언급하면 다시 정신상태검사를 받아야 하죠."

루크가 방을 쓱 둘러보고는 안나 뒤에 섰다.

"그래서 우주선은 어디에 있죠? 설마 일원론을 따라 우리 마음에 있다고 하려는 건 아니겠죠?"

*　*　*

"자크가 당신에게 기회를 주는 이유는 딱 하나예요."

역사박물관에 도착하기 30분 전, 팟 안에서 안나가 진지한 얼굴로 입을 열었다.

"기회를 준다는 표현이 좀 거슬리는군요."

"그렇게 느껴져도 어쩔 수 없어요."

안나의 표정은 더 진지해졌다.

"이러한 시도는 적어도 제가 기억하는 한 단 한 번도 없었어요. 자크 역시 처음일 테고요."

"그러니까 라마 밖으로 나가게 해줄 테니, 원하는 지구에 내렸다가 다시 돌아오라는 말이죠? 방법도 이유도 모르는 채로?"

"네, 맞아요."

안나가 고개를 한 번 끄덕였다. 선택의 여지가 없었지만, 루크는 고민을 해야만 했다. 안나는 이 비밀스러운 기회가 자크의 제안이라고 했다.

머리에 총구를 겨누던 늙은이가 자신을 추방하여 라마에서 벗어날 기회를 준다니. 하지만 도통 그 이유를 받아들일 수가 없었다.

"자크는 당신에게 기회를 주고 싶어 해요. 새로운 지구에 가서 신분을 세탁한 다음, 다시 이곳으로 돌아오세요."

안나가 내건 명분은 '신분 세탁'이었다. 그러니까 이번 생은 라마의 이주민으로 살기 글렀으니, 다음 생에 다시 오라는 뜻이었다. 비록 다시 태어나는 것은 아니지만.

"내가 새로운 지구에 정착한다면?"

루크로서는 다시 라마로 돌아올 이유가 없었다.

80억분의 1이라는 확률로 딸의 의식이 머무는 지구에 도착한다면, 엠마에게 모든 진실을 들려주고 거기서 새로운 삶을 살아갈 것이다. 나머지 확률로 딸의 무의식이 있는 지구에 가더라도, 먼발치서라도 딸을 지켜보며 성장하는 걸 지켜주고 싶었다.

"약속은 지켜야 해요. 그게 조건이에요."

그러한 심정을 모를 리 없었지만, 안나는 단호하게 대답했다.

"그러니까 내가 저기 보이는 바겐세일 지구들 중에 아무거나 하나 선택한 다음, 옷만 갈아입고 돌아오라는 거잖아요."

"그래요."

"내가 정착한다고 하면 어쩔 수 없는 거고?"

"꼭 그렇지는 않아요."

루크가 다시 한번 핵심을 짚었지만, 안나는 시선을 피했다.

"당신네들이 무슨 꿍꿍이인 줄은 모르겠지만, 나로서는 손해 볼 게 없네요."

안나의 마음을 파헤치는 건 더는 무리였다. 설령 자크가 우주선에 폭탄을 설치했다 하더라도, 달리 다른 선택지가 있는 것도 아니었다. 맨몸으로 차디찬 우주에 내던져지느니, 조종간이라도 한 번 더 잡아보는 게 이득일 터였다.

루크는 생각난 듯 물었다.

"하인츠가 동의한 작전이 아니라면, 그와 추종자들이 나를 따라올 수도 있나요? 뒤늦게?"

"그러지는 않을 거예요."

"답답하군."

제안만 했을 뿐 안나는 자세한 정보를 주지 않았다.

"나는 사실 이게 제일 궁금했어요. 하늘에 저렇게나 지구가 많은데, 왜 라마인들은 가보고 싶다는 생각을 하지 않을까."

"그건 지구인들도 마찬가지 아닌가요? 지구에 별이 쏟아지고 있는데, 왜 아무도 하늘로 달려들지 않죠?"

루크가 피식 웃었다.

"원래 인간들은 눈앞의 일들에만 이끌려요. 머리 위에서 일어나는 일들은 쉽게 잊어버리는 법이죠."

수긍한다는 듯 안나가 고개를 끄덕였다. 곧이어 안나가 먼저 정문으로 향하자 그 뒤를 루크가 따랐다.

***

안나가 벽에 난 비상문을 천천히 열었다. 안으로는 끝을 알 수 없을 만큼 많은 층계가 이어져 있었다.

"이쪽으로."

안나가 주위를 한 번 살피고는 안으로 먼저 들어갔다. 루크는 난감하다는 듯 고개를 저으며 뒤따랐다. 우주선이 도무지 이런 데 있을 것 같지 않았다. 안나는 또각또각 소리를 내며 저만치 아래쪽에 내려가 있었다.

"우주선이 있기나 한 겁니까?"

우주선이나 로켓을 발사할 수 있으려면 탁 트인 야외나 지상이어야만 했다.

"따라오지 않으면 보여드릴 수가 없죠."

안나의 목소리가 텅 빈 수직 통로를 따라 울렸다.

지하로 이어지는 층계를 따라 안나의 하이힐과 루크의 묵직한 발걸음 소리가 교차하고 있었다.

"다 왔어요."

몇 분을 내려간 후에야 안나가 멈추어 섰다.

루크는 끝도 없을 것 같은 계단을 내려오며 한 가지 미세한 차이를 경험하고 있었다. 그것은 바닥을 내딛는 힘이 조금씩 더 필요하다는 것이었다. 다양한 환경에서 중력가속도 훈련을 받는 우주인만이 알 수 있는 차이였다.

"이곳이 라마의 가장 바깥층인가요?"

라마는 중력 휠처럼 천천히 회전하고 있었다. 중심부에서 멀어질수록 중력의 세기가 더 커질 수밖에 없었다. 루크는 그 미세한 차이를 통해 자신이 라마의 가장 밑바닥, 그러니까 원통의 가장 바깥쪽에 도달했다는 것을 알 수 있었다. 물론 추측이었지만.

"이제 거의 다 왔어요."

안나가 가리킨 출입문은 다른 곳보다 유난히 두터웠다. 그녀가 보안장치에 손을 올리자 딸각하는 소리와 함께 잠금장치가 열렸다. 동시에 밝은 빛이 새어 나오며 어둑한 계단실을 밝혔다.

"이곳은 라마의 역사박물관에서 제일 뜻깊은 장소라고 할 수 있어요. 라마인이 어떻게 라마에 정착할 수 있었는지 증명해주는 증거물들이니까."

안나가 문을 활짝 열자, 마치 워싱턴 D.C.의 국립항공우주박물관처럼 수십, 수백 대의 항공기들이 드러났다.

"말도 안 돼."

놀라운 광경에 루크의 입이 떡 벌어지고 말았다.

"지금까지 라마와 도킹한 우주선들을 모아둔 전시실이에요. 일반인에게는 공개하지 않으니, 창고라는 표현이 더 맞겠죠."

"그동안 도킹한 우주선들을 다 이곳에 모아두고 있었다고요?"

안나가 고개를 끄덕였다.

"저 끝에 선장님이 타고 오신 우주선도 있을 거예요. 이름이 드래곤 캡슐이라고 했나요?"

안나가 새어 나오는 빛을 뚫고 격납고 안으로 들어섰다.

34
귀환 (Return)

"이게 다 이주민들이 타고 온 거라고요?"

루크가 차분히 비행기와 우주선을 둘러보며 물었다.

"네, 라마에서는 이런 대형 운송수단을 만들 수 없어요."

"하나씩 수집한 거군요, 그럼."

"그렇죠. 수백 년도 더 되었을 거예요."

안나가 격납고 가장 안쪽에 진열된 복엽기를 가리켰다.

"저건….."

"네, 플라이어^{Flyer} 1호예요."

평판으로 된 날개 두 장을 가느다란 수직 기둥들이 지탱하고 있었다.

"라이트 형제도 여기에 있나요?"

플라이어 1호는 1903년 오빌 라이트와 윌버 라이트가 인류 최초로 동력비행에 성공한 비행기였다.

"글쎄요, 꼭 그렇지는 않죠."

"무슨 말이죠?"

"선장님이 살던 지구에서의 역사가 다른 지구에서도 동일하게 적용되지는 않는다는 말이에요."

안나가 걸음을 멈추고 몸을 돌렸다.

"한 가지만 더."

앞서 나가는 안나를 루크가 불러 세웠다.

"시간이 많지 않아요."

안나가 시계를 보며 말했다.

"저 비행기가 다크홀을 통과해서 여기까지 왔다는 거죠, 그렇죠?"

"네, 그렇게 봐야죠."

"하지만 저 기체에는 생존유지장치 같은 게 없어요. 어떻게 사람이 살아서 우주 공간을 떠다닐 수가 있죠?"

"대답하기 어려운 질문이에요."

"피하지 말고 말해줘요."

"이주민들은 각자 다 사연을 가지고 있어요. 선장님은 우주를 통해 정상적인 절차를 밟아서 왔지만, 그렇지 않은 사람들도 있어요."

"예를 들면?"

"그냥 평소처럼 외출하려고 문을 열었는데 다크홀을 통과했다던가, 그저 하늘을 날고 있었는데 다크홀을 통과한 경우도 있죠."

"모두가 우주선, 아니, 비행기를 타고 오는 건 아니란 말이군요."

"맞아요."

"그럼 그렇게 일상에서 다크홀을 통과한 이들은 우주 공간에서 어떻게 생존하나요? 당신들이 구하러 오나요?"

"그 부분은 명확히 답을 드릴 수가 없군요."

안나가 루크를 한 번 보고는 다시 우주선들 사이로 걸었다.

"왜요?"

"말씀하신 것처럼 생존 불가능한 우주 공간에 이주민들이 노출되는 경우도 더러 있어요. 저희가 최대한 빨리 발견하고 구조하려고 하지만, 그 전에 사망하는 일도 생기죠."

"불가능해요."

"알고 있어요. 진공 상태의 우주에서는 몇 초도 살 수 없다는 걸."

루크가 고개를 저으며 안나의 뒤를 따랐다.

"이해할 수 없다고 해서 존재하지 않는 건 아니에요."

안나가 최신 전투기처럼 생긴 비행물체를 쓰다듬듯 손을 얹었다.

루크의 시선이 자연스레 눈앞의 비행체로 향했다. 흡사 공상과학 영화에 나오는 전투기를 닮았는데, X자 모양의 날개와 고체추진로켓으로 보이는 추진체를 앞뒤로 달고 있었다.

"이건 누가 타고 온 거죠?"

"누가 타고 왔는지는 기록하지 않아요. 그저 잘 작동하는지만 확인하죠."

루크가 두리번거리며 타고 온 드래곤 캡슐을 찾았다.

"이걸 타고 가실 거예요."

"제 우주선은요?"

"그걸로는 여기를 벗어날 수 없어요."

루크가 다시 눈앞의 전투기를 바라보았다. 몇 세대는 앞서나간 디자인에 다소 거부감이 들었지만, 아직 인간을 위한 캐노피가 있다는 점이 마음에 들었다.

"이런 종류의 비행기는 조종해본 적이 없어요."

루크가 손바닥으로 비행체의 표면을 가볍게 터치했다. 매끄러우면서도 단단한 느낌을 주는 것이, 분명 대기권 진입을 고려한 단열 타일처럼 느껴졌다.

"선장님이 가게 될 지구가 어떤 상황인지 모르잖아요. 드래곤 캡슐을 가지고 가면 다시 이륙할 수 없을지도 몰라요."

"이 녀석은요?"

"X-79A라는 이름이 적혀 있는 이 우주선은 재사용이 가능해요. 별도의 충전 없이도 지구 중력을 10번 이겨낼 수 있죠."

"2030년대에 그런 기술이 있을 리 없어요."

"말씀드렸잖아요. 시간대는 유사하지만 각자의 지구에서 조금씩 다른 역사가 펼쳐진다고."

"과학기술이 유난히 발전한 곳에서 왔단 뜻이겠군요."

"네, 저희도 작동원리를 완벽히 이해하지는 못했어요. 하지만 핵연료를 이용한 추진체를 사용한다는 건 알 수 있었죠."

루크는 그제야 비행체 표면에 그려진 경고 문구를 확인했다. 지구에서의 방사능 표지와는 사뭇 달랐지만, 위험을 알린다는 건 알 수 있었다.

"어떻게 조종하는지도 모르는 이 녀석을 타고, 무작정 저 지구들 중 한 곳에 내려가라는 건가요?"

"이미 선장님께서 계획이 있으실 거라 믿고 있으니까요."

안나가 전투기 중간 부분의 덮개를 열고 버튼을 누르자 캐노피가 위로 열렸다.

루크는 난색하는 표정을 지었지만, 별다른 방도가 없었다.

"그런데 이 우주선을 타고 라마를 나서면 정말 추격이나 그런 건 없는 겁니까? 하인츠가 가만있지 않을 텐데요."

"부끄러운 얘기지만…."

안나가 어색한 표정을 하고 루크를 바라보았다.

"이주민들이 2주의 훈련 기간 중 몰래 탈출하는 일이 생기기도 해요. 라마의 시스템을 이해하지 못하고, 외계인이 만든 매트릭스 ^matrix^나 감옥으로 여기는 경우가 있죠."

"나도 그 생각을 완전히 버린 건 아닙니다."

"선장님처럼 우주선을 타고 오면 어떻게 돌아갈지 심각하게 걱정하지만, 일상에서 자연스레 다크홀을 통과하면 왔던 것처럼 손쉽게 돌아갈 수 있을 거라 생각하죠."

"그렇겠군요."

"그래서 이 모든 것이 환영이라고 믿고 라마를 떠나는 경우가 더러 있어요."

"박물관까지 와서 비행기를 훔쳐 달아난 적은요?"

"그런 사례가 아예 없었다고는 못하겠네요."

가장 가까이에서 친절하게 다가오는 사람을 조심하라. 어쩌면 루크는 자신이 처음부터 잘 짜인 판을 따라 움직이는 '말'이었는지도 모른다고 생각했다. 다시 지구로 돌아가고픈 욕망은 가득하지만, 스스로 그 모험을 감수할 수 없는 라마인들의 대리 모험수로.

"그러니까 내가 여기를 나가기만 하면, 방해하거나 추격하는 세력은 없다는 거군요."

"네, 그건 보장할 수 있어요."

262

루크가 캐노피와 연결된 사다리를 잡고 올라서기 시작했다. 미래적인 외관과 달리, 조종석은 꽤 올드했다.

"아주 낯설지는 않군요."

석 대의 모니터만 덩그러니 놓인 드래곤 캡슐과 달리 이 조종석은 마치 2세대 전투기처럼 아날로그 계기판 버튼 그리고 묵직한 조종간을 갖추고 있었다.

"시동을 어떻게 거는지는 알고 있겠죠?"

루크가 붉은색 덮개가 있는 버튼 위에 손을 올리며 물었다.

"선장님."

안나가 비행체 외부의 조작패널 버튼들을 누르며 말했다.

"이 기체는 수직으로 이착륙을 할 수 있어요. 공중에서 정지 비행도 가능하고요."

안나가 버튼을 연달아 누르자 터보팬이 빠르게 돌아가며 소음을 냈다.

"제가 지구에서 몰았던 전투기도 비슷합니다."

착석한 루크는 5점식 벨트를 여미며 대답했다.

"출구가 어디인지만 알려주세요."

"에어로크는 격납고 바닥에 있어요. 공중으로 떠오르면 잘 보일 거예요."

루크는 라마 우주선의 구조를 다시 떠올렸다. 박물관의 가장 지하에 위치한 격납고는 곧 라마 우주선의 외벽과 맞닿아 있었다. 바닥이 열리면, 곧바로 저 창창한 우주가 드러날 터였다.

"한 가지만 더 확인할게요."

터보팬의 회전수가 늘어나면서 소음이 더욱 커졌다.

"우리 딸이 있는 지구를 정말 모르나요?"

루크가 목에 한껏 핏대를 세우며 물었지만, 안나는 입술을 깨문 채 고개를 저었다.

"안타깝군요. 그것만 알려줬으면 완벽했을 텐데."

대답을 기대한 건 아니었다. 저들은 자신이 딸과 만나는 걸 원하는 게 아니라, 수십억 지구 중 하나에 내렸다가 돌아오기를 바라는 것 뿐이니까.

하지만 루크는 다시 돌아올 생각이 없었다. 재충전 없이 10번 이 착륙할 수 있다면 10개의 지구를 돌아다니며 딸의 '의식'을 찾아다 닐 계획이었다. 확률은 아주 희박하지만 그래도 딸을 찾을 수만 있다면 인생을 걸 만한 가치가 있었다.

"누구든 수억분의 1의 확률로 세상에 태어나긴 했지."

루크는 침착하게 조종간을 위로 당겼다. 육중한 크기의 X-79A가 공중으로 사뿐하게 솟아올랐다.

10여 미터 위로 떠오르자 강한 바람에 버티고 선 안나의 모습이 보였다. 루크가 손을 들어 작별인사를 하곤 에어로크라고 적힌 출입문을 향해 우주전투기를 몰았다.

35

탈출 II (Evacuation II)

에어로크 바깥쪽 출입문이 열릴 때까지 루크는 조종간을 꼭 쥐고 있었다.

"무기는 없군."

탑승한 지 몇 분 만에 루크는 시스템에 조금씩 익숙해졌다. 익숙한 영어 단어와 직관적인 계기반들은 이것이 '또 다른 지구'에서 만든 공학 작품임을 확신케 했다.

"셋, 둘."

루크가 추진력을 조종하는 레버를 왼손에 쥐었다. 저 문이 완전히 열리면, 최대 추력으로 튀어 나갈 계획이었다. 혹여나 밖에서 기다리고 있을지도 모를 추격 세력들을 따돌리기 위해서는, 그것이 유일하고 또 유치한 방법이었다.

"하나!"

에어로크가 완전히 열리자, 드넓은 우주 공간을 가로지르는 카펫처럼 깔린 지구 배열이 드러났다. 감상할 새도 없이 레버를 끝까지 밀었다.

가속력은 생각했던 것보다 어마어마했다. 지구에서 타던 F-35 전투기와는 비교가 되지 않을 정도로 쏜살같이 튀어 나가는 X-79A 안에서 루크는 정신을 잃지 않기 위해 안간힘을 썼다. 우려와 달리 자신을 마중 나온 '하인츠 추종자'들은 없었다. 루크가 추진 레버를 중립에 놓자 비로소 한숨 돌릴 수 있었다.

"누구인지는 몰라도⋯."

루크가 고개를 돌려 뒤를 돌아보았다. 어느새 거대한 라마 우주선이 한눈에 들어올 만큼 멀어져 있었다.

"베테랑 조종사였겠군."

루크가 다시 찬찬히 계기반을 둘러보았다. 필기체로 흘려 쓴 글자 하나가 그의 주의를 끌었다.

Wing Commander. Ethan Klein

"에단 클라인 중령."

이 전투우주선의 주인인 듯했다. 누구인지는 몰라도 자신보다 월등한 시대를 살고 있는 게 분명했다.

"안나, 들리나요?"

루크가 혹시나 하는 마음에 교신기의 전원 스위치를 넣었다.

"X-79A, 응답하라! X-79A, 여기는 라마, 응답하라!"

교신이 켜지자마자, 라마의 관제소에서 다급한 음성이 들려왔다.

"X-79A. 귀하는 허가 없이 비행하고 있다. 즉시 라마로 복귀하지 않으면….”

교신을 듣던 루크는 다시 전원을 내렸다.

“다시 돌아왔군.”

숨을 고르며 정면을 바라보았다. 방금까지는 선택지가 많지 않았지만, 이제는 선택의 시간이었다. 고요하게 자전하고 있는 저 수많은 지구 중 자신에게 주어진 기회는 단 10번뿐이었다. 그것도 안나의 말이 맞다는 가정하에서만.

“아, 그걸 안 물어봤군.”

조종간을 미세하게 흔들던 루크가 두 손을 놓아버렸다. 지구를 떠나 라마로 흘러들어왔을 때는 ‘다크홀’이라는 명확한 매개체가 있었다. 하지만 라마를 떠나 지구로 되돌아갈 때는 어떻게 해야 하는 것인지 듣지 못했다. 다크홀이 다시 생겨나는 것인지, 아니면 무작정 아무 지구로 달려가면 되는 것인지…. 라마를 탈출해 새로운 지구로 가는 방법은 아무도 알려주지 않았다. 아니, 그 누구도 방법을 알 수 없었을 것이다.

* * *

라마를 탈출한 지 한 시간이 넘었지만, 아직 지구들은 저만치 멀리 있었다. 계기반의 속도계는 참조할 대상이 없다는 듯 초속 0킬로미터를 가리켰다.

항법장치와 레이더를 작동시켜 방향을 잡아보려 했지만, 역시나 무용지물이었다. 이 최첨단 전투우주선 역시 장거리 항해를 하기에는 부적합했다. 별다른 매뉴얼이 없다면, 그냥 부딪치는 수밖에. 허공을 떠다니는 전투우주선 안에서 루크는 무작정 목표로 향하는 방법을 택했다.

하지만 선택지가 너무 많다는 게 문제였다. 그동안 빠르고 정확한 결정을 내리는 훈련을 수도 없이 받아왔지만, 지금은 그 어떠한 훈련도 적용할 수 없었다. 모든 게 생소했다. 80억 개의 지구들을 자세히 들여다보면 볼수록 선택은 점점 더 어려워져만 갔다.

루크는 며칠 전 생생하게 꾸었던 자각몽을 떠올렸다. 로켓이 추락하며 멜리사와 엠마와 함께 살던 집을 태워버린 끔찍한 꿈. 그 마지막 순간, 텔레비전 화면에는 좌표가 하나 나타나 있었다.

EA-011401

순간적이었지만 루크는 그 여섯 자리 숫자를 생생히 기억했다.

"EA, 011401"

루크가 멀티펑션디스플레이MFD에 해당 알파벳과 숫자를 입력했다. 의미 없다는 걸 알면서도 혹시나 하는 마음이었다.

유효하지 않은 좌표라는 메시지가 뜨자 루크는 지그시 눈을 감았다. 안나가 가르쳐준 프로이드 이론대로라면, 저 눈앞의 지구들 중 한 곳에는 분명 딸 '엠마의 지구'가 있을 터였다. 그리고 그 지구에는 자신의 무의식이 아빠 노릇을 하며 행복한 가정을 꾸리고 있을 터였다.

엠마가 그게 모두 가짜라는 걸 알아차리지 않는다면 문제될 건 하등 없었다. 자신이 41년 동안 그래왔듯이, 딸 역시 스스로의 삶 속에서 의미 있는 시간을 보내고 있을 테니까.

268

그 가상의 행복을 깨트리고 진실을 알릴 것인가, 아니면 그냥 하나의 무의식으로 함께 할 것인가. 어렵게 라마를 탈출한 지금 루크는 보다 본질적인 질문에 빠져 있었다.

"엠마, 비록 아빠가 실패하더라도…."

고민은 잠시만이었다. 루크는 실행을 우선하는 성격이었다. 인간은 우주에 나가게 되면 허무주의에 빠지고 만다. 존재와 근원, 신과 과학 사이에서 쓸데없는 생각에 붙잡혀 사색에 빠진 채 시간을 보내게 된다. 그래서 우주비행사는 너무 사색적이지 않은 성격이어야 한다.

"일단 가봅시다."

루크는 선택을 내렸다.

너무 가운데가 아닌, 그렇다고 가장자리도 아닌 지구 하나를. 유난히 구름이 많이 낀 것처럼 보이는 그곳에 배팅을 걸어 보기로 했다. 일단 새로운 지구에 발을 디디고 나면, 또 다른 단서를 찾을 수 있으리라 기대하면서.

***

"셋, 둘, 하나!"

동료는 아무도 없었지만, 루크는 습관처럼 숫자를 세었다. 이번에는 추진기 레버를 중간쯤에 고정했다. 그럼에도 목표가 된 지구는 순식간에 창을 채울 만큼 커져 있었다.

"거리는 대략 4000킬로미터."

이 정도 거리에서 본 지구는 익숙했다. 계기반에는 아무런 유용한 정보도 나타나지 않았지만, 루크는 계속 흘깃거리며 쳐다보았다.

"진입 각도는 3.4도."

오로지 그동안 쌓아온 경험치와 지식 그리고 감으로만 실행해야만 했다. 이따금 고도계와 속도계가 그럴듯한 수치를 내며 반응했지만, 그걸 믿는 건 자살 행위에 가까웠다. 유능한 오토파일럿도 버거워하는 '지구 대기권 재진입'을 위해, 루크는 지금 온전히 경험에만 의지하며 전투기를 조종했다.

"대략 1000킬로미터…."

어느새 지평선 너머로 흐릿한 대기가 보이자, 루크는 추진기 레버를 반대 방향으로 틀었다. 그러자 진행 방향으로 화염이 뿜어져 나오며 X-79A가 속도를 줄이기 시작했다. 동시에 루크가 조종간을 미세하게 틀어 우주선의 바닥면을 지면과 평행하게 일치시켰다.

"이제부터는 신의 영역이군."

바닥에 난 작은 창으로 지구가 보였다. 허리케인까지는 아니었지만, 둥그스름 거대한 구름층이 지표면을 거의 다 덮고 있었다. 빠르지도 느리지도 않게 그 위를 순항하는 우주선 안에서, 루크는 미국 대륙의 경계선을 찾았다. 새로운 세상에 착륙하더라도 익숙한 곳에 가고 싶은 마음은 인간의 본성이었다.

"지금이야!"

루크가 조종간을 밑으로 밀자, 우주선이 고개를 숙이며 대기권에 진입했다. 동시에 공기와 마찰이 만들어낸 붉은 화염이 전면 창을 뒤덮었다.

"기술력의 차이가 선명하군."

드래곤 캡슐을 탔을 때는 열기와 진동이 공포감을 불러일으켰지만, 지금의 우주선은 마치 고급 세단을 탄 듯 편안한 승차감을 보여주었다. 십여 초 시간이 지나자, 화염이 사그라지며 우중충한 지구의 대기가 나타났다.

"인바운드Inbound!"

거센 바람이 느껴지자 루크는 본능적으로 조종간을 꼭 쥐었다. 이제부터는 익숙한 비행의 순간이었다. 비바람이 거세기는 했어도 이 정도는 쉽게 극복할 수 있었다.

"휴스턴, 라이트 원. 루크 쇼 선장입니다."

지직거리는 교신기에 대고 루크가 신원을 밝혔다. 아무도 반기지 않을 테지만 그렇다고 남몰래 잠입하기에는 너무 부담스러운 몰골이었다.

"14000피트! 340노트!"

어느새 공기를 만난 피토관pitot tube이 정확한 값을 보여주고 있었다. 지도 화면은 아직 버벅대고 있었지만, 주변의 지형을 볼 때, 미국 대륙 한복판이 분명했다. 거칠게 떨리는 조종간을 꼭 잡으며 주위를 살폈다. 미국의 군사 기술력이라면, 이미 방공레이더에 자신의 존재가 각인되었을 터였다. 혹여나 전투기들이 따라붙더라도, 저항 의사가 없음을 밝히기 위해 루크가 정기적으로 날개를 좌우로 흔들었다.

"휴스턴! 라이트 원! 미국 공군 소령 루크 쇼입니다!"

아직 아무런 응답이 없었지만, 루크는 계속해서 비상교신 채널로 소리쳤다.

어느새 고도가 3000피트까지 떨어졌는데도 아직 이렇다 할 구조물은 보이지 않았다. 목표는 플로리다에 착륙하는 것인데, 이곳은 동부가 아닌 서부 근처로 보였다.

착륙할 곳을 찾기 위해 사방을 살폈다. 안개와 구름이 자욱한 탓에 잘 보이지는 않았지만 붉은 토양과 끝없이 이어진 사막이 불길한 기운을 드리웠다.

"젠장, 혹시…."

고도가 1000피트까지 낮아지자 황량한 산맥과 암석들이 눈에 들어왔다. 지리에 익숙한 루크는 이곳이 어디인지 단번에 알 수 있었다.

"비상착륙을 해야겠어."

황량한 사막에 착륙하며 이 첨단 우주선을 망가트릴 수는 없었다. 적어도 아홉 번은 더 지구를 떠나야 할 테니까. 계기반 버튼을 조작하자, X-79A의 추진기가 수직 방향으로 돌아가기 시작했다. 수직 이착륙이 가능하다는 말이 거짓이 아니었다.

루크가 조종간을 서서히 놓자, 기체가 먼지 바람을 일으키며 바닥에 내려앉기 시작했다. 잠깐 덜컹거리더니 X-79A가 사막 한가운데 내려앉았다.

2031년 4월 15일 오전 7시 31분

루크의 우주선이 EA-110111 북위 37도 14분, 서경 115도 48분 네바다주 사막 한가운데 착륙했다.

36
51구역 (Area 51)

착륙은 고요했고, 주변은 적막했다.

붉은 토양이 화성을 연상시켰지만, 드문드문 자라난 풀들이 그러한 우려를 가라앉혔다.

"뉴욕 한복판이 아닌 게 어디야."

루크가 캐노피를 열고 몸을 일으켰다. 얼굴을 스치는 지구의 바람은 라마의 건조한 공기와 사뭇 달랐다. 드디어 라마를 탈출해 그토록 그리던 지구에 도착한 게 실감 나자 잠시 감격스러운 기분이 되었다. 물론 떠나온 지구는 아니지만.

"루크 쇼. 지구에 착륙했습니다."

기대와 불안에 휩싸인 채 루크는 잠시 하늘을 올려다보며 녹음을 시작했다. 이곳에서 보는 하늘은 자연스러웠다. 며칠 동안 머리를 어지럽히던 수십억 개의 지구는 사라지고, 짙은 구름과 태양 그리고 아직 지지 않은 달만이 하늘을 채우고 있었다. 그가 익히 알던 하늘이었다.

"태양의 위치와 산맥의 구성을 볼 때…."

태양은 낮게 깔린 구름에 가려 보이지 않았다. 하지만 어디에 있는지는 가늠할 수 있었다.

"미국 서부 네바다주로 보입니다."

루크는 이곳이 낯설지 않았다. 화성유인탐사를 위한 예비 훈련을 받을 때 서너 차례 방문한 적이 있었다. 물론 이 지구는 아니었지만.

"날씨는 흐림. 아니, 비."

루크가 발을 내딛자, 굵은 빗방울이 떨어지기 시작했다. 사막에 비가 내리지 않는다는 건 모두 인터넷이 만들어낸 허상에 불과했다. 하지만 이처럼 굵은 비가 내리는 일은 드물었다. 갑작스럽게 쏟아지는 장대비를 피해, X-79A의 날개 밑으로 들어갔다. 우적을 감지했는지, 캐노피가 자동으로 닫히기 시작했다.

"난감하군."

어디로 가야 할지 고민하는데 갑자기 익숙한 소음이 들려왔다. 공기를 중후하게 떨리는 진동은 분명 프로펠러 비행기의 소리였다. 날개 밑에서 나와 소리가 들리는 곳을 바라보았다. 잠시 후, 수 킬로미터 거리에서 랜딩 라이트 불빛이 보이더니, C-130 Ⅱ 수송기로 보이는 비행물체가 착륙을 시도하고 있었다.

"비행장… 근처라…."

안개에 가려 보이지 않았지만 주변에 군사 공항이 있는 게 명백했다.

"네바다주의 군사 공항이라면…."

루크의 머릿속이 복잡해졌다. 인적이 거의 없다시피 한 이곳에는 그룸 레이크^{Groom Lake} 공군기지가 있었다. 미국 국방부의 1급 군사기지인 이곳은 한때 대중들에게 51구역으로 알려지기도 한 비밀 시설이었다.

명칭은 공항이었지만, 51구역은 사실 연구기지에 가까웠다. 한때 UFO의 잔해와 외계인들을 회수해서 실험하는 곳으로 알려졌지만, 미 공군의 첨단 기체들과 스텔스기를 테스트하는 비행장이라는 게 밝혀지면서 오해를 벗어났다.

자신이 내린 곳이 어디쯤인지 알게 되자, 루크는 마음이 조급해졌다. 미국에서 가장 유명한 우주인이자 군인이었더라도 그게 여기서도 통할 리는 없었다. 과거 51구역으로 불리던 이곳은 치명적인 무력 사용이 정당화된 최고 등급 보안 시설이었다.

쏟아지는 비를 뚫고 뛰어가던 루크가 다시 날개 밑으로 되돌아왔다. 방금 수송기가 내린 지상에서 여러 개의 불빛이 흔들리는 걸 보았다.

아직 단언할 수는 없지만, 자신의 불시착 현장을 발견하고 수색팀을 보내려는 것이 분명했다. 그렇다고 아무런 준비도 없이 사막에서 도보로 도망칠 수는 없었다.

루크는 출구전략을 모색했다. 저들이 더 다가오기 전에 얼른 여길 떠나야만 했다. 당당한 자태를 뽐내는 X-79A의 실루엣이 눈에 들어왔다.

"10번까지 이륙할 수 있다고 했으니…."

루크가 다시 타는 걸 망설인 이유는 딱 하나였다. 열 번의 기회를 최대한 아끼기 위해.

***

예상은 적중했다. 착륙한 지 채 5분도 되지 않아 여러 대의 장갑차와 수십 명의 군인이 그가 있는 곳으로 달려들었다. X-79A의 놀라운 가속력 덕분에 그들을 따돌리는 건 어렵지 않았지만, 문제는 그 이후였다.

"6시, 8시 방향!"

비행고도를 2만 피트까지 높여도 저들은 포기하지 않았다. F-35로 보이는 전투기 편대는 벌써 20분째 루크의 괴비행물체를 쫓고 있었다.

"브레이크 하이Break High!"

X-79A의 뛰어난 기동성 덕분에 저들을 따돌리는 건 어렵지 않았다. 메커니즘을 알 수는 없지만, 루크가 조종하는 이 우주전투기는 어느 속도에서도 360도 방향 전환을 해냈다.

"머드 런치Mud launch!"

문제는 상대방이었다. 수십 발의 공대공 미사일을 다 소모하자 이젠 고고도에 이르는 지대공 미사일까지 쏘아대기 시작했다. 하지만 별다른 회피기동을 하지 않아도, 미사일들은 이내 목표물을 잃어버린 듯 공중에서 산화했다.

루크는 별다른 반격을 하지 않았다. 어떤 무기가 탑재되었는지도 모르고, 같은 지구인들을 사지로 내몰고 싶지도 않았다.

"더는 안 되겠어."

연료 게이지가 따로 있지는 않았지만 루크는 너무 많은 에너지를 소비하고 싶지 않았다. 이대로 여길 떠나 다른 지구를 찾아갈지, 아니면 다른 곳에 재착륙을 시도할지 고민이었다. 루크는 후자를 선택했다. 방향을 동쪽으로 잡은 다음, 추진 레버를 끝까지 당겼다. 동시에 푸른 화염이 뿜어져 나오더니, X-79A가 마하 7의 속도로 하늘로 솟구쳤다.

*　*　*

"511, 512…."

한 번도 경험해본 적 없는 속도에 루크는 정신을 잃지 않으려 간신히 숫자를 셌다. 초속 2.4킬로미터에 이르는 지금의 속력이라면, 플로리다 근처까지는 단 10여 분 만에 도달할 수 있었다. 낮게 깔린 구름 때문에 지형을 확인할 수 없었기에, 루크는 단순 계산법에 의존해야만 했다.

"580…."

그리고 숫자가 600노트에 가까워 오자, 추진 레버를 다시 중립 위치로 놓았다. 순간 추력을 잃어버린 루크의 몸이 앞으로 강하게 쏠렸다.

"하강 시작!"

120000피트. 지구와 우주의 경계면을 따라 비행한 지 9분여 만에 루크는 미국 동부로 추정되는 위치에 도착했다. 이제는 천천히 하강하면서 미국인들에게 들키지 않을 적절한 착륙지를 생각해야만 했다.

짧은 교전이었지만, 루크는 자신의 이 첨단 우주전투기가 레이더에 잡히지 않는다는 걸 알았다. 추격하던 F-35 전투기 편대에서 단

한 차례도 레이더 유도 미사일을 발사하지 못했다는 데서 확신할
수 있었다.

게다가 눈으로 보이는 거리를 조금만 벗어나도, F-35 전투기 조
종사들은 이해할 수 없는 방향으로 헤매고는 했다. 이제 추격에 대
한 우려 없이 고도를 낮추자 플로리다 서쪽의 걸프만이 흐릿하게
모습을 드러냈다.

바다에 착륙하는 게 가장 쉬워 보였지만, 거센 걸프만의 파도를 이
겨낼 수 있을 것 같지는 않았다. 딸 엠마의 흔적을 쫓을 며칠 동안만
이라도 안전하고도 완벽하게 X-79A를 숨길 장소가 필요했다. 은폐
에 적합한 적절한 수풀을 갖추고 있으면서 도심지와 멀지 않은 곳.

이 두 가지에 적합한 곳으로 루크는 에그몬트 케이 주립공원을
떠올렸다. 플로리다 서쪽 해안에서 수십 킬로미터 떨어진 이곳은
천혜의 자연환경이 명물인 외딴 관광지였다.

어느새 고도가 10000피트까지 내려오자 루크는 비행기를 기울
여 해안가를 샅샅이 살피기 시작했다. 지금부터는 일반인들의 시선
을 조심해야만 했다. 아무리 이 주립공원이 인적 드문 장소라 해도,
대낮에 기이하게 생긴 비행체가 마음 놓고 착륙할 수 있을지는 미
지수였다.

곧 루크의 눈에 길쭉한 모양의 섬 윤곽이 들어왔다. 보트들이 떠
있었지만, 아직 루크를 발견할 정도는 아니었다. 루크가 추력을 아
이들idle까지 떨어트린 다음, X-79A를 공중에 정지시켰다. 이 고도에
서 조금 머문 다음, 최대한 사람들 눈에 띄지 않게 빠른 속도로 수
직하강할 계획이었다.

낮은 수풀들이 평탄하게 이어진 이곳은 사실 은닉에 완벽한 장소

는 아니었다. 하지만 넉넉하게 펼쳐진 자연환경은 사람들이 하늘을 올려다보지 않을 만큼 매우 아름다웠다. 루크가 섬 한가운데 상공으로 X-79A를 이동시킨 다음 심호흡을 했다.

"자, 가봅시다."

조종간을 밑으로 눌러 빠르게 하강을 시작했다. 자유낙하 하는 것보다 더 쏜살같이 루크의 비행기가 지면으로 내리꽂고 있었다.

"1000피트, 100피트…."

그리고 지면을 몇십 미터 남겨놓지 않은 지점에서 갑작스럽게 속도를 줄이며 수풀 속으로 숨어들었다. 이 모든 과정에서 엔진의 엄청난 추력이 필요했지만, 시선을 끄는 굉음은 발생하지 않았다. 일상적인 연료 로켓이 아닌 다른 고도의 기술이 사용되었으리라 짐작할 뿐이었다.

X-79A는 큰 소음 없이 낮은 나무들 사이에 내려앉았다. 루크는 안도의 한숨을 내쉬었다. 이곳이 보호구역임을 알리는 낡은 표지판 아래 '에그몬트 케이'의 이니셜이 선명했다.

"이제 집에 갈 시간이야."

플로리다는 그에게 익숙했다. 51구역과 에그몬트 케이 주립공원이 그대로 남아 있는 지구라면, 다른 지역들도 크게 다르지 않을 터였다. 루크는 딸을 만나게 될지도 모른다는 벅찬 기대감으로 캐노피를 열었다. 떨리는 마음을 진정시키며 사다리를 밟고 지상에 내려오자마자 자신의 예상이 완전히 틀렸다는 걸 발견했다. 어느새 몰려든 구경꾼들이 X-79A를 둘러싸고 있었다.

37
플로리다 (Florida)

"훈련 중 비상착륙입니다. 모두 물러서 주세요."

루크가 이 상황에 할 수 있는 최선의 위장이었다. 전투기 조종사들이 입는 카키색 원피스와는 동떨어진 낯선 우주복. 공기가 희박한 곳에 다녀왔음을 여실히 보여주는 다각형 헬멧. 인터넷에서도 본 적 없을 기이한 외관의 전투기까지. 지금 루크의 차림은 사람들의 시선을 끌기에 최적이었다.

"뭐야, 저런 비행기가 있었어? 사진, 사진 찍어!"

사람들은 소리까지 지르며 점점 더 몰려들었다. 루크의 이마에 어느새 땀이 가득 맺혀 있었다.

"군사 보안 사항입니다. 사진 촬영은 안 돼요!"

이대로라면 경찰과 군인들이 들이닥치는 건 시간문제였다.

"이거 미국에서 만든 거예요? 와, 진짜 죽인다!"

섬에 관광 온 아이들까지 몰려들면서 상황은 더욱 난감해졌다.

그때 간간이 구름만 보이던 맑은 하늘이 갑작스레 흐려지더니 굵은 소나기가 떨어지기 시작했다. 전투기에 모여들었던 사람들이 비를 피하려고 흩어졌다.

"돌아가긴 글렀어."

루크의 머릿속이 복잡해졌다. 군인들에게 붙잡히는 것보다 전투기 위치가 노출된 게 더 위험했다. 이렇게 된 이상, X-79A는 곧 포획되어 다시는 볼 수 없을 게 분명했다.

'지금 다시 이륙한다면….'

기회는 지금뿐이었다. 이 지구의 주인이 누구인지 아직 모르는 상황에서 굳이 전투기를 버려가면서까지 모험을 할 이유는 없었다.

"엄마, 이거 다크홀 탐사선 아니야?"

그때 여덟아홉 살로 보이는 아이 하나가 전투기를 유심히 살피며 말했다. 다크홀. 아이의 입에서 나온 단어는 분명 다크홀이었다.

"얘야, 지금 뭐라고 했니?"

루크가 아이에게 다가가자, 엄마로 보이는 여자가 아이를 감싸안았다.

"쓸데없는 소리 말고 돌아가자. 군인 아저씨들 올 거야."

엄마가 아이 손을 붙들고 달아나듯 자리를 피했다.

"이곳도 곧 사라지겠군."

다크홀이 발견되었다는 건 언제가 될지 모르지만 이 세계의 '의식'이 탈출한다는 걸 의미했다. 그렇다면 더더욱 이 불안정한 세계에 머물 이유가 없었다. 루크는 흩어지는 사람들을 보며 사다리에 다시 몸을 실었다.

"정지! 두 손 머리 위로 들어!"

그때 낡은 포드^{Ford} 크라운 경찰차 한 대가 수풀을 뚫고 난입했다.

지역 보안관으로 보이는 이가 차에 탄 채 권총을 겨누며 위협적으로 접근했다.

"당장 전투기에서 떨어져서 바닥에 엎드려!"

비포장도로를 따라 경찰 차량이 덜컹거리며 다가오는 중이었다. 루크가 양손을 든 채 천천히 몸을 돌려 차량을 살폈다. 다행히 이 경찰은 홀로 온 듯했다. 루크가 무릎을 굽히는가 싶더니, 그대로 전투기 밑을 통해 반대편으로 이동했다. 그러고는 전력을 다해 수풀 속으로 도망치기 시작했다.

탕! 탕!

권총이 격발되자 놀란 사람들이 몸을 움츠렸다.

"망할!"

숨이 턱 밑까지 차오른 루크는 헬멧을 벗어 던졌다. 그보다 더 문제는 이 괴상한 우주복이었다. 몇백 미터를 달려 수풀을 나오자 하얀 백사장이 눈앞에 펼쳐졌다. 소나기가 지나간 듯 이곳은 다시 햇살이 내리쬐고 있었다.

아직 총소리를 듣지 못했는지 사람들이 에메랄드빛 바닷속에서 수영을 즐기고 있었다. 루크는 수풀로 몸을 숨긴 다음 서둘러 우주복을 벗었다. 검은 속옷 하나만 남았지만, 지금은 차라리 그게 나았다.

최대한 사람들 눈에 띄지 않게 백사장으로 걸어갔다. 총소리는 들리지 않아도 이미 섬 전체가 발칵 뒤집힌 건 분명해 보였다. 선베드에 놓인 선글라스를 몰래 집어들고 바다 안으로 들어갔다. 물속에 들어가 있으면 영락없는 관광객으로 보일 것이었다.

"아빠, 여기요!"

근처에는 가족으로 보이는 여행객들이 물놀이를 즐기고 있었다. 루크가 자연스레 손을 들며 그들과 일행인 척했다.

얼마 지나지 않아 SUV 경찰차와 지역 보안관들이 해변에 등장했다. 사이렌을 울리지는 않았지만, 유심히 해변가를 살폈다. 루크는 여행객들에게 더 친근한 척 다가들었다.

"어디서 왔니?"

그러고는 튜브를 탄 아이에게 슬쩍 말을 걸었다.

"엄마!"

다섯 살 남짓 된 여자아이는 엄마를 부르며 제자리에서 발장구를 쳤다.

난감해진 루크는 슬쩍 눈을 들어 보안관들의 행적을 살폈다. 다행히 아직 자신을 발견하지 못한 듯했다.

"어머, 루크 선장님 아니세요?"

그때 붉은색 수영복을 입은 아이의 엄마가 루크를 향해 다가왔다. 선글라스에 헝클어진 머리를 하고 있었지만, 그녀는 루크를 단번에 알아보았다.

루크는 당황한 티를 내지 않으려 노력했다. 자신을 알아보는 이가 있다는 건 이 지구에서도 자신의 무의식이 '영향력'을 미치고 있다는 걸 뜻했다.

"안녕하세요."

섣부른 부정은 오히려 의심을 살 수 있었다. 지금은 최대한 자연스럽게 굴며 대화를 끝어내는 게 유리했다.

"어머, 영광이에요! 저희 가족 다 선장님 팬이에요."

여자는 활짝 웃으며 루크에게 다가왔다.

"여긴 혼자 오셨어요?"

"아, 네. 잠시…."

루크가 계속 보안관들의 동태를 살피며 어색한 대화를 이어갔다.

"이번에는 안타깝지만, 다음에는 꼭 가실 수 있을 거예요."

여성의 오지랖이 루크에게는 오히려 보호막이 되고 있었다.

"이번 미션 말씀이군요?"

루크는 한 발 더 나가 정보가 될 만한 걸 얻고 싶었다. 이곳의 '루크'는 어떤 사람인지도 알고 싶었다.

"선장님이 달에도 제일 많이 다녀오셨고 그야말로 제일가는 능력 자인데, 왜 탈락했나 몰라요."

이 지구의 루크는 무언가에서 탈락했다. 그게 뭔지 알아야만 했다.

"이게 다 정치하고 돈이 연루된 거죠. 어떻게 그런 늙은이가 갈 수 있는지."

"누가 갔다는 거죠?"

루크가 조금 더 말을 붙이려는데, 보안관이 확성기를 들고 해변을 향해 소리쳤다.

"아, 아. 관광객 여러분께 알립니다. 현재 이곳에 군사적으로 중요한 일이 생겼습니다. 모든 관광객은 바다에서 나와 해변으로 모여주시기 바랍니다. 다시 한번 말씀드립니다…."

"이게 무슨 일이죠? 선장님."

여자가 방송 내용을 듣느라 보안관 쪽을 보다가 고개를 돌렸을 때 루크는 이미 저만치 걸어가고 있었다.

루크는 더 멀리 도망쳐야 한다고 판단했다. 해변으로 사람들을 불러낸 다음 검문을 시도할 것처럼 보였다. 루크는 보안관의 주의를 끌지 않으려 해변을 따라 평행하게 이동했다. 사람들이 모두 빠져나가기 전까지 방법을 찾아야 했다.

그때 나무로 만든 간이선착장에 정박한 제트스키가 눈에 띄었다. 방금까지 바다 위를 질주하다가 방송을 듣고 해변으로 돌아온 듯했다.

'플로리다 해변까지는….'

이곳 에그몬트 케이 섬에서 가장 가까운 육지까지는 3킬로미터 정도 떨어져 있었다. 지금은 이 작은 섬을 탈출하는 것만이 유일한 희망이었다.

루크가 조심스럽게 제트스키로 다가간 다음 훌쩍 올라탔다.

"지금은 안 됩니다! 내려오세요!"

보안관은 그 일탈을 놓치지 않았다.

"아, 저쪽으로 옮기기만 할게요!"

루크가 손을 들어 대꾸한 다음 시동을 걸었다.

보안관의 시선이 다시 해변에 몰려든 사람들에게로 향했다.

"2인자 루크 쇼 선장이라…."

루크는 여자의 말을 떠올리며 제트스키의 시동이 걸린 걸 확인했다. 매캐한 연기와 함께 경쾌한 엔진음이 터져나왔다.

"거기 제트스키! 정차하세요!"

보안관이 이상한 낌새를 눈치채고 달려왔다. 루크는 그대로 핸들을 당겨 먼바다를 향해 제트스키를 달렸다. 루크가 이곳에서도 훌륭한 우주인이 확실한 지금, 그는 꼭 확인해야 할 것이 있었다. 비록 무의식이라 할지라도, 딸의 얼굴을 한 번 더 보는 것. 어차피 지난 7년 동안 자신과 함께한 딸 엠마는 그녀의 '무의식'이었으니까.

그 따스한 아이를 한 번 더 안아볼 수만 있다면, 짧지만 강렬한 작별 인사를 할 수 있다면, 루크는 다른 지구를 찾아가지 않아도 괜찮을 거라 생각했다.

제트스키가 물보라를 일으키며 섬의 북동쪽으로 향했다.

38

사람들 (People)

에드몬크 케이 섬과 데 소토$^{De\ Soto}$ 항구는 그리 멀지 않았다. 그렇게 10여 분을 내달린 끝에, 루크는 인적이 드문 항구에 도착했다. 2차대전 때 사용된 것으로 보이는 해안포가 천천히 회전하며 루크를 겨누었지만, 그는 알아차리지 못했다.

"좋은 아침입니다."

제트스키를 타고 내리는 루크를 발견한 해안가 사람들이 먼저 인사를 건넸다.

루크가 선글라스를 고쳐 쓰며 어색한 미소를 지었다. 지금에서야 되새기는 것이지만, 이곳 사람들은 무언가 좀 이상하게 느껴졌다. 그들을 '무의식'이라고 생각해서인지도 모르겠지만, 어딘지 모르게 낯설고 또 차가운 느낌이 들었다.

데 소토 항구 역시 부메랑 모양의 작은 섬이었지만, 플로리다 본토와는 다리로 이어져 있었다. 이제부터는 눈에 띄지 않는 교통수단을 찾아 육지로 진입해야만 했다.

"안녕!"

루크가 카운티 공원 산책길을 따라 들어서며 아이들에게 인사했다. 아직 수영복처럼 보이는 옷차림이 어색하지 않았지만, 곧 있으면 새로운 위장이 필요했다. 마침 해변과 경계를 이루는 산책길 난간에 남성용 래시가드가 눈에 띄었다. 아마도 햇볕에 말리려 걸어놓은 듯했다.

루크는 두리번거리다가 얼른 낚아채 입었다. 지나는 사람들이 쳐다보았지만 제 옷인 양 자연스레 행세했다.

'사람들은 나를 알고 있어. 나는 유명인이야…'

루크는 이제 어떻게 할지 방법을 모색하기 시작했다.

'루크 쇼가 이곳에서도 잘나가는 우주인이라고 했지.'

그는 지금 현금이 필요했다. 플로리다에 도착했지만, 집은 여전히 수십 킬로미터 떨어져 있었다. 육지에서 의심을 피하려면 이 어정쩡한 옷차림을 바꿔야만 했다.

매점 앞 현금인출기를 발견하고 그리로 다가갔다.

확실하지는 않았지만, 자신을 증명할 수단은 홍채와 지문밖에 없었다. 루크가 계좌번호를 입력하고 손을 가져다 대자 잠시 후 승인을 알리는 메시지가 떴다.

"맙소사."

그의 얼굴에 화색이 돌았다.

잔고: $13,341,311

잔고를 확인하고 루크는 깜짝 놀랐다. 1300만 불이 넘는 거액이 계좌에 찍혀 있었다. 우주인으로서 명성과 부를 모두 거머쥐었지만, 이 정도의 돈을 예금한 적은 없었다. 그러니까 이 지구의 루크는 원래의 자신보다 훨씬 더 성공한 삶을 살고 있는 게 분명했다.

"의식이 제일 잘 나간다는 말은 거짓말이군."

루크가 헛웃음을 지으며 현금을 인출했다. 잠시 이 돈을 모두 꺼내 이곳에 정착할까 하는 생각도 들었지만, 루크는 그것이 이루어질 수 없는 욕심임을 알았다.

***

"데이드 카운티 45번지요."

편안한 옷차림으로 갈아입고 루크는 호텔 앞에서 고급 승용차에 올랐다.

"데이드 카운티요?"

수염을 덥수룩하게 기른 운전기사가 룸미러를 통해 루크를 쳐다보았다.

주머니에서 현금 1,000불을 꺼내 건넸다. 돈뭉치를 받아든 운전기사가 고맙다는 인사를 했지만, 왠지 의심하는 듯한 눈초리였다.

"데이드 카운티까지는 266마일이네요. 3시간 30분 정도 걸릴 것 같습니다."

"네, 최대한 빨리 가주세요."

서두른다는 내색을 하지 말아야 했지만 쉽지 않았다. 요즘 시대에 신용카드가 아닌 현금으로 거금을 결제하는 경우는 거의 없었다. 옷과 새로운 선글라스 그리고 신발을 구입하는 내내 루크는 사람들이 자신을 알아보지 않을까 신경을 써야 했다. 어떤 직원들은 루크를 알아차렸지만, 예의상 모르는 척하는 것 같았다.

"네, 모시겠습니다."

운전기사가 돈뭉치를 챙기고는 핸들을 돌려 출발했다. 루크는 등을 기댄 채 창밖을 물끄러미 보았다.

플로리다에 오랫동안 살았지만, 이런 날씨는 처음이었다. 마치 하늘을 반으로 가른 것처럼 한쪽은 구름 없는 맑은 날씨가 펼쳐져 있었고, 다른 쪽은 금방이라도 비가 쏟아질 듯했다.

"날씨가 참 요상하죠?"

루크는 조용히 가길 원했지만, 운전기사가 수시로 말을 걸었다.

"네, 오랜만에 보니 더 그렇네요."

루크가 일부러 목소리를 낮추어 대답했지만, 상대는 이미 자신을 눈치챈 것 같았다.

"루크 쇼 선장님… 선장님 맞으시죠?"

운전기사가 슬몃 웃으며 연신 룸미러를 흘깃거렸다.

"그런 말 많이 들어요. 저는 그냥 사업가일 뿐입니다."

"아, 죄송합니다. 워낙 많이 닮으셔서."

루크는 마음에도 없는 웃음을 지었다.

"루크 쇼 선장님은 우리에게는 영웅이죠. 아니, 영웅이었죠."

운전기사는 계속 얘기를 하고 싶은 듯했다. 앞으로 세 시간 동안 차를 운전하려면 말동무가 필요하다는 생각에서였을 것이다.

루크는 선글라스를 올려 쓰며 헤드레스트에 머리를 기댔다.

"네, 좀 주무시지요. 휴게소에 들르면 말씀드리겠습니다."

"괜찮습니다. 최대한 빨리 가주세요."

운전사는 입술을 삐죽 내밀고는 지루함을 덜어내려는 듯 라디오 주파수를 맞추었다.

이어서 지역 소식 전해드리겠습니다. 오늘 오전 8시 30분쯤, 플로리다 서쪽 에그몬트 케이 주립공원에서 군사 훈련 도중 발생한 불시착으로 인해⋯.

운전기사가 볼륨을 들릴 듯 말 듯 줄여놓은 탓에 뒤의 내용이 더 들리지 않았다.

"소리 조금만 더 키워줄래요?"

궁금증을 참지 못하고 루크가 입을 열었다.

미 공군은 자세한 사항은 확인 중이라며 말을 아끼고 있습니다. 현재 관련 지역은 완전히 통제되었으며, 반경 10킬로미터의 해안가 이용도 금지되었습니다. 주민들께서는 이 점 참고하시어⋯.

다행히 실종된 조종사에 관한 내용은 없는 듯했다. 루크가 다시 머리를 기대며 잠을 청하는 척했다.

"플로리다에 살다 살다 해안가 통제는 난생처음이네요. 하긴 군사기지가 있으니 원⋯."

운전기사가 눈치 없이 계속 말을 걸었지만 루크는 더 이상 대꾸하지 않았다.

다음 소식입니다. 또 같은 지역이네요. 붉은색 야마하 제트스키 모델 도난 관련 소식입니다. 건장한 체격, 갈색 머리의 백인이 정박해 있던 제트스키를 훔쳐 달아났다는데요. 얼마 전 포르 데 소토 카운티 공원 근처에서 발견되었습니다. 경찰은 현재 지문을 채취하고 감식을 기다리고 있으며….

루크의 얼굴이 미세하게 떨렸다. 무엇에든 철두철미했지만 도난된 제트스키에 지문이 남는다는 것을 놓치고 말았다. 현금인출기가 성공적으로 작동한 걸 보면 루크가 범인으로 지목되는 건 시간문제였다. 이곳에 머무는 루크가 두 명이라는 게 그나마 다행이었다.

"이 좋은 도시에 왜 저런 좀도둑들이 설치는가 몰라요. 안 그래요?"

운전기사는 계속해서 룸미러를 살폈다. 그는 아예 뒷자리의 승객을 대놓고 뚫어지게 쳐다보고 있었다.

"그러게요. 이렇게 환상적인 도시에서요."

의심을 피하기 위해 대꾸할 수밖에 없었다. 루크가 마른침을 삼켰다.

"루크 쇼. 너 가짜지?"

운전사의 표정이 순식간에 변했다.

루크가 룸미러를 통해 그와 눈을 마주쳤다.

"현금을 1,000 불씩 들고 다니는 사람은 없어. 어디서 빌어먹는 녀석인지 모르겠지만…."

운전사가 품에서 휴대전화를 꺼냈다. 동시에 루크가 손을 뻗어 그의 오른손을 잡았다.

운전사가 거세게 저항하며 핸들을 이리저리 흔들었다. 75번 국도를 달리던 차량이 차선을 넘나들며 위태롭게 내달렸다.

"전화 이리 줘!"

루크는 지금까지 누군가에게 폭력을 써본 적이 없었다. 그의 삶에서 지금과 같은 순간은 단언컨대 처음이었다.

기사의 표정이 잔뜩 일그러졌다. 그러더니 잠시 핸들을 놓고 도어포켓에서 무언가를 꺼내 들었다.

탕!

경고도 위협도 없었다. 매그넘 권총에서 발사된 탄환이 천장을 뚫고 작은 구멍을 냈다.

"미쳤어? 당장 차 세워!"

루크는 운전사의 오른손을 잡은 채 몸을 있는 힘껏 숙였다.

"네 놈 같은 가짜들은 모조리 다 죽어야 해!"

마치 루크에게 오래된 원한이라도 있는 것처럼 운전사의 눈에는 살기마저 느껴졌다.

"왜 이러는 거야!"

"루크 쇼. 가짜 루크 쇼! 같이 죽어도 여한이 없다! 하하하!"

운전사가 미친듯이 웃더니 갑자기 권총을 자신의 머리에 대고 방아쇠를 당겼다. 순간 차량이 휘청거렸고 루크가 반사적으로 핸들을 잡았다. 크루즈 컨트롤이 작동하고 있던 터라 차량은 속도를 유지한 채 2차로를 내달리고 있었다.

순식간에 벌어진 일이었지만 도무지 현실적이지 않았다. 분명 총알이 운전사의 머리를 관통했지만, 그의 머리에서는 피가 새어 나오지 않았다. 마치 모든 피가 다 빠져나갔다는 듯이 처참한 몰골의 중년 남성이 운전석에 쓰러져 있을 뿐.

"말도 안 돼."

하지만 이것이 환각인지 아닌지를 따지는 건 무의미했다. 루크가 서둘러 조수석으로 옮겨 앉은 다음 운전석의 시신을 뒷좌석으로 끌어냈다. 그렇게 몇십 초의 사투가 끝나고 운전석을 차지하고 나자, 오만가지 상념이 떠올랐다.

"믿을 수가 없어."

어느새 반쪽짜리 맑았던 하늘이 사라지고, 플로리다 전역에 짙은 먹구름이 드리워졌다.

39
그림자 (Shadow)

루크는 쉬지 않고 75번 국도를 내달렸다. 다행인지 불행인지 한 시간째, 추격해오는 차량은 없었다. 에그몬트 케이 주립공원 관련 뉴스는 더 이상 나오지 않았다.

먹구름이 드리운 하늘은 금방이라도 폭우가 쏟아질 것처럼 어두웠다. 하지만 아직 비는 내리지 않았다.

주행가능거리: 45마일

잠시 후, 계기반에 주황색 경고등이 들어왔다.

데이드 카운티까지는 아직 100마일 넘게 남았다. 눈에 띄지 않고 집까지 무사히 갈 수 있다면 좋을 텐데. 하지만 운명은 자신을 쉽사리 집에 돌려보낼 생각이 없어 보였다. 전방에 주유소를 발견했지만 바로 들어갈 수는 없었다.

루크는 왼손으로 핸들을 잡은 채, 오른손을 뻗어 운전자의 시신을 잡아당겼다. 운전석과 뒷좌석 사이 바닥에 눕히기 위해서였다.

육중한 체구가 좌석에 걸렸다. 몇 번의 시도 끝에 루크는 운전석을 앞으로 당기고 그를 간신히 바닥으로 떨어뜨렸다. 그의 온몸에 진땀이 흘렀다. 그리고 그 위를 방금 구매한 자켓으로 덮은 후에 루크는 주유소로 향했다.

***

쉘Shell 간판이 걸린 주유소에는 사용 가능한 주유기가 하나뿐이었다. 그마저도 카운터에 가서 결제해야 하는 구식이었다.

얼굴을 노출시킨다는 게 내키지 않았지만, 달리 방도가 없었다. 주머니에서 100불짜리 지폐 몇 장을 꺼내 카운터로 다가갔다. 반쯤 열린 플라스틱 창문 너머에는 머리가 희끗한 남자가 앉아 있었다.

"1번 주유기, 200불어치요."

루크가 딴청을 피우며 현금을 건넸다. 남자는 아무 대꾸 없이 고개만 끄덕이곤 돈을 받았다.

"넣어드릴까요?"

"아니요, 직접 할게요."

루크가 주유기를 꺼내 연료 투입구에 넣자 요란한 소리를 내며 펌프가 돌아갔다. 남은 거리를 볼 때 기름을 가득 넣을 필요는 없었지만 만약의 경우를 대비해야 했다.

은행 잔고는 충분하다. 하지만 여기 머물고 싶지는 않았다. 불친절하고 어딘지 모르게 어색한 사람들. 자신을 감시하는 것만 같은 도시 분위기. 집에 도착해 엠마의 존재만 확인하고 나면 어떻게든 다시 떠날 방법을 마련할 생각이었다. 물론 그게 가능할지는 모르겠지만.

"문제없나요?"

루크가 계획을 세우며 먼 산을 보고 있는데, 어느새 다가온 카운터의 노인이 말을 붙였다.

"아, 괜찮아요."

그가 한 손을 뒤로 숨기고 있다는 건 분명 좋지 않은 신호였다. 등 뒤로 땀이 흐르는 걸 느끼며 루크는 침착해 보이려 애를 썼다.

"그래요? 이 녀석이 말썽이 많은데…."

노인이 주유기를 툭툭 치며 말했다.

"그렇군요. 오늘은 다행이네요."

루크가 어색한 미소를 지어 보였다. 햇살이 모두 사라진 탓에 바깥에서 차 안쪽은 잘 보이지 않았다. 하지만 노인은 미심쩍은 듯 계속해서 루크와 차량을 기웃거렸다.

"날씨가 참 안 좋네요."

루크가 화제를 바꾸며 말을 걸었다.

"플로리다에서 80년을 살았는데, 이런 날씨는 처음이라우. 무슨 일이라도 벌어질 것만 같은 날이야."

답답한 주유기는 아직 결제 금액의 절반도 채우지 못하고 있었다. 마음 같아서는 주유기를 빼버리고 바로 차를 출발시키고 싶었지만, 그러다가는 괜히 의심을 살 터였다.

"플로리다는 처음이죠?"

노인이 걸음을 멈추더니 뒤로 숨기고 있던 오른손을 천천히 꺼냈다. 손에 퍼렇게 날이 선 식칼이 들려 있었다.

"잠깐만요!"

루크가 서둘러 주유기를 빼냈다. 낡은 주유기 입구에서는 미처 멈추지 못한 기름이 흘러내리고 있었다.

"왜 여기에 온 거지?"

노인은 칼을 번쩍 든 채 루크에게 다가오고 있었다.

"왜 이러십니까…."

루크는 이제 자신에게 벌어지는 모든 상황에 대해 일일이 이해하려 하지 않았다. 이 지구의 사람들은 한결같이 자신에게 공격적인 태도를 취했다. 처음 도착했을 때까지만 해도 괜찮았지만, 시간이 갈수록 점차 무언가 크게 잘못되어 가고 있다는 걸 느꼈다.

"네 녀석 때문에 이렇게 된 거야!"

노인이 기를 쓰고 달려들었지만, 워낙 노구라 그를 피하는 건 어렵지 않았다. 루크가 몸을 돌려 피하면서 주유기를 바닥에 떨구었다. 노인이 루크를 따라잡으려다가 중심을 잃고 바닥에 넘어지고 말았다.

더 이상의 언쟁은 필요 없었다. 여길 서둘러 벗어나야 했다. 루크는 차로 돌아가 바로 올라탔다. 휘청이던 노인이 다시 칼을 집어 바닥을 찍고 일어서려는 순간, 칼날이 시멘트 바닥을 긁으며 불꽃을 일으켰다. 그리고 순식간에 유증기에 불이 붙으며 노인의 몸이 타올랐다.

"젠장!"

눈앞에서 일어난 폭발에 루크의 차량에도 불씨가 튀었다. 루크가 서둘러 시동을 건 다음, 핸들을 반대편으로 꺾어 엑셀러레이터를 밟았다. 온몸에 불이 붙은 노인이 괴성을 지르며 좀비처럼 따라오고 있었다.

불길이 주유기로 번지더니 거대한 폭발음을 일으키며 주유소 건물을 무너뜨렸다. 룸미러로 보니 노인의 모습은 온데간데없었다.

"맙소사, 꿈이야, 꿈…. 꿈일 뿐이야…."

하지만 모든 감각이 생생했다. 불꽃의 색, 다리 근육의 고통, 불길의 뜨거운 열기 모두 그대로 느껴졌다. 기억도 연속적이었다. 라마를 떠나 펼쳐져 있던 지구들. 그중 하나를 택해 돌진하던 때. 대기권을 통과해 네바다주 사막에 내려앉던 순간까지.

그러니까 작금의 상황은 분명 꿈보다는 현실에 가까웠다. 그럼에도 여전히 연이어 일어나는 일들은 도무지 이해할 수가 없었다.

'하나의 지구에 두 명의 의식이 존재하는 순간, 그곳은 극도로 불안정해져요. 마치 면역 거부반응처럼 온 지구가 난리통이 되죠. 그것을 역사는 세계 전쟁 또는 대학살로 부르기도 했고요.'

문득 루크는 안나가 해준 말이 떠올랐다.

두 개의 의식. 자신과 이름을 알 수 없는 누군가. 그렇다. 지금 이 지구에는 두 개의 의식이 머물고 있는 게 분명했다.

"그렇다면…."

모든 건 자신이 원인이었다. 갑작스럽게 제 머리에 총구를 들이대며 자살한 운전기사와 온몸에 불을 붙여 스스로 산화한 노인까지. 지금 이 지구의 무의식들은 이곳의 의식을 가진 원래 주인이 아닌, 루크를 쫓아내기 위해 강력한 거부반응을 나타내는 것이다.

이 비극을 끝내기 위해서라도 빨리 목적을 달성하고 탈출해야 했다. 그렇지 않으면 수십억의 무의식들에게 둘러싸여 비참한 죽음을 맞이할 게 분명했다.

***

경찰은 이번 주유소 폭발의 유력한 용의자로 선글라스를 낀 외지인을 지목했습니다….

목적지를 10여 킬로미터 앞두고 있었다. 라디오에서는 한 시간 전 폭발 사고 뉴스가 속보로 흘러나왔다. 아직 '루크 쇼'라는 이름이 언급되지는 않았지만, 그건 중요하지 않았다. 여기 무의식들은 자신을 보는 순간 본능적인 살해 충동을 느끼고 있었다. 그러니까 굳이 얼굴과 이름이 만천하에 공개되지 않더라도 자신은 공개수배 상태나 마찬가지였다.

루크는 얼굴이 드러나지 않게 운전석에 몸을 숙인 채 조심스럽게 시가지를 이동했다. 여차하다 옆으로 지나는 운전자의 눈에 띈다면 원치 않는 추격전을 벌이게 될 판이었다.

"엠마, 제발 이곳에 있길…."

이제부터는 익숙한 거리였다. 자신이 살던 마을을 그대로 본뜬 듯 입구에 건축 중인 집부터 늘 길가에 세워져 있던 차량까지 모든 게 예전과 똑같은 풍경이 나타났다. 우중충한 날씨 탓인지 길거리에 사람들은 거의 없었다.

"저 집은 저렇게 완성되었군."

자신이 지구를 떠나던 날, 한 블록 옆에서는 신축 공사가 한창이었다. 이제는 멋들어지게 지어진 골조 주택을 보며 루크가 자신도 모르게 고개를 돌렸다.

"23, 24…."

길거리의 표지판들을 보며 위치를 다시 한번 확인했다.

"이런 맙소사…."

100여 미터 앞에 떡 하니 놓인 2층 목조주택을 발견하고는 루크가 브레이크에 발을 올렸다.

수천 번도 더 보아 온 자신의 집이었지만, 루크는 자신이 그토록 그리던 집에 도착했다는 사실이 도저히 믿기지 않았다. 이 정도로 유사한 상황이라면, 지금 저 집 안에는 딸 엠마와 사랑하는 아내 멜리사가 있을 것이다.

도무지 이해할 수 없는 고비들을 겪고 비록 다른 지구일지언정 마침내 이 자리에 왔다! 루크는 마음 같아서는 얼른 문을 열고 싶었지만 서두를 수 없었다. 둘을 다시 만나면 어떤 말을 먼저 꺼내야 할지. 혹여나 루크의 또 다른 무의식을 마주하게 되면 어떻게 해야 할지…. 복잡한 생각들이 머릿속을 휘저었다.

루크는 기도문까지 읊조리며 천천히 차를 몰았다. 엠마를 다시 만나게 되면 말없이 꼭 안아줘야겠다고 생각하며.

"엠마, 아빠가 돌아왔단다."

망설이는 시간은 길지 않았다. 루크는 엠마의 이름을 부르며 차에서 내렸다.

40

지난 장례식 (Past Funeral)

이층집의 붉은색 지붕은 새롭게 페인트가 칠해져 있었다. 항상 발목 높이까지 자라 있던 잔디 역시 방금 정리한 듯 깔끔했다. 자신이 오랫동안 미루어놓은 작업을 이곳의 루크는 여유롭게 해결해놓은 것 같았다. 현관문까지는 채 십여 미터가 되지 않았지만, 쉽사리 발을 떼지 못했다.

'엠마는 지금 몇 살일까? 나를 알아보지 못하면 어떡하지?'

하지만 그보다 더 큰 걱정은 다른 데 있었다.

만약 다른 루크가 집 안에 있으면 뭐라고 해야 할까.

여기까지 악착같이 살아서 왔지만, 마지막 걸음을 떼기가 망설여졌다. 평소 같으면 비행이 없어도 우주센터로 출근했을 시각이었다. 하지만 이곳의 루크가 집에 없는지는 확신할 수는 없었다. 200억이 넘는 통장 잔고. 길거리에서 자신을 쉽게 알아보는 사람들. 어쩌면 이곳의 '무의식 루크'는 자신보다 더 유명인사일지 모르니까.

몇 분 동안이나 망설이다 드디어 현관문으로 향했다. 입구 우체통에 다른 사람의 이름이 적혀 있었지만, 그것을 알아차릴 틈은 없었다.

쾅쾅, 자기 집을 노크해본 적 없던 루크는 어색하게 쥔 주먹으로 문을 두드렸다.

"어머, 루크! 웬일이에요!"

현관문이 곧장 열리더니, 젊은 여자가 반갑게 맞이했다. 최근에 붉게 염색한 짧은 머리, 외출을 준비 중인 것 같은 옷차림. 상대는 루크를 단번에 알아보았지만, 그는 눈앞의 이 매력적인 여자가 누구인지 몰랐다.

아, 안녕하세요. 루크가 어색하게 인사를 건넸다. 최대한 자연스럽게 굴어야 했다.

"어머, 루크…. 벌써 돌아올 줄은 몰랐어요."

여자도 당황한 게 분명했지만, 능숙한 표정으로 그것을 감추고 있었다.

루크는 여자 너머 집 안쪽을 살폈다. 잘 보이지는 않았지만, 아내 멜리사의 인기척은 보이지 않았다.

"조금 더 쉬다 오지 그랬어요. 걱정 많이 했는데…."

여자도 어떤 말을 해야 할지 갈피를 못 잡는 듯했다.

"잠시 들어올래요? 그이는 없지만."

그이라면 그녀에게 남편이 있다는 얘기였다. 그리고 현관문을 들어서고 나서야 루크는 이 집이 제 집이 아니라는 걸 눈치챘다. 혹시나 하는 마음에 돌아보았지만, 앞과 옆집 모두 익숙한 외관 그대로였다. 그러니까 원래 자신이 살던 지구에서 이 집의 위치는 '루크의 집'이 맞았다.

"어떡하죠? 아무것도 준비를 못 했어요."

여자는 능숙하게 거실로 안내했다. 그녀는 루크를 꽤 잘 알고 있으며 그를 무척이나 신경 써주는 사람임이 분명했다. 루크가 태연하게 굴며 거실을 둘러보았다. 집기들은 자신이 사용하던 것이었지만, 벽의 사진과 그림들은 모두 낯선 작품이었다.

그중 단연코 시선을 끄는 건 거실 중앙에 걸린 사진이었다. 달 탐사선 우주복을 입은 중년의 남성. 그 사진은 이 여자의 남편이 자신처럼 우주인이라는 걸 보여주었다.

"비행을 갔나 봐요."

루크가 사진을 보며 얼른 말을 이었다.

"오, 루크. 미안해요."

"미안하긴요. 비행이 일상인 직업인데."

루크가 어색한 미소를 지으며 여자와 눈을 마주쳤다. 어찌할 바를 모르는 것처럼 보였지만, 그녀는 루크를 경계하고 있었다.

"오늘 저녁이 발사잖아요. 친구들과 함께 케이프로 가서 관람하기로 했어요. 공식 미션이 아니어서 그 외엔 초대는 안 된다고 하더라고요. 잘 아시겠지만."

여자의 말에 루크가 말없이 고개를 끄덕였다. 비공식 미션. 케이프. 낯설지 않은 단어들이었다.

"멜리사도 혹시 같이 가나요?"

루크가 참고 있던 질문을 던지고 말았다. 이 정도 유대관계라면, 아내끼리도 분명 잘 알고 있으리라는 추측에서였다.

"오, 루크…."

여자가 손에 들었던 휴대전화를 바닥에 떨어트렸다. 그러고는 갑자기 얼굴을 싸매며 안절부절못했다. 루크에게 어떤 말을 해야 할지 몰라 고민하는 것 같았다.

"제가 실례되는 질문을 했나요?"

루크가 어떻게든 상황을 파악하려 했다. 여자가 입을 열까 말까 고민하더니, 조심스럽게 말을 꺼냈다.

"루크, 많이 힘들다는 것 잘 알아요. 아직 시간이 부족하다는 것도요."

"무슨 뜻이죠?"

루크가 미간을 찌푸렸다.

"그러니까…."

어디서부터 이야기해야 할까. 그녀의 눈빛은 루크를 진심으로 걱정하고 있었다.

"루크, 갑작스러운 상실은 일시적으로 기억을 없앨 수 있어요. 일종의 해리^{dissociation} 증상이죠. 당신이 그걸 겪고 있다고 해도 충분히 이해해요."

"죄송하지만, 저는 잘 이해가 되지 않는데요."

루크의 심장이 급격히 뛰기 시작했다. 갑작스러운 상실? 멜리사의 이름을 언급했을 뿐인데. 루크는 당황스러워서 어쩔 줄을 몰랐다.

"그래요, 루크. 잠시 그러니까, 잠시 앉아 봐요. 내가 에단^{Ethan}에게 연락해볼게요. 통화가 어려울 수도 있겠지만."

여자가 너스레를 떨며 바닥에 떨어진 휴대전화를 주웠다.

"잠깐만요. 에단이 저 사진의 주인공인가요? 그럼 당신 이름은…."

"샬롯이에요. 제 이름마저…."

이쯤 되면 그냥 막 나가는 게 나을 것 같았다.

"루크, 괜찮아요. 둘 사이의 돈독했던 기억도 같이 사라질 수 있어요. 하지만 돌이킬 수 없는 건 아니에요. 그러니까 진정하고 시간을 가지면…."

휴대전화를 든 샬롯의 손이 심하게 떨리고 있었다.

"괜찮아요. 그냥 말해줘요."

루크가 애원하며 그녀의 휴대전화를 가로채듯 잡았다. 거친 행동에 놀랐는지 샬롯이 한걸음 뒤로 물러섰다.

"아, 미안해요…. 에단까지 알게 하고 싶지는 않아요. 괜찮으니까 나에게 다시 그동안 있었던 일을 말해줘요. 이렇게 부탁할게요. 네?"

루크의 간곡한 말투에 샬롯은 조금 진정되는 듯 했다.

*****

"그러니까 이 모든 게 6개월 전 일이었다는 거죠?"

두 사람은 거실 의자에 앉아 차분하게 대화를 이어가고 있었다. 샬롯은 루크를 진정시키려 따뜻한 차를 준비했지만, 루크는 입에도 대지 않았다.

"미안해요. 이렇게까지 다 말하고 싶지는 않았어요."

루크는 양손으로 얼굴을 가리며 고개를 푹 숙였다. 샬롯은 어디론가 연락할 기회만 노리는 것처럼 보였다.

"병원에서 나온 지 얼마 지나지 않아 당신은 이 집을 우리에게 넘기고 떠났어요. 에단과 나는 혹여나 당신의 흔적이 사라질까 최소한의 가구들만 교체했죠. 너무 놀랐다면 미안해요."

"괜찮습니다. 곧 기억이 돌아오겠죠."

샬롯의 이야기는 충격적이었다. 끔찍하다 못해 믿을 수 없을 정도로.

***

가족끼리 저녁 식사를 마치고 돌아오던 평범한 저녁, 루크는 75번 국도를 따라 전기 SUV를 몰고 있었다. 주위엔 차량도 많지 않았지만, 이유를 알 수 없는 급발진이 생겼다. 차량은 순식간에 가드레일을 들이박아 뒤집히고 말았다.

곧이어 배터리에 불이 붙었지만, 아무도 탈출하지 못했다. 2열이 먼저 타버릴 동안, 주변의 운전자들이 가까스로 운전석의 루크를 꺼낼 수 있었다. 2열 승객은 다름 아닌 멜리사와 그의 딸 엠마였다.

엄청난 죄책감에 시달리던 루크는 생전 보이지 않던 난폭한 행동과 자살 시도를 반복했다. 결국 정신병원에 강제 입원하자 자연스레 우주인 지위도 박탈당하고 말았다.

전기 SUV 제조사는 국민 영웅 루크의 사고를 숨기고 싶어 했다. 치료를 받고 정신을 되찾은 루크 역시 가족들의 죽음이 가십거리가 되는 것을 원치 않았다. 결국 천만 달러가 넘는 보상금과 보험금이 일사천리로 루크의 통장으로 들어왔다. 천문학적인 보상금에는 그가 더 이상 우주비행을 할 수 없는 것에 대한 비용도 포함되어 있었다.

루크를 가까이에서 돌봐준 이들은 바로 에단과 샬롯이었다. 에단은 비록 들어본 적 없는 이름이었지만, 샬롯에 의하면 루크의 오랜 상사이자 선배라고 했다. 정확한 나이를 알 수 없었지만, 사진으로만 보면 저보다 10살 이상 많은 게 분명했다.

***

"에단은 아직도 미안해하고 있어요."

샬롯이 침묵을 깨고 말했다.

"당신이 이번 임무를 꼭 하고 싶어 했다더군요. 임무가 시작되는 오늘, 당신이 갑자기 방문해서 조금 놀랐어요."

"그랬군요."

"아무튼 에단이 당신의 뜻을 이어받아 임무를 마무리할 거예요. 그는 늘 당신 생각뿐이었어요."

루크의 관심은 이제 임무의 성격으로 넘어갔다. 갑작스럽게 아내와 딸이 죽었다는 소식을 들었지만, 왠지 그다지 슬프지가 않았다. 그것은 과거에 죽은 두 사람이 '의식'이 아니라 '무의식'이라는 확증이 있기 때문이기도 했다.

만약 죽은 두 사람 중 한 명이라도 이 세계의 주인인 의식이었다면, 지금 이 세계는 이렇게 온전히 유지될 수 없을 터였다.

"어떤 임무인지도 까먹었어요. 아니, 기억이 나지 않아요."

루크가 자연스럽게 샬롯의 대답을 유도했다.

"아, 그것까지 기억하지 못할 줄은 몰랐어요. 지금이라도 병원에…."

"괜찮아요. 지금 조금씩 기억이 돌아오고 있어요. 그저 확인만…."

샬롯은 꽤 지적인 여자였다. 어쩌면 그녀의 뛰어난 외모와 높은 대화 수준이 에단을 반하게 했는지도 모르겠다고 루크는 생각했다.

"에단의 임무는 위험하지 않은가요? 혼자 수행해야 하는 임무는 아닌지 걱정이 되는군요."

하지만 샬롯은 쉽게 넘어가지 않았다. 그녀에게 지금 눈앞에 앉아 있는 남자는 정신이 완전히 파괴된 과거의 영웅일 뿐이었다.

"잘할 거예요. 어제도 별다른 문제 없다고 연락이 왔거든요. 세상에, 벌써 시간이 이렇게 됐군요. 저는 이제 약속 장소로 가봐야 할 것 같아요."

샬롯이 먼저 자리에서 일어났다. 루크가 이 집에 들어온 지도 두 시간이 다 되어가고 있었다.

"루크, 일단 근처 호텔에 머물고 있어요. 에단이 임무에서 돌아오면 같이 찾아갈게요."

샬롯이 루크와 거리를 두며 말했다.

"임무는 얼마나 걸리죠?"

루크가 끈질기게 물었다.

"글쎄요, 이번에는 안으로 들어간다고 했으니까, 일주일 정도 걸릴 거예요. 달까지 가야 하니까."

샬롯이 결국 단서를 흘리고 말았다. 루크는 단번에 그 미션이 '루크의 지구'를 붕괴시켰던 다크홀 미션임을 알아차렸다.

41
붕괴 (Catastrophe)

샬롯은 서두르고 있었다. 루크의 눈빛을 마주한 직후부터 샬롯은 이상하다는 걸 느꼈다.

그녀가 루크를 알게 된 지는 채 1년이 되지 않았다. 이 세계에서 가장 인기 있는 우주인은 여전히 루크 쇼였지만, 54세의 에단 클라인은 오랜 경륜으로 높은 국민적 신뢰를 얻고 있었다.

아내와 사별한 지 20년 만에 스물다섯 살 어린 샬롯과 재혼했지만 에단은 여전히 루크에 가려 주목을 받지 못했다. 사람들은 늙은 우주인 에단보다 젊고 유능한 루크에게 더 많은 관심을 가졌다.

"다크홀 미션이군요."

루크의 말을 들은 샬롯이 문 앞에서 멈칫했다.

"그럼요, 루크. 혹시…."

샬롯이 몸을 천천히 돌리며 다시 현관으로 들어섰다.

"이번에 에단이 다크홀 안으로 들어간다는 말인가요?"

샬롯이 허를 찔린 듯 잠시 침묵했다.

"루크, 기억이 조금씩 돌아오는 건 분명 좋은 신호예요. 하지만 오해는 하지 않았으면 해요."

"아니요, 그런 적 없어요."

샬롯이 계속해 루크의 눈치를 살폈다. 다크홀을 통과하는 미션에 또 다른 '무의식 루크'가 참여하지 못한 것은 어쩌면 당연한 일이었다. 다크홀이 생기고 그곳으로 들어가는 임무는 운명적으로 이 세계의 의식만 가능한 일이었다.

"루크, 모든 건 사고였어요. 그 점을 분명히 했으면 해요."

샬롯이 또박또박 강한 어조로 말했다.

"알아요, 당신이 사고라고 말했잖아요."

"그래요, 사고였어요."

샬롯이 루크를 똑바로 바라보며 말했다.

"오해하지 않았으면 해요. 나는 또 당신이…."

샬롯이 닫히려는 현관문을 다시 밀었다. 유난히 떨리는 손이 그녀가 루크를 얼마나 경계하고 있는지 알려주었다.

"그래요, 이제 다 왔으니 솔직하게 말할게요. 당신이 정신병원에 입원했을 때, 에단 탓을 많이 했어요. 에단 때문에, 에단이 이 사고를 일으켰다고."

"그럴 리가요. 저는 그렇게 생각하지 않아요."

지금의 루크는 정말 그렇게 생각하지 않았다. 아니, 전기 SUV에 불이 난 것과 에단이 도대체 무슨 관계란 말인가.

"사람들은 그렇게 보지 않았어요. 대중들에게는 알리지 않았지만, 당신 동료들이 의심을 품었죠. 이 사고로 이득을 가장 많이 보는 이가 누구인지에 대해."

"그게 무슨…."

"여러 번 해명하고 또 해명했지만, 아무도 믿지 않았어요. 에단은 당신 대신 이번 미션에 참여하는 것을 매우 미안하게 생각하고 있어요. 하지만 윗선의 결정이라 따를 수밖에 없었죠. 루크…."

샬롯의 말이 빨라지고 있었다.

"그러니까 제발, 이제 우리 집에서 나가줘요. 나는 당신이 다크홀을 잊었으면 했어요. 아니, 잊어버렸다고 생각했어요. 그게 아니라면… 미안해요."

샬롯이 도통 무슨 말을 하는지 알 수 없었다. 에단이 다크홀 미션을 가로채기 위해 고의로 사고를 일으켰다는 주장은 너무나도 터무니없어 보였다.

"샬롯, 내가 완전히 기억하지는 못하지만, 분명히 잘못된 생각이에요. 아무도, 아니 저는 그렇게 생각하지 않아요. 에단이 꼭 임무를 완수하기를…."

시간이 촉박한 건 알았지만 루크는 일단 그녀를 달래야 할 것 같았다. 유일하게 자신에게 공격성을 드러내지 않은 사람이었다. 많은 걸 차분하고도 이해심 깊게 설명해주었다.

"루크, 말이라도 고마워요. 이제 그만…."

샬롯이 너무 혼란스러워 현기증을 느꼈는지 비틀거렸다.

"샬롯, 괜찮아요?"

루크가 그녀를 부축하며 일으켜세웠다.

루크는 어서 여길 떠나야겠다고 생각했다. 이 지구가 붕괴되기 전에 어떻게든 탈출할 방법을 찾아야만 했다. 그러기 위해서는 정확히 남은 시간을 아는 게 필요했다.

"발사가 몇 시라고 했죠?"

"저녁 7시요. 이제 12시간밖에 안 남았네요."

샬롯이 거실에 걸린 벽시계를 보며 대답했다.

"그래요, 당신은 친구들과 함께 초대받은 곳에서 성공을 빌어주세요. 저도 응원할게요."

발사장이 있는 케이프커내버럴 공군기지까지는 그리 멀지 않았다. 그곳 지리는 눈 감고도 찾아갈 수 있을 만큼 익숙했기에 루크는 적당한 계획을 세워야겠다고 생각했다.

"그래요, 루크. 오늘 발사까지 무사히 마치고 난 후 다시 만나서 얘기 나눠요."

"고마워요, 샬롯."

"고맙기는 지랄…."

들릴 듯 말 듯 작은 소리였다. 하지만 라디오나 텔레비전에서 들린 소리는 아니었다. 루크가 다시 돌아서자 문을 등지고 선 샬롯의 뒷모습에서 이상한 살기가 느껴졌다.

"샬롯?"

루크가 천천히 다가가며 손을 내밀려는데, 샬롯이 갑자기 몸을 휙 돌리며 루크에게로 달려들었다.

"죽어! 이 가짜 새끼!"

얼굴이 완전히 일그러진 샬롯이 양손을 뻗어 루크의 목을 졸랐다.

"샬롯!"

힘껏 루크의 목을 조르는 샬롯의 손톱이 그의 살갗을 파고들었다. 목에서 피가 흐르기 시작했다. 젊은 여성의 힘이라고 하기에는 너무나 강력한 완력이었다.

"죽어!"

루크 위에 올라탄 샬롯의 눈은 붉게 변해 있었다.

루크가 가까스로 테이블 근처로 그녀를 끌어당겨 그 위에 있던 주전자를 집어 들었다. 아직 뜨거운 온기가 남아 있는 걸 그대로 샬롯의 머리 위로 내리쳤다.

"으악!"

머리를 맞고 80도의 물을 얼굴에 뒤집어쓴 샬롯이 비명을 지르며 뒤로 튕겨져나갔다.

"으악! 내 얼굴! 내 얼굴!"

샬롯이 얼굴을 감싼 채 화장실 쪽으로 달려갔다. 그 사이 루크는 무기가 될 만한 걸 찾았다.

"망할!"

거실 서랍장엔 권총 따위는 없었다.

그사이 샬롯이 달려오는 소리가 들렸다. 어느새 화장실에서 찬물을 뒤집어쓰고 나온 그녀의 오른손에는 부엌에서 가져온 칼이 들려 있었다. 루크가 거실 구석으로 뒷걸음질 치며 골프 퍼터를 집어 들었다.

"샬롯, 잠시만! 도대체 나한테 왜 이러는 거예요!"

조금이라도 시간을 끌어야 했다. 골프채는 칼보다 길었다. 적당히 거리를 둔 다음 그녀를 내리칠 생각이었다.

"에단이 계산을 잘못하는 바람에 너 같은 버러지가 살아남았지."

"그게 무슨 소리예요?"

"애당초 너는 네 가족들과 함께 죽었어야 했어!"

샬롯의 눈에 광기가 가득했다.

"네 녀석이 현관에 나타났을 때 나는 직감했지. 이 새끼는 가짜다. 도저히 살아있을 수가 없다."

"그럼 당신과 에단이 짜고 나를 죽이려 했다는 건가?"

루크는 침착했다. 거리. 오직 거리를 잘 유지하며 틈을 노리고 있었다.

"그걸 알면서 물어? 그러니까 깔끔하게 죽었어야 할 녀석이 왜 여기 있냐고!"

샬롯이 소리를 지르며 칼을 휘둘렀다. 루크가 반사적으로 몸을 뒤로 피했다. 그러면서 골프 퍼터를 짧게 잡았다. 한 방에 그녀의 머리를 적중시켜야만 했다.

"오직 에단만이! 에단만이 이 다크홀 미션의 적임자야! 네 녀석이 아니라고!"

샬롯이 다시 달려드는 순간 루크가 퍼터를 수직으로 들어 그대로 내리꽂았다. 날카로운 면에 정수리를 맞은 샬롯이 그대로 앞으로 고꾸라졌다.

"아악!"

그녀가 넘어지면서 휘두른 칼끝이 루크의 정강이에 닿았다. 살짝 스치며 붉은 피가 새어 나왔다.

반대로 머리가 함몰될 만한 충격이었지만, 샬롯의 주위에는 피가 흐르지 않았다. 사람을 죽였다는 죄책감이 조금 덜해지는 것 같았다.

"망할 놈의 무의식 이론."

하지만 심장이 요동치는 것까지 막을 수는 없었다. 화창했던 플로리다 하늘이 다시 어두워지더니 장대 같은 소낙비가 쏟아졌다.

루크는 아수라장이 된 거실을 지나 TV를 켰다.

여길 나서기 전에 샬롯의 말이 사실인지 확인해야 했다. 예능과 일상생활 채널을 넘기자 뉴스 속보가 떴다.

불안정한 날씨에도 델타 VII 로켓 발사는 예정대로 진행. 11시간 30분 후 발사 예정.

자막은 로켓 발사가 임박했음을 알리고 있었다.

"거짓말이 아니었어."

화면에는 발사대에 기립한 델타 VII 로켓의 전경이 드러났다. 그것의 목적지가 어디인지는 알 수 없었지만, 탑재된 고체부스터의 개수를 볼 때, 달까지 가는 건 확실했다.

나사와 국방부는 이번 무인탐사선 미션을 통해 다크홀의 정확한 물리학적 특성을 규명하고, 중단된 유인달탐사기지 건설을 재개한다는 방침입니다.

이어지는 아나운서의 멘트에서 루크는 모든 게 동일하게 진행되고 있다는 걸 알았다. 무인 미션, 다크홀, 유인기지 건설. 이건 자신이 떠나온 지구에서와 똑같은 변명거리였다.

샬롯의 말이 맞다면, 이번 임무는 에단 클라인이 단독으로 수행하는 것이었다. 즉 이 세계의 주인공이 라마를 향해 탈출하는 첫 번째이자 마지막 기회라는 얘기였다.

"에단 클라인…."

그제야 에단의 풀네임을 알게 된 루크는 기억을 더듬었다. 익숙하지는 않지만, 어디선가 본 적이 있는 듯한 이름이었다.

"에단 클라인… 오, 맙소사."

그것은 자신이 타고 온 X-79A 전투기에 새겨진 이름이었다.

마치 운명처럼, 아니 시간이 얽혀버린 것처럼 머릿속이 복잡해졌다. 에단 클라인의 전투기가 라마에 있다는 건 그가 탈출에 성공했음을 뜻했다. 하지만 지금 자신은 그의 탈출을 막아야만 한다. 이 복잡한 인과관계의 모순 속에서 루크는 잠시 망설였다.

"살 사람은…."

하지만 지금은 무엇보다 자신의 생존이 문제였다. 한낱 인과관계를 유지하기 위해 하나뿐인 자신의 목숨을 버릴 수는 없었다.

"살아야지."

루크가 손에 쥔 퍼터를 내려놓고 현관문으로 향했다.

42
탈출 (Escape)

현관문을 나서자 맞은편 집에서 다급하게 커튼을 닫는 게 보였다. 거리에 인적은 없었지만, 왠지 이곳이 주목받고 있는 느낌이었다. 손에는 전기차의 카드키가 들려 있었다. 차량 색상과 번호 모두 자신이 과거에 타던 것과 동일했다.

'내가 무슨 짓을 한 거지….'

루크는 자신의 집을 돌아보았다. 붉은 지붕 너머로 짙은 먹구름이 몰려들었다. 혼란스러웠지만 지체할 수 없었다. 경찰이라도 들이닥친다면 이 낯선 지구에서 여생을 보내야 할 판이었다. 아니, 에단이 그대로 다크홀을 통과해버린다면 블랙홀처럼 붕괴하는 지구에서 최후를 맞이하게 될 것이다.

루크는 주차된 차량으로 향했다. 카드키를 B필러에 가져다 대자 문이 자연스레 열렸다.

안녕하세요, 샬롯.

센터스크린에는 탑승을 환영하는 메시지가 떠올랐다.

"케이프커내버럴로 가줘."

"명령을 인식할 수 없습니다."

"케.이.프.커.내.버.럴. 공군기지."

"알아들을 수 없는 명령입니다."

루크가 습관처럼 목적지를 말했지만 음성인식이 되지 않았다.

"하는 수 없군."

집에서 발사장까지는 수백 번도 넘게 오간 길이었다. 내비게이션 없이도 갈 수 있었다. 그런데 왠지 석연치 않았다. 루크는 룸미러를 조정한 다음 가속페달을 밟았다. 왕복 2차선 도로에 주차된 차량들이 루크가 지나갈 때마다 비상등을 깜박였다.

"이건 또⋯."

예사롭지가 않았다. 불길한 기분은 점점 커져만 갔다. 어느새 동네를 벗어나 95번 국도에 올라탔다. 발사장까지는 차로도 세 시간 남짓 걸리는 거리였다. 델타 VII 로켓의 발사 일정을 고려하면 더 서둘러야만 했다.

차선을 변경한 다음 가속페달을 있는 힘껏 밟았다. 차는 어느새 시속 200킬로미터를 훌쩍 넘겨 달렸다. 곧이어 장대비 같은 비가 쏟아졌지만, 속도를 줄이지 않았다. 가슴이 폭발하듯 뛰었다. 난생 처음 살인을 저질렀다는 죄책감과 자신은 사람을 죽인 게 아니라는 변명 속에서 혼란스러웠다.

✱✱✱✱

"EKS 27. 검은색 세단 차량, 갓길로 정차하세요!"

20여 분 내달렸을까 루크의 차량 뒤로 경찰차 한 대가 경광등을 울리며 따라붙었다.

과속 단속을 염려하지 않은 건 아니었지만 굳은 날씨에 한적한 교통량을 고려하면 무시해도 좋으리라 여겼다. 루크는 하는 수 없이 속도를 줄이며 차선을 변경했다. 살인사건의 용의자로 지목되었을 가능성도 없는 건 아니었지만, 그러기엔 아직 시간이 일렀다.

우의를 입은 경찰관이 운전석에서 내리더니, 루크의 운전석 창문을 두드렸다. 루크가 어색한 미소를 지으며 창문을 내렸다.

"죄송합니다. 지금 급한 임무가 있어서요."

"과속하셨습니다. 130마일을 넘긴 적도 있어요."

경찰관은 루크를 쳐다보고는 가만히 있으라는 신호를 보냈다.

"양손 운전대에 올리고 계세요. 전자신분증 제시해주시고요."

"죄송합니다. 지금 발사가 임박해서요."

발사라는 단어에 경찰관이 루크를 다시 쳐다보았다.

"루크 쇼 선장님?"

"네, 맞습니다."

"아, 이런 데서 만나다니 영광입니다. 무슨 급한 일이?"

경찰관의 태도가 호의적으로 바뀌었다.

"오늘 델타 Ⅶ 로켓 발사가 있잖아요. 제가 중요한 기술적 조언을 해야 합니다."

"아, 그거요? 에단 클라인이 탑승하기로 한 것 아닙니까? 여기 보세요, 저는 라이브로 기다리고 있다고요."

경찰관이 앞주머니에서 휴대전화를 꺼내 유튜브의 라이브 창을 보여주었다.

"로켓 발사에 관심이 많으시군요."

"그럼요, 우리 아들도 우주인이 되겠다고 난리인데. 그나저나 선장님이 못 가셔서 너무나 아쉽네요."

"네, 모든 건 공정한 결과니까요."

루크가 센터페시아의 시계를 확인했다.

"그래야죠. 아무튼 전자신분증 주시고 잠시 내리시죠."

경찰관의 표정이 다시 사무적으로 변했다.

"바쁘시니까 얼른 해결해드릴게요."

"급하게 나오느라 신분증을 안 가져왔습니다."

"급히 나오느라 휴대전화를 안 챙기셨다고요? 중요 임무를 하러 가시는 분이?"

경찰관의 표정이 미심쩍다는 듯이 변하기 시작했다.

"네, 가능하면 공무 중 교통법규 위반으로 나중에 청구해주세요. 지금 중요한 연락을 받고 가는 길이에요."

"그러니까 최대한 빨리해 드리려는 건데요."

바람에 펄럭이는 우비 틈으로 경찰관의 명찰이 드러났다.

레너드 코헨Lenard Cohen

완전히 같은 이름은 아니었지만, 그렇다고 흔한 이름도 아니었다. 루크는 순간 경찰이 우연히 나타난 게 아닐 거라 판단했다.

"알겠습니다. 그럼 문을 열게 잠시만 물러서주세요."

"문은 제가 명령하면 여는 겁니다. 얼른 신분증부터. 없으면 양손을 핸들 위에 그대로 올리고…."

하인츠 코헨. 라마에서 자신을 괴롭히던 녀석의 무의식일 수도 있었다. 의식과 무의식이 이름까지 완전히 같으리라는 법은 없을 테니까.

우비와 선글라스에 가려 자세히 보이지는 않았지만, 녀석의 높은 코와 두드러진 사각 턱은 하인츠 코헨의 젊은 시절을 연상케 했다.

루크는 일단 녀석의 지시를 따르는 척했다.

"이놈의 전기차는 시동을 끌 수가 없어서…."

레너드가 손을 뻗어 차량의 파킹 버튼을 눌렀다.

"자, 내리시죠."

그러고는 오른손을 허리춤에 올린 채, 레너드가 두세 걸음 뒤로 물러섰다. 그때 갑자기 끝 차로를 달리던 거대한 트럭이 차선을 밟더니 그대로 레너드를 쳐버렸다.

공중으로 날아오른 레너드가 그대로 수십 미터 떨어진 아스팔트 바닥에 처박혔다.

가해 차량인 트럭은 아는지 모르는지 다시 차선으로 돌아와 내달리고 있었다.

"말도 안 돼."

믿을 수 없었지만 이건 신이 준 기회였다. 루크는 즉시 속도를 높여 국도로 올라탔다.

2차로로 숨어든 루크는 정면을 주시했다. 레너드를 친 트럭은 뒤늦게 사고를 알아차렸는지, 비상등을 켜고 속도를 줄이고 있었다.

다시 시계를 확인했다. 발사까지는 채 10시간이 남지 않았다. 5시간 후면, 에단은 로켓에 탑승해 최종 점검을 진행할 터였다. 그렇게 되면 발사를 되돌릴 수 없었다.

케이프커내버럴 공군기지는 루크에게 제2의 집과도 같은 곳이었다. 모든 건물과 시설들이 같은 위치라면 눈을 감고도 로켓 탑승 입구까지 갈 수 있을 정도였다.

익숙하면서도 삼엄한 경계를 뚫고 어떻게 에단을 만날지, 그 생각으로 루크의 머릿속은 복잡했다. 그리고 그때 정차하는 것처럼 보이던 트럭이 갑자기 핸들을 꺾더니, 4개 차선을 가로막았다.

앞서 달리던 차량들이 미처 속도를 줄이지 못하고 그대로 트럭의 옆으로 추돌했다. 하지만 40톤이 넘는 트럭은 꿈쩍도 하지 않고 제자리를 지키고 서 있었다.

이쯤 되면 사고는 우연이 아니었다. 자신을 노리는 누군가가 일부러 이런 상황을 만든 것이다. 갓길부터 중앙분리대까지 완전히 막힌 도로는 빠져나갈 곳이 없어 보였다. 루크가 결국 앞선 차량들 사이에 끼어 트럭과 30여 미터 떨어진 곳에 정차하고 말았다.

차에서 내리지도 못하고 망연자실하고 있는데 트럭의 운전석 문이 열리더니, 양복을 입은 사내가 도로 위로 뛰어내렸다.

흰 머릿결. 검은 선글라스. 그리고 좌우로 조금씩 스윙하는 독특한 걸음걸이까지. 루크는 군이 묻지 않아도 상대가 누구인지 알 수 있었다.

"하인츠 코헨⋯."

경찰관은 자신의 등장을 위해 심어놓은 꼭두각시일 뿐이었다. 어느새 하인츠가 루크의 운전석 옆으로 다가오더니 꼿꼿이 서 있었다. 루크가 망설임 없이 운전석 창문을 내렸다.

"오랜만입니다."

하인츠는 대답 없이 루크를 바라보고 있었다.

"네가 동생을 내 죽였어."

하인츠의 표정은 무덤덤했다.

"무슨 일인지 모르겠지만 유감이군요."

루크가 하인츠를 자극하지 않으려 애썼다. 굳이 따지고 보자면, 하인츠의 '무의식'은 이곳에서 자기의 편도 그렇다고 남의 편도 아니었다. 녀석은 그저 자신의 일거수일투족이 궁금할 뿐이다. 그것이 루크가 내린 최선의 추리였다.

"네 녀석이 과속하지 않았다면 이런 일이 생기지 않았겠지."

"급한 일이 있다는 걸 당신도 알 텐데요."

"네 녀석이 질주하는 걸 보고 내가 경찰에 신고했어. 마침 당직이던 내 동생이 출동했더군."

"과속 딱지를 막 떼려던 참이었어요."

무의식은 늘 남의 탓을 한다. 그러니까 내 눈앞에 서 있는 이 자식은 하인츠의 무의식이 확실하다. 루크가 되뇌었다.

"내 유일한 동생을 죽였다고."

"저는 가만히 운전석에 앉아 있었을 뿐이에요. 지금이라도 911에 신고하는 게 어떻겠어요?"

루크가 사이드미러를 통해 갓길을 살폈지만, 하인츠 동생의 시신은 보이지 않았다.

"네가 내 유일한 동생을 죽였어."

하인츠는 루크의 말을 듣지 않고 같은 말만 반복했다.

"그렇게 생각한다면 유감입니다, 하인츠 코헨 씨."

루크가 선글라스를 낀 하인츠의 눈을 똑바로 쳐다보았다. 녀석의 외모는 라마에서 본 것과 흡사했지만, 특유의 강렬함은 느껴지지 않았다.

이것이 의식과 무의식의 차이인가. 루크는 녀석을 제압할 수 있겠다는 확신이 들었다.

"하인츠, 지금 나는 중요한 임무를 맡고 있어요. 억울한 게 있다면 당신 의식에게 연락해보세요. 꿈을 통해 말이죠."

43
진입 (Entrance)

뜬금없는 말에 하인츠가 미간을 찌푸렸다.

"그게 무슨 말이지."

더는 시간을 지체할 수 없었다. 루크가 운전석 문을 열고 차에서 내렸다. 그러고는 자신보다 한 뼘이나 더 큰 하인츠를 올려다보았다.

"세상 모든 이치를 한 번에 이해할 수는 없겠죠. 하지만….."

루크가 자연스레 하인츠의 어깨에 손을 올렸다.

"오늘 사고는 우연이었어요. 내가 의도한 것도, 당신이 실수한 것도 아닌, 그냥 우연."

루크가 쏟아지는 빗속을 터벅터벅 걷기 시작했다. 트럭에 갈 길이 막힌 차량이 수십 대 서 있었지만, 아무도 경적을 울리거나 차에서 내리지 않았다.

"이 봐, 루크 쇼!"

하인츠가 가만히 선 채로 루크를 불렀다. 루크가 뒤를 돌아보았다.

"원한다면, 그 차는 당신이 가지도록 해요."

루크가 주머니에서 카드키를 꺼내 던졌다. 바닥에 떨어진 키를 하인츠가 물끄러미 바라보고 있었다.

"도무지 말을 듣지 않는군."

하인츠가 이를 갈며 숨겨둔 자동권총을 꺼내 들었다.

"너 같은 새끼는 죽어야 해!"

하인츠가 루크를 조준하더니 그대로 방아쇠를 당겼다. 곧이어 굉음과 함께 탄피가 바닥에 우두둑 쏟아졌다.

***

루크는 녀석이 총을 꺼낼 것을 예상하고 있었다. 자신을 마중 나온 게 아닌 이상 죽이려는 게 분명하니까. 하지만 굳이 대처할 필요는 없었다. 여기까지 오는 동안 몇 번의 살해 위기를 넘기며 루크는 알 수 없는 확신이 생겼다.

무의식은 의식을 죽일 수 없다는 것.

광기와 분노는 의식보다 수만 배 더 크지만, 무의식적 존재는 그것을 겉으로 표출할 뿐 실재적인 존재에게 위협을 가하지 못했다. 그간 위험에 처하게 된 건 '자신의 두려움' 때문이었을 뿐이다. 실제로 해를 입은 적은 없었다. 하인츠를 보며 루크는 의식과 무의식 사이의 관계를 스스로 깨닫고 있었다. 루크는 이 관계의 법칙을 지금 하인츠를 통해 시험해본 것이었다.

"조심해요. 다른 차량이 맞을 수 있으니."

루크의 예상대로였다.

하인츠가 갈긴 총알은 모두 그를 빗나가 땅바닥이나 다른 차들을 향해 날아갔다.

"괜찮아요. 그대로 있어요."

루크가 겁에 질려 바짝 몸을 숙인 옆 차량 운전자에게 말했다.

"하인츠, 괜한 에너지 쏟지 말고 트럭이나 치워줘요."

루크가 달래는 어투로 말했다.

"너 이 새끼!"

하지만 그 말은 하인츠의 분노만 더욱 키울 뿐이었다. 약이 잔뜩 오른 하인츠가 자동권총을 바닥에 던지더니 품에서 칼을 꺼내 달려들었다.

"내 동생을 죽인 자식! 너도 죽어!"

거구의 하인츠가 전속력으로 달려왔지만, 루크는 눈 하나 깜박하지 않았다. 녀석의 칼끝이 복부를 그대로 찔렀지만, 루크는 그대로 버티고 서 있었다.

'무의식은 의식을 결코 죽일 수 없다.'

아직 백 퍼센트 확신한 것은 아니었다. 곧 칼이 뱃속을 파고든 고통이 그대로 느껴졌다.

"죽어! 죽어!"

하인츠의 광기는 멈추지 않았다. 버티고 선 루크의 배에 계속해서 칼을 박아댔다. 루크는 통증을 느꼈지만, 죽을 만큼은 아니었다. 아니, 죽음을 경험해본 적은 없었지만, 이 정도로 죽을 리는 없다는 생각이 들었다.

"하인츠, 그만하지."

그렇게 몇십 번의 칼질을 버틴 후에 루크는 하인츠의 양어깨를 밀어냈다. 상의에는 피가 조금 새어 나왔지만, 수십 번의 자상이 남긴 흔적은 아니었다.

"뭐야, 이 새끼."

하인츠는 살인이 처음은 아닌 것 같았다. 녀석의 얼굴에 당황하는 기색이 역력했다.

"내가 널 죽일 수도 있지만, 그러고 싶지는 않아. 어서 내놔. 트럭 열쇠."

하인츠가 그제야 두려움을 느끼고 바닥에 그대로 주저앉아 뒷걸음질 쳤다.

"어서."

하인츠에게 손을 내미는 루크의 표정은 온화하기까지 했다.

"미친 새끼! 미쳤어!"

하인츠가 정신을 차리지 못하고 도망치려 했다.

"별 볼 일 없군."

루크가 다시금 배를 내려다보았다. 옷은 누더기가 되어 있었지만, 상처는 깊지 않았다. 하지만 몸을 돌리자 순간적으로 강한 통증이 엄습했다.

'괜찮을 거야.'

죽음의 공포가 밀려왔지만, 아직 루크는 움직일 수 있었다.

'모든 것은 마음먹기에 따라…'

난도질을 당한 사람이 할 말은 아니었지만, 지금은 현실에서 도피하는 것이 필요했다. 아직 숨이 붙어 있다면 살아있는 거다. 루크는 스스로 되뇌며 트럭으로 향했다. 열린 운전석 문을 잡고 올라서자 뒤로 길게 밀린 차량 행렬이 보였다. 저 멀리서는 사고를 신고받은 경찰차와 구조대들이 경광등을 울리며 달려오고 있었다.

"시간이 얼마 없어."

루크는 차량 뒤편으로 가 트레일러를 분리하는 버튼을 눌렀다. 다시 운전석에 올라 날렵해진 트레일러 헤드의 방향을 틀었다. 1차로를 막고 있던 트랙터가 사라졌지만, 멈춰 있던 차량들은 움직이지 않았다. 텅 비어 버린 도로 위를 루크가 운전하는 15톤 트레일러가 최대 속도로 질주하기 시작했다.

***

오늘 오후 1시 29분. 95번 국도 북쪽 방향 21킬로미터 지점에서 트레일러 차량이 전도되는 사고가 있었습니다. 이로 인해 북쪽 방향 도로가 완전히 통제되었으며….

30분쯤 달릴 무렵 라디오에서는 그제야 사고 소식이 전해지고 있었다. 이따금 진입로를 통해 들어온 차량이 눈에 띄었지만, 도로는 여전히 한산했다. 장대처럼 쏟아지는 빗줄기 역시 사고 지점을 지난 이후부터는 말끔히 사라졌다.

플로리다의 날씨가 아무리 변덕이 심하다고는 하지만 이토록 국지적인 기상 변화는 루크도 경험해본 적이 없었다. 잠시 후 포트 커내버럴로 향하는 이정표가 나오자 차량의 속도를 줄였다. 아무리 마음먹은 대로 일이 일어난다고 해도 커다란 트레일러를 몰고 우주 기지 검문소로 들어갈 수는 없었다.

루크는 차량을 갓길에 주차한 다음 길거리에 내렸다. 평소에도 한

적한 곳이었지만, 오늘따라 통행량은 더 없어 보였다. 주위를 살피던 루크의 눈에 기다란 돛대를 세운 요트 정박장이 눈에 들어왔다.

케이프커내버럴 우주기지는 보안이 엄격했다. 지금까지의 상황을 보면 이곳은 결코 자신에게 우호적이지 않았다. 위기의 순간에 죽음을 모면할 수 있었을 뿐 그보다 큰일이나 계획은 뜻한 대로 이루어지지 않는다고 인지하는 편이 더 옳았다.

손목시계를 보았다. 발사까지는 이제 8시간이 채 남지 않았다. 로켓 탑승까지는 3시간 남짓 남아 있었다. 정상적인 방법으로는 에단을 만날 수 없다는 생각에 무작정 요트 정박장으로 향했다.

***

루크는 곧 40피트 길이의 작은 요트를 훔치는 데 성공했다. 수많은 요트가 정박장에 늘어서 있었지만 그중 시동이 걸려 있는 게 하나 보였다. 조금 떨어진 곳에 주인으로 보이는 남자가 뒤돌아 볼일을 보고 있었다.

그가 눈치채지 못하도록 요트로 다가가 순식간에 핸들을 움켜쥐고 속도를 높였다.

남자가 금세 알아차리고는 루크에게 손을 흔들며 외쳐대는 모습이 보였다. 이제 더는 시간을 지체할 수 없었다. 루크는 케이프커내버럴의 왼쪽 해안가로 달리기 시작했다.

각종 경계시설이 밀집한 해안가 중간쯤에는 발사 장비 이송을 위한 작은 항구가 있었다. 일단 거기로 접안한 다음 자신의 유명세로 최대한 위력을 발휘해볼 생각이었다.

지금껏 만난 이곳의 무의식들은 두 부류로 나뉘었다. 얼마 지나지 않아 공격성을 드러내거나, 로봇처럼 부탁하는 바를 잘 들어주거나. 두 부류 사이에 어떠한 차이가 있는지는 몰랐지만, 루크는 이들을 접촉하는 시간이 길어서는 안 된다는 걸 깨달았다.

　죽일 듯이 달려드는 이들도 처음에는 여느 사람들과 다르지 않았다. 하지만 대화를 주고받는 시간이 조금이라도 길어지면 그들은 갑자기 돌변해 공격하곤 했다. 그게 생명의 위협이 될 수 없다는 건 알았지만 문제는 시간이었다.

　검문소부터 발사통제실을 지나 승무원 거주 구역까지. 수많은 '아는 사람들'을 만나게 될 이곳에서 각각의 단계마다 싸움과 전투를 하게 된다면 보란 듯이 로켓은 이륙하고 말 터였다. 그리고 라마에서의 경험에 의하면, 에단이 다크홀을 통해 이 지구를 탈출하는 순간 이 세계의 모든 것은 붕괴되고 말 것이다.

　지금 이 순간은 딸을 찾고 무의식 세계를 이해하는 것보다 생존을 위한 투쟁에 가까웠다. 이제 곧 자신에게 닥칠 모든 가능성을 고려하며 요트를 달리다 보니 어느새 그는 항구에 근접해 있었다. 예상대로 경비정 여러 대가 다가오기 시작했다.

　"당신은 지금 미국의 주요 보안 시설에 무단 접근하고 있습니다. 즉시 함선을 정지하고 통제에 따르십시오."

　경비정들이 루크의 요트를 둘러싸고 코앞까지 접근했다.

　"루크 쇼입니다. 통제센터로부터 비상 연락을 받고 항해에서 돌아오는 길입니다!"

　함수로 올라선 루크가 양손을 높이 들고 외쳤다.

44

조우 (Encounter)

"함선 정지!"

경비정에 달린 20밀리미터 발칸포가 루크를 정조준하고 있었다. 루크는 쳐든 양손을 깍지 낀 채 저항하지 않았다. 곧이어 구명조끼를 입은 경비원들이 요트에 올라탔다.

"사전 허가를 받았습니까? 어디에서 출발했습니까?"

경비원들은 요트를 구석구석 뒤지기 시작했다.

"루크 쇼입니다, 루크 쇼."

"루크 쇼 선장님?"

그제야 경비대장으로 보이는 자가 다가왔다.

"무슨 일이죠? 여기는 접근금지 해상인 걸 잘 아시잖아요."

"요트 타고 낚시를 하고 있었어요."

"길을 잘못 들었나요?"

"아무것도 없습니다!"

경비대장이 되묻는 사이 수색을 마친 경비원이 외쳤다.

"아니요, 연락을 받고 급히 돌아오는 길입니다. 요트에서 내릴 시간이 없었어요."

루크는 차분하게 말했지만, 경비대장은 미심쩍다는 얼굴이었다.

"케이프 항구 쪽으로 가셨어야죠. 하마터면 발포할 뻔했습니다."

"톰 국장님이 직접 연락이 왔어요. 아무런 지시도 못 받았나요?"

이곳에서도 나사의 국장이 톰 브라운이기를 바라며 넌지시 물었다. 경비대장의 얼굴색이 변하지 않는 것을 보아 톰이 국장인 건 확실했다.

"오늘 발사와 관련된 일인가요?"

경비대장이 무전기를 들었다.

"네, 에단 클라인을 만나야 해요."

"확인해보겠습니다."

경비대장이 무전기의 송신 버튼을 눌렀다.

"잠시만요!"

루크가 말리려 하자 경비대장이 멈칫했다.

"일단 나를 발사장 안으로 데려가 줘요. 시간이 촉박합니다."

경비대장이 물끄러미 그의 눈을 바라보았다.

"오늘 이 일이 얼마나 중요한지 잘 알고 있잖아요. 발사의 성패를 가를 일입니다. 오죽하면 내가 낚시하다 말고 왔겠어요."

루크가 찢어진 상의를 가리켰다.

"급하게 오느라 낚싯바늘에 옷이 다 찢어졌어요. 여기서 한가히 허락 기다리고 할 시간도 없단 말입니다. 발사가 이제 4시간도 채 안 남았어요."

루크가 간곡하면서도 강단 있게 말했다.

"아무리 그래도 출입절차를 지켜야 합니다."

"경비대장님."

루크가 요트의 함수에서 경비정으로 성큼 뛰었다. 당황한 경비원들이 머뭇거렸다.

"시간이 없다니까요. 일단 안으로 가서 얘기합시다. 거기서 국장님과 직접 통화하면 되잖아요. 요트는 그냥 놔둬요. 나중에 견인하고."

루크가 당당한 척 굴며 지시를 내렸다. 마지못한 듯 경비대장이 다시 경비정으로 옮겨 타며 교신했다.

"A-1. 신원 불상의 인원을 데리고 기지로 복귀한다. 이상."

"잘했어요. 당신의 결정이 아니었으면 발사가 큰 차질을 빚을 뻔했어요. 어서 출발합시다."

루크가 경비대장의 어깨를 두드렸다.

***

같은 시각. 톰 브라운은 발사통제실에서 델타 VII 로켓의 준비 과정을 확인하고 있었다.

"국장님, 경비 1팀에서 급한 보고입니다."

미국 공군 기지인 케이프커내버럴은 나사의 관할이 아니었다. 다크홀처럼 국가 안보에 지대한 영향을 미치는 상황이 아니었다면 톰은 군이 여기서가 아니라 휴스턴에서 발사를 지휘했을 터였다.

"경비 1팀? 나한테?"

공군기지의 경비대가 민간인인 자신을 찾는다니, 마땅찮은 일이었다.

"채널 돌려주세요."

톰이 귀찮다는 표정을 하며 헤드셋을 꼈다.

"국장님, 경비 1팀 대장 레오입니다."

경비정의 커다란 모터 소리가 잡음처럼 들려오고 있었다.

"네, 말씀하세요."

"포트 케이프 동쪽 1마일 해상에서 루크 쇼로 추정되는 인물을 나포했습니다. 현재 기지 안으로 이송 중입니다."

톰의 표정이 순식간에 굳어졌다.

"루크 쇼? 우주인 루크 말입니까?"

"네, 민간인 복장을 하고 있지만 루크 쇼는 맞는 것 같습니다."

"맙소사."

톰이 고개를 푹 숙였다. 이번 임무에서 루크 대신 에단이 선정된 내막을 아는 이는 많지 않았다. 갑작스러운 사고로 아내와 딸을 잃은 루크의 사연은 대중은 물론 나사의 일반 직원들에게도 철저히 비밀에 부쳐졌다. 그것은 루크 스스로가 원치 않아서이기도 했지만, 후속 우주인으로 선정된 에단에게 괜한 오해의 불똥이 튈 수 있어서였다.

"루크는 홀로 미국 서부를 여행 중이라고 했어요. 연락도 끊긴 지 오래되었고요. 요트를 타고 있었나요?"

"네, 맞습니다. 40피트 길이의 일반 요트입니다."

톰은 루크와 가까운 사이는 아니었지만 누구보다 그를 잘 알았다. 쉽게 극복할 수 없는 트라우마였지만, 시간이 지나면 그는 돌아올 것이라 생각했다. 하지만 지금과 같은 절박한 순간에 찾아온 건 영 반갑지 않은 일이었다.

"방문 목적이 뭐라고 합니까?"

"그 부분을 확인드리려 연락드렸습니다. 국장님께서 부르셨다고 하던데요? 에단 클라인 중령을 급히 만나야 한다고 했습니다. 국장님께서 호출하신 게 맞습니까?"

톰은 교신에 답하지 않은 채 주머니에서 휴대전화를 꺼냈다. 연락처에서 루크의 번호를 찾아 눌렀다.

'현재 수신인의 사정으로 전화 연결이 되지 않습…'

전화나 문자 한 통 없이 갑작스레 찾아온다고? 그것도 예정대로라면 자신이 탑승했어야 할 로켓 발사를 서너 시간 앞두고? 톰은 머릿속이 복잡해졌다.

"네, 제가 호출했습니다. 루크 쇼 생체 신원만 확인되면 이쪽으로 데리고 와주세요."

단칼에 거절할 수도 있었지만, 그러기엔 루크의 존재감이 너무나도 컸다. 몇 개월을 방황하던 그의 갑작스러운 등장. 누구보다 발사 시설의 보안에 정통한 대표 우주인의 뜬금없는 귀환. 유명인을 사칭한 미친놈의 자작극만 아니라면, 루크를 만날 필요가 있었다.

***

"신원 확인만 하겠습니다."

경비대장의 교신은 바람 소리에 섞여 제대로 들리지 않았다. 하지만 톰 브라운과 통화하고 있다는 건 알 수 있었다. 혹여나 그가 모르는 일이라며 잡아떼기라도 한다면 자신은 그대로 철창행일 수밖에 없었다.

긴장되는 순간이었지만 루크는 평온한 얼굴로 플로리다의 맑은 하늘과 바람을 만끽하고 있었다.

"신원 확인 협조 부탁드립니다."

교신을 마친 경비대장이 홍채 스캐너와 지문인식기가 결합된 휴대용 기기를 들고 왔다.

"톰과 통화하셨나요?"

"네, 바로 통제실로 가시기 전에 기본적인 절차만 거치겠습니다."

경비대장이 루크의 눈에 기기를 가져대자 푸른색 레이저가 양 눈을 스캔했다. 곧이어 양쪽 손가락의 지문을 수집했다.

루크 쇼, 41세, 등록 우주인 / 현재 비번[off duty]

곧이어 스크린에 루크가 진짜 '루크'임을 알리는 메시지가 떴다.

"이해해주십시오. 저희도 이런 경우는 처음이라."

그제야 경비대장이 깍듯하게 나왔다.

어느새 경비정은 포크 케이프의 군사전용구역으로 들어섰다. 7A 발사대에는 금방이라도 발사될 듯 델타 VII 로켓이 우뚝 서 있었다.

루크의 시선은 델타 VII 로켓으로 향했다. 자신이 경험했던 것과 다르게 오늘의 다크홀 임무는 '공개'인 것처럼 보였다. 그러니까 이 지구의 사람들은 에단 클라인이 이 로켓을 타고 다크홀을 향해 날아간다는 걸 모두 알고 있는 것이다.

그것은 많은 걸 시사했다. 어쩌면 이 지구에서 다크홀의 존재는 블랙홀만큼이나 친숙한 천체일지 몰랐다. 자신의 목표는 어떻게든 저 로켓의 최상단 탑승 캡슐에 몸을 싣는 것이다. 에단과 함께든 아니면 혼자든, 이 지구를 떠나는 로켓에 탑승해야만 살아남을 수 있었다.

하지만 대중에게 공개된 미션이라는 게 문제였다. 먼저 발사의 모든 과정이 텔레비전과 인터넷을 통해 생중계될 터였다. 승무원 캡슐에는 누가 타고 있는지 실시간 확인이 가능하다는 것을 뜻했다.

어떻게든 장애물을 뚫고 승무원 캡슐에 침입하더라도 두 명의 우주인이 앉아 있는 상황은 누구도 용납하지 않을 터였다. 발사 이후라도 모든 단계에서 '탐사중지'와 '귀환'이 가능한 현세대의 우주탐험에서 자신의 시도는 언제라도 물거품이 될 가능성이 높았다.

"여기 탑승하시면 됩니다."

이런저런 가능성과 생각들로 머릿속이 복잡해질 무렵 접안 시설 위로 전기 카트 차량이 도착했다.

경비대장의 안내를 따라 루크가 경비정에서 내렸다.

"경비대장님, 지금 발사통제센터로 가는 게 맞아요?"

루크가 카트 뒷자리에 올라타며 물었다.

"네, 국장님 지시입니다."

"그럼 승무원 거주 구역에서 제 명찰이 달린 실내용 우주복을 부탁드려도 될까요?"

"그건 따로 허가가 있어야만…."

뜬금없는 요청에 경비대장이 머뭇거렸다.

"아무리 그래도 이런 옷차림으로 통제센터에 들어갈 수는 없지 않습니까. 여기에서 저한테 맞는 옷이라고는 실내용 우주복밖에 없습니다."

루크가 찢어진 채 너덜거리는 상의를 가리키며 말했다.

경비대장이 난감한 표정을 짓더니 어디론가 무전을 보냈다. 동시에 전기 카트가 속도를 높이더니, 낮은 언덕을 따라 발사통제센터로 향하기 시작했다.

45

설득 (Persuation)

델타 Ⅶ 로켓 발사 3시간 13분 전

발사통제실 안은 분주했다.

"3만 피트 상공, 반경 100킬로미터 레이더 영상 좀 띄워줘요."

어제부터 변덕스러운 날씨가 이어지면서 기상예보관과 발사통제관은 거의 붙어 있다시피 했다.

"서쪽 30킬로미터 지점에 4천 피트에서 1만 3천 피트까지 발달한 적란운이 있습니다. 이동 속도가 빠르지 않아 발사에 큰 변수가 되지는 않을 것 같습니다."

기상예보관의 화면을 보던 톰의 얼굴이 조금 누그러졌다.

"일단 언론에는 기상 변수로 인한 발사 연기는 없을 거라고 해줘. 워낙 보는 눈이 많으니."

톰이 몇십 분 동안 서 있던 기상예보관 콘솔을 떠나 통제실 계단을 올랐다.

"국장님."

먼저 인사를 건넨 건 루크였다. 방금 갈아입은 푸른색 실내용 우주복. 헝클어진 머리와 피곤함이 역력한 얼굴. 십수 년을 가까이서 지내왔지만 예전 루크의 모습은 분명 아니었다.

"루크, 여긴 어쩐 일이야."

톰이 당황하며 주위를 살폈다. 다행히 아직 직원들은 루크의 등장을 눈치채지 못한 듯했다.

"급히 전할 말이 있어요."

"전화로 하면 되지. 이게 무슨 일이야 도대체."

톰이 루크의 왼 팔뚝을 잡더니 계단 위로 이끌었다. 여전히 의심을 풀지 않던 경비대장이 톰의 신호를 받고는 뒤로 물러섰다.

"전화기 없는 거 아시잖아요."

루크가 너스레를 떨었다. 이곳의 루크는 끔찍한 사고로 가족을 잃고 홀로 방황하고 있었다. 그러니 어떤 상황을 던지더라도 상대의 이해를 구할 수 있었다.

"별일 없었어? 다들 얼마나 걱정했는데…."

톰이 통제실 뒷문을 열고 복도로 나섰다. 그러고는 주변의 빈 회의실을 찾기 시작했다.

"네, 어제까지만 해도."

표정은 심각해 보이도록 하면서도 머릿속으로는 계속 시나리오를 짜야 했다. 톰이 자신을 의심하지 않는 건 다행이지만 그를 설득할 만한 적당한 미끼를 찾아야 했다.

"잠깐 이리로."

톰이 불이 꺼진 소회의실 문을 열더니 루크를 이끌었다. 서둘러 문을 닫고 블라인드를 내렸다.

"루크, 시간이 없어. 발사가 3시간밖에 안 남았다고."

"잘 알고 있어요. 그래서 온 거예요."

톰이 차마 루크의 눈을 마주치지 못하고 고개를 숙였다.

"제가 이렇게 급히 올 수밖에 없는 이유가 있었어요."

"10분이면 되겠나?"

톰이 손목시계를 들어 보이며 말했다.

"아니요."

루크가 고개를 저었다.

"그럼 곤란한데⋯."

톰은 아랫입술을 깨물었다. 침착하려고 애를 쓰고는 있었지만 무엇보다 이 상황을 이해할 수 없었다.

"에단은 괜찮나요?"

"그럼."

루크가 느닷없이 묻자 톰은 멈칫했다.

"에단의 부인 아시죠? 샬롯."

톰은 대번에 미간을 찌푸렸다.

"샬롯에게 무슨 일이?"

"죽었어요, 자택에서."

"뭐!"

톰이 자신도 모르게 책상을 내리쳤다. 머리를 싸매며 맙소사를 연발했다.

"이 사실을 또 누가 알고 있지?"

"제가 발견했어요."

"언제?"

"6시간쯤 됐어요."

"어떻게 된 거야? 도대체 무슨 일이냐고!"

톰의 얼굴에 핏기가 가셨다.

"저도 몰라요. 그냥 돌아오는 길에 인사를 건네려고 갔는데, 거실에 쓰러져 있었어요. 급히 911에 신고를 했지만, 사망했다더군요."

"말도 안 돼. 샬롯은 젊고 건강했다고."

"저도 알아요. 에단은⋯."

"하, 난감하군."

톰이 눈을 지그시 감았다.

"에단도 모르고 있겠죠?"

루크는 최대한 슬픈 표정을 지으며 말했다.

"당연히 모르지. 아니, 알아서는 안 돼."

"그게 무슨 말이죠?"

"루크, 잘 들어."

톰은 진정이 안 되는지 호흡을 가다듬었다.

"이번 임무는, 자네도 알겠지만 아주 중요한 거야."

"알고 있어요."

"다크홀이 점점 작아지고 있어. 이번 기회를 놓치면 사라질지도 모른다고."

"그렇군요."

루크는 처음 듣는 얘기였지만, 잘 안다는 듯 고개를 끄덕였다.

"기상이변으로 인한 발사 연기야 하루 이틀이면 재개할 수 있지만, 우주인의 심리에 문제가 생기면 대체할 수가 없어. 이번 임무 관련 기밀은 자네도 접근할 수 없는 내용이라고."

"그래서 찾아온 겁니다."

"자네가 뭘 어떻게….""

"제가 에단에게 최대한 잘 말해볼게요. 같은 아픔을 겪은 동료로서."

"안 돼. 어느 누구도 가족을 잃은 슬픔을 서너 시간 만에 가라앉힐 수는 없어."

"그럼 에단을 속이겠다는 건가요?"

"일단 임무 기간 중엔 그래야지…. 일주일이면 돌아오니까."

"불가능해요."

루크의 표정이 단호했다.

"루크, 시간이 없어. 그냥 없었던 일로 하면 가장 좋을 것 같아."

톰이 시계를 확인하더니 회의실 문고리를 잡아챘다.

"톰!"

루크가 그의 등 뒤에다 소리쳤다.

"저는 누구보다 에단을 잘 알아요. 그는 발사 직전뿐 아니라 지구 궤도에 진입하고 나면 꼭 아내와 화상통화를 하는 버릇이 있어요. 그걸 어떻게 둘러대실 건가요?"

톰이 문을 잡았던 손을 놓고 천천히 몸을 돌렸다.

"아마 에단은 지금도 연락이 안 돼 안절부절못하고 있을 거예요. 물론 최고의 우주인이니까 겉으로 드러내지는 않겠죠. 아무리 이번 미션이 오토파일럿에 의존한다 해도 불안정한 심리 상태의 우주인에게 맡기실 건가요?"

"모르고 불안한 게 알고 그러는 것보다 백배는 나아."

톰이 고개를 저었다.

"아니요, 에단은 알게 될 거예요."

"어떻게? 우주에서는 우리가 알려주지 않으면 알 수 없어."

"제가 말할 테니까요."

루크의 폭탄 같은 말에 톰이 부르르 떨었다.

"루크, 도대체 왜 이래? 자네답지 않게!"

톰이 루크에게로 다가와 양팔을 잡았다.

"우주 공간에서 홀로 소식을 듣는 것보다 지금이라도 전하는 게 나아요."

"톰, 일주일이야. 고작 일주일이라고! 사인도 모른다며! 경찰에서 조사 결과가 나오고…."

"누군가에게 맞아 죽었어요."

"뭐라고?"

"범죄라고요. 이래도요?"

"당연하지. 범죄라면 더더욱 안 돼. 에단이 복수심을 품은 채 우주로 나가게 할 수는 없어!"

"그러니까 지금 저를 만나게 해주세요."

"그게 무슨 소리야, 루크."

"지금 만나면 제가 에단을 위로할게요. 사인은 미상으로. 하지만 기회를 주지 않으면 사실 그대로 전달할 수밖에 없어요. 아무리 통신을 제한한다고 해도, 저는 비상교신채널까지 다 알고 있으니까요."

"루크, 도대체 왜 그러는 거지? 왜 나를 협박하는 거야?"

"이번 미션의 성공을 위해서요."

루크의 눈매가 더 날카로워졌다.

"이러는 건 정말 자네답지 않아."

"네, 가족을 잃고 많은 게 달라졌죠. 같은 슬픔을 에단이 겪게 되어 더 안타깝고요."

"루크, 미안한 말이지만 혹시 이번 임무를 망치려는 것 아닌가?"

톰이 참고 있던 말을 꺼내고 말았다. 갑작스러운 사고로 임무에서 제외된 루크. 그리고 발사 직전 발생한 에단 아내의 사망. 톰은 이 모든 게 도저히 우연이라는 생각이 들지 않았다.

"무슨 생각하는지 알고 있어요. 하지만 저도 이 기막힌 우연이 도무지 이해가 되지 않아요. 그래서 더 에단을 만나겠다는 거고요. 그에게 샬롯의 마지막 순간을 전해주면…."

루크가 눈물을 감추려는 듯 미간을 찌푸리고 질끈 눈을 감았다. 피가 나올 만큼 깨문 입술이 그의 아픈 내면을 절실히 보여주는 듯했다.

"루크… 내 말은…."

톰이 팔을 허공에 들며 난처한 몸짓을 했다.

"톰, 시간이 얼마 없어요. 에단에게 간단히 부고 소식을 전하고, 남은 임무에 집중할 수 있도록 해야 해요. 저는 이번 임무의 성공을 위해 달려온 거예요. 에단의 마음을 안정시킬 사람은 저밖에 없어요."

루크의 끈질긴 호소에 톰은 잠시 고민에 빠졌다.

"샬롯은 생전에 에단이 이번 임무에 참여하게 된 걸 자랑스러워했어요. 저에게 내색하지 않았지만, 주변 사람들은 다 알고 있었죠.

에단은 인류 역사에서 가장 신비로운 자연현상을 직접 탐사한 첫 번째 인간이 될 거예요. 샬롯도 바랐고, 에단도 그녀의 뜻을 존중할 거예요. 그가 샬롯을 생각하며 최선을 다해 탐사를 마칠 수 있도록 해야 해요."

톰의 표정이 조금씩 누그러지기 시작했다.

"발사 3시간 전 심정이 어떤지 저는 누구보다 잘 알아요. 모든 게 완료되었지만, 아무것도 시작되지 않는 긴장감. 겉으로는 웃고 있지만 속은 타들어가기만 하죠. 심장박동이 오르면 메디컬 팀에서 알아챌까, 호흡을 조절하며 매초를 버티고 있어요."

"얼마면 되겠나."

톰이 결국 루크의 말에 수긍했다.

"한 시간. 에단을 로켓에 태우고 나면 바로 나올게요."

"허가받지 않은 인원은 화이트룸에 출입할 수 없어."

"그 출입 권한은 국장님한테 있죠."

톰이 다시 머뭇거렸다.

"발사 전, 에단이 언론에 노출되는 동선은 모두 취소해주세요. 아무래도 소식을 듣고 나면 감정을 조절하기 어려울 거예요. 괜한 오해를 불러일으키지 않게 비공개 동선으로 바꿔주세요."

무리한 요구였지만 톰은 루크의 말에 조금씩 설득당하고 있었다.

"대신 절대로 에단이 포기한다는 말을 해서는 안 돼. 절대로."

톰이 입술을 깨물며 루크의 어깨를 움켜쥐었다.

46

화이트룸 (White Room)

발사 2시간 20분 전

7A 발사대 상부 화이트 룸

선외용 우주복에 헬멧까지 갖추어 쓴 우주인 한 명이 발사대로 오르는 엘리베이터에 탑승했다. 망원렌즈를 장착한 방송국 카메라들이 즉시 그를 추적하기 시작했다.

"지금 에단 클라인 선장이 발사대를 오르고 있는 것으로 보입니다. 발사까지는 2시간 20여 분 남았으며, 나사는 기상상황에 관계없이 발사를 진행하는 것으로⋯."

델타 VII 로켓의 발사를 중계하는 소리가 직원의 허리춤에서 흘러나왔다.

"아, 죄송합니다. 모니터링하라고 하셔서⋯."

루크는 아무런 눈치를 주지 않았지만 직원이 서둘러 라디오를 껐다. 이윽고 엘리베이터가 100여 미터 상공에 이르자 덜컹거리며 멈추었다.

"제가 혼자 할게요."

루크는 능숙하게 엘리베이터 바깥문을 열더니 브리지를 향해 걸어갔다. 브리지와 로켓을 연결하는 끝부분에는 우주인들이 로켓에 탑승하기 직전 마지막 점검절차를 진행하는 '화이트 룸' 입구가 보였다.

"톰, 도착했습니다."

입구 앞에서 일단 멈춰 섰다.

"화이트 룸 내부의 직원들은 잠시 브리지에서 내려와 대기합니다. 별도의 지시가 있을 때까지 다시 올라오지 않습니다."

톰의 지시에 화이트 룸 문이 열리더니 서너 명의 직원들이 빠져나왔다. 발사 직전에 화이트 룸을 비우는 건 유례가 없는 일이지만 국장의 지시를 어길 수는 없었다.

"수고했어요."

루크가 직원에게 인사를 건네더니 성큼성큼 안으로 들어갔다. 안쪽에는 영문도 모른 채 앉아 있는 에단 클라인의 실루엣이 보였다.

루크가 들어서자 에단이 그를 무심코 올려다보았다. 에단은 아직 상대가 누구인지 눈치채지 못한 듯했다. 루크는 가볍게 인사하곤 화이트 룸의 출입구를 닫았다. 상대의 태도를 보고 뭔가 좋지 않은 일이 생겼다는 걸 짐작한 에단이 헬멧을 손에 든 채 물었다.

"여기 온 이유가 뭐죠?"

사실 에단은 몇 시간 전부터 최악의 상황을 계산하고 있었다. 우주인으로서 매 순간 일어날 수 있는 상황을 예측하고 그에 맞는 대응을 세우는 건 어쩌면 당연한 습관이었다. 평소 같으면 발사 직전까지 안부를 물으며 먼저 연락을 시도했을 샬롯이 벌써 여덟 시간 가까이 아무런 대꾸가 없었다.

이런 조바심이 드러날까 애써 참던 에단은 통제실에 화상통화를 요청하기도 했지만 톰은 거절했다. 대신 상황을 설명할 사람을 직접 보내겠다고 했다. 그것도 우주복을 모두 입힌 채로.

"교체인가요?"

에단의 첫 질문은 샬롯이 아니었다. 그는 인생 최고의 순간이 이렇게 무너지는 걸 받아들일 수 없었다.

"에단."

루크는 헬멧을 쓴 채 이름을 불렀지만, 에단은 전혀 알아차리지 못했다.

"그런 것 같군요. 알겠습니다."

에단이 자리에서 일어서며 바닥에 놓인 헬멧을 집어 들었다.

"샬롯 소식은 내려가서 직접 확인하도록 하죠."

에단은 이미 샬롯에게 안 좋은 일이 생겼음을 예견하고 있었다. 갑작스러운 사고로 중상을 입었을 가능성이 가장 크다고 생각했지만 죽음도 배제하지 않았다. 모든 죽음이 예상할 수 없고 세상은 늘 죽음으로 가득했으니까.

"에단 선장님."

루크는 화이트 룸을 떠나려는 에단을 막아섰다. 그제야 이상하다고 느낀 에단이 헬멧 안을 자세히 들여다보았다. 헬멧 유리의 특수 코팅이 불빛을 반사하고 있는 탓에 그 안을 확인하는 게 쉽지 않았다.

"루크 쇼입니다."

루크가 헬멧의 래칫을 풀더니 천천히 올렸다. 루크와 눈이 마주친 에단의 얼굴이 사색이 되었다.

"루크!"

에단은 자신도 모르게 한 걸음 물러섰다. 그러고는 당황한 듯 주변을 살폈다.

"루크, 여긴 어쩐 일이야. 여행, 아니 쉬고 있다고…."

"그렇게 됐어요."

루크는 에단을 처음 보았다. 하지만 나이를 속일 수 없는 거친 피부와 하얗게 바랜 긴 머리, 푸르른 눈의 에단이 왠지 낯설지 않았다.

"톰, 루크가 화이트 룸에 와 있어요. 무슨 일이죠?"

에단이 교신 버튼을 눌렀지만 아무런 대답이 없었다.

"교신은 잠시 중단했어요. CCTV도 마찬가지고요."

루크가 천장을 가리키며 말했다.

"이게 무슨 일이야. 발사가 두 시간도 안 남았다고."

"정상적인 상황이라면 저 우주선 안에 앉아 있어야겠죠. 하지만 알잖아요. 사실 발사 10분 전에만 탑승하면 된다는 걸."

루크가 시답잖은 농담을 던지자 에단이 피식 웃어 보였다.

"여전하군 그래. 잘 지냈어?"

루크를 확인한 에단의 마음은 오히려 좀 나아졌다. 자신보다 더 큰 슬픔을 겪은 우주인을 대타로 보낼 리는 없었으니까.

"덕분에."

루크는 고개를 숙이며 머뭇거렸다.

"그래, 샬롯이 많이 신경을 썼지. 늘 자네 얘기뿐이었어."

에단이 천천히 제자리를 배회했다.

"에단."

루크는 시간을 끌 생각이 없었다.

"그래, 발사 직전에 응원이라도 하러 온 건가? 아니면 특별 선물이라도?"

"에단, 샬롯이···."

그의 입에서 샬롯이라는 단어가 나오자 에단의 표정이 굳어졌다.

"샬롯이 왜?"

그럴 리 없다고 생각하는 순간이 가장 위험한 때다. 에단은 샬롯에게 아무런 일이 생기지 않았을 거라 잠시나마 스스로를 위안하고 있었다.

"샬롯이 죽었어요."

루크가 에단을 똑바로 쳐다보며 말했다.

"뭐라··· 고?"

에단이 인상을 쓰며 되물었다.

"오늘 아침에. 집에서 쓰러진 채 발견되었어요."

최악의 상황이 오고야 말았다. 에단이 눈을 질끈 감으며 벽을 짚었다.

"911에 연락했지만 이미 늦은 상태였어요. 최선을 다했지만 어쩔 수가 없었습니다."

"최선을 다했다니···."

에단은 슬픔에 매몰되기보다는 상황을 파악하려 애쓰고 있었다.

"제가 발견했어요. 발사 전에 인사도 건넬 겸, 당신 집에 갔었는데 거실에 쓰러져 있었어요. 이미 호흡, 맥박 다 없었고요."

"말도 안 돼. 어제까지만 해도…."

"네, 저도 그 심정을 잘 알아요. 방금까지 활기차던 사람도 죽고 나면 아무런 말이 없죠."

루크가 에단을 안으려 했지만 그가 뒤로 물러나며 거부했다.

"왜 톰이 소식을 전하지 않았지? 내가 세 번이나 연락을 요청했는데."

에단처럼 이성적인 부류의 사람들에게는 갑작스러운 죽음마저 이해를 거쳐야 하는 영역이었다.

"톰은 당신이 임무를 이어나가기를 원해요. 나도 마찬가지고요."

에단의 표정에 슬며시 안도의 기운이 엿보였다. 어쩌면 그는 샬롯을 잃었다는 슬픔보다 자신의 임무가 끝난다는 것이 더 걱정되었는지도 모른다. 어차피 그에게 샬롯은 젊고 예쁜 세 번째 부인이었을 뿐이니까.

"그건 톰이 얘기해도 충분해. 자네가 어떻게 여기까지 온 거지? 그 우주복은 다 뭐고?"

에단은 비로소 루크를 제대로 보기 시작했다. 저절로 경계심이 일었다. 애당초 이 자리의 주인공은 루크 쇼였다. 갑작스러운 사고로 자리를 뺏었다는 열등감이 에단을 지배하고 있었다.

"바깥에 보는 눈이 많아 어쩔 수 없었어요. 저쪽에서는 이곳에 몇 명의 우주인이 드나드는지는 전혀 관심이 없죠."

"그럼 단순히 나한테 샬롯의 소식을 전하기 위해…?"

"네, 톰도 제가 직접 전하는 게 좋을 거라고 했어요."

"이렇게까지…."

모든 의문이 해결되자 에단이 루크를 먼저 끌어안았다. 루크는 아무런 반응 없이 꼿꼿이 서 있었다.

"샬롯은 당신이 임무를 꼭 마치기를 원했어요."

"그래, 샬롯은 이번 임무에 기대가 많았지."

그제야 에단은 그를 껴안은 채 과장되게 흐느꼈다.

"네, 당신이 꼭 다크홀 탐사를 성공해서 최고의 우주인으로 거듭나기를…."

루크가 키가 비슷한 에단을 천천히 밀어냈다.

"그래, 루크. 내 슬픔이 자네에 비할 바는 아니겠지만, 꼭 이번 임무를 성공시키겠어. 그게 자네와 나 모두에게…."

에단이 의례적인 말을 늘어놓다 루크의 눈빛을 보고는 입을 다물었다.

"뭐, 문제라도…?"

"에단."

루크가 에단을 똑바로 노려보았다.

"루크, 내 말이 불편했나?"

"아니요."

두 사람 사이에 묘한 긴장감이 흐르기 시작했다.

"왜 제 아내와 딸을 죽였나요?"

루크의 갑작스러운 말에 에단은 헉, 소리를 내며 당황했다. 잠시 머뭇대던 그는 고개를 좌우로 한 번씩 갸웃하더니 태연한 얼굴로 돌아왔다.

"어쩐지 네 녀석이 용케 살아있는 것부터가."

에단은 우주복에 연결된 장갑을 벗더니 주위에 무기가 될만한 것들을 찾기 시작했다.

"이치에 맞지 않는다고 생각했지."

그리고 로켓과의 연결 장치 해제를 위해 가져다 놓은 렌치를 집어 들었다.

"싱거운 자식."

금방이라도 내리칠 듯 에단이 높이 렌치를 들었지만, 루크는 예상한 반응이라는 듯 태연했다.

"무릎 꿇고 아니라고 빌 줄 알았는데…."

루크가 우주복 상의 포켓을 열더니 38구경 권총 하나를 꺼냈다.

"이곳의 허점이 뭔지 알아? 유명우주인이라면 아무런 의심을 품지 않는다는 거지."

탄창에 총알이 가득한 걸 확인한 다음 에단의 머리에 정조준했다.

47
발사 II (Launch II)

"그래서 전 세계인이 지켜보는 앞에서 내 머리통을 날려버리겠다고?"

총구를 앞에 두고도 에단은 주눅 들지 않았다.

"그건 네놈 말을 들어봐야지."

"어리석은 자식."

에단이 천천히 뒷걸음질치며 헛웃음을 터트렸다. 거리가 조금 멀어졌지만 루크의 총구는 그를 놓치지 않았다.

"루크, 자네 문제가 뭔지 아나?"

에단이 허공에 렌치를 빙빙 돌렸다.

"너무 잘난 척을 한다는 거야. 컴퓨터가 모든 걸 조종하고 통제하는 시대에 마치 스스로 잘나서 우주에 간다는 듯이 허세를 부리는 거지. 대중들은 그런 쇼맨십에 열광하고."

"그건 너도 마찬가지일 텐데."

"아니야, 나는 다르지."

에단이 갑자기 들고 있던 렌치를 바닥에 내려놓았다.

"네 녀석처럼 나서지도 않고 차분하고 조용히 일을 처리하지. 멜리사와 엠마도 아빠를 닮았더군."

에단이 기분 나쁜 미소를 지으며 루크를 자극했다.

"그저 흔하디흔한 교통사고였을 뿐인데, 트럭 밑에 깔려서는 살려달라고 빌더군. 이렇게 말이야."

에단이 양손을 비비는 시늉을 하자, 루크가 망설임 없이 방아쇠를 당겼다.

***

탕!

같은 시각. 발사통제실 안. 루크의 요청으로 CCTV와 교신을 모두 꺼놓았지만, 총소리까지 막을 수는 없었다.

"무슨 소리야!"

통제실까지 직접 들린 건 아니지만 브리지 곳곳에 설치된 마이크를 통해 강렬한 폭발음이 들려왔다.

"연료탱크, 산화제탱크 압력은 정상입니다!"

"액체산소 공급 장치 이상 없습니다!"

통제실 곳곳에서 관제원들이 로켓의 상태를 알렸다.

"분명 폭발하는 소리였는데, 확실한가요?"

톰이 헤드셋 마이크를 잡고 센터스크린을 노려보았다. 발사를 1시간 30분 남겨둔 지금, 로켓의 모든 계측치는 초록색으로 깜박이고 있었다.

"벼락이 친 건 아닐까요?"

하늘은 맑았지만 이런 날씨에도 날벼락이 치는 경우가 있었다.

"아니, 피뢰침에 전압 변화가 없었어."

톰이 기상관제원의 말을 부인했다.

"설마…."

지금 발사통제실의 눈길이 닿지 않는 곳은 한 군데뿐이었다. 화이트 룸.

"화이트 룸 통신 연결하세요. 영상만 우선."

톰이 루크의 제안을 받아들인 건 자신은 아직 가족을 잃은 슬픔의 크기를 모르기 때문이었다. 화이트 룸은 세 평 남짓한 작은 공간이었지만 그곳의 일거수일투족은 발사통제실을 통해 만천하에 알려질 수 있었다. 샬롯의 부고 소식을 듣는 순간, 에단의 예측치 못한반응이 기록되지 않도록 톰은 그곳의 모든 감시 장치를 끄는 데 동의했었다.

***

으윽, 에단이 오른쪽 무릎을 부여잡으며 꿇어앉았다.

관절을 빗겨 맞아서인지, 피가 흥건히 흐르지는 않다.

"너 같은 사이코패스도 고통을 느끼나 보지?"

루크가 조준을 유지한 채 에단의 무릎을 짓밟았다.

"으악, 그만!"

무릎이 완전히 꺾인 에단은 고통을 참지 못하고 비명을 질러댔다.

"샬롯도 비슷하더군. 결혼한 지 얼마 되지도 않았는데 부부는 역시 많이 닮는군."

루크가 다시 거리를 벌렸다.

"네 녀석이 샬롯을 죽였을 줄 알았어. 여기 들어올 때부터."

에단이 고개를 쳐들며 비아냥댔다.

"조금은 슬퍼할 줄 알았는데, 역시나."

"어차피 오래갈 관계는 아니었지."

루크에게 굴복하기 싫어서인지 아니면 정말로 슬픔을 느끼지 못해서인지, 에단은 동요하지 않았다.

"진정한 우주인이라면 가족이 죽어도 임무를 수행해야 하는 거야. 네놈처럼 멘탈이 나가 모든 걸 다 버리고 도망가는 놈은…."

에단이 떨어져 있던 렌치를 목발 삼아 자리에서 일어났다.

"가짜 우주인일 뿐이지."

"참으로 고마운 조언이야."

들을수록 섬뜩했지만 루크는 흔들리지 않으려 애썼다. 에단이 살해한 아내와 딸은 무의식일 뿐이라며 스스로를 위안했지만, 자꾸만 떠오르는 건 어쩔 수가 없었다.

"그래, 이렇게 하면 다시 우주로 갈 수 있을 거라 생각했나?"

에단이 휘청이며 다시 똑바로 섰다.

"그건 또 따져봐야지."

화이트 룸의 타이머가 T 마이너스 1시간 10분을 가리켰기고 있었다. 그때 천장에 설치된 CCTV에 붉은색 등이 들어왔다.

"소란이 좀 컸던 모양이야."

의도했던 것보다 조금 일렀지만 그렇다고 계획에서 완전히 벗어난 건 아니었다.

***

CCTV 화면이 떠오르자, 발사통제실 안이 아수라장이 되었다. 세계에서 가장 존경받는 우주인 두 명이, 그것도 발사를 한 시간여 앞두고 밀폐된 공간에서 총구를 겨누고 있었다. 선명한 화질 덕에 누가 누구인지 알아보는 것도 어렵지 않았다. 젊은 루크가 권총을 든 채 에단을 살해할 듯 위협하는 게 분명했다. 톰도 화면에서 눈을 떼지 못했다.

"국장님, 공군에 연락해야 합니다. 비상 상황이에요!"

화면에 나온 두 명 중 어느 누구도 더 이상 임무를 수행할 수 없다는 건 자명했다.

"잠깐, 기다려요."

톰이 계단을 뛰어오르는 관제 직원을 제지했다.

"이건 범죄라고요. 놔두면 살인사건이에요!"

"잠깐만, 기다려봐요."

톰은 분명 사연이 있을 거라 생각했다. 처음부터 루크의 등장은 심상치가 않았다.

"바깥에는 수백 명의 사람들과 언론 카메라가 있습니다. 지금 경비대를 투입하면 난리가 날 수 있어요."

"국장님! 그러다 에단이 죽는다고요. 보세요, 저건 권총이에요. 총소리도 들었잖아요!"

"잘 알고 있습니다. 일단 상황을 파악해보죠. 모든 건 제가 통제하고 책임집니다."

자신의 실수가 드러나는 게 두려워서가 아니었다. 이 시대에 가장 이성적인 두 사람이 어쩌다 저런 지경에 이르렀는지를 파악하는 게 우선이었다.

"에단, 루크."

톰은 콘솔의 교신 버튼을 눌러 화이트 룸의 통신장비를 켰다.

***

"에단, 루크."

천장에서 톰의 목소리가 들려왔다.

"톰도 네 편인가? 나를 죽이려고 한?"

에단이 일부러 씁쓸하다는 표정을 드러냈다.

"톰, 미안해요. 상황이 여의치 않았어요."

"루크, 무슨 상황인지는 잘 모르지만 진정해. 아직 되돌릴 수 있어."

"세상에 되돌릴 수 있는 일은 없어요. 이미 엎질러진 물입니다."

"루크, 당신 심정 누구보다 잘 알아요. 에단이 무슨 잘못을 했는지는 모르겠지만 그도 같은 슬픔을 겪고 있잖아요. 상상도 할 수 없는 아픔을."

***

톰의 교신을 들은 발사통제실 안이 웅성거렸다.

"통제실 직원 여러분. 지금부터의 교신 내용은 일급 기밀입니다. 녹음 녹화를 모두 중단하고, 일체 외부로 발설하는 것을 금합니다."

톰이 소란을 제지하고는 다시 교신 버튼을 눌렀다.

***

"루크, 발사는 취소하도록 할게요. 언론과 관람객들을 모두 돌려보내고 난 뒤에 우리 직원들이 화이트 룸으로 다가갈 겁니다. 대략 한 시간 정도 시간이 있으니, 차분하게 기다려요."

발사를 취소하는 건 어쩌면 당연한 일이었다. 무조건적인 성공을 주문했던 대통령도 이런 상황이라면 이해할 수밖에 없으리라 생각했다.

"톰, 발사는 예정대로 합니다. 그게 제 주문이에요."

"이 미친 새끼!"

에단의 얼굴이 일그러졌다.

"아직 바깥에서는 아무도 모르잖아요. 로켓은 예정대로 하늘로 날아가 다크홀 탐사를 진행합니다. 그게 제 유일한 요구 사항이에요."

***

"루크, 그게 무슨 말이에요?"

톰도 예상하지 못한 내용이었다. 이 비이성적인 상황을 설명할 수 있는 유일한 가설은 '루크와 에단 사이의 말 못 할 갈등'이었다.

루크는 원래 이 임무의 1순위 우주인이었고, 에단은 갑작스럽게 그 자리를 차지했다. 가족을 잃은 트라우마로 인해 루크는 자신의 아픔을 투사할 대상이 필요했을 것이다. 그리고 그 잘못된 복수의 대상에 에단이 선정되었을 뿐이다. 여기까지가 톰이 짧은 시간 동안 내린 결론이었다.

　"톰, 설명할 시간은 없어요. 예정대로 델타 VII 로켓 발사를 진행하지 않으면, 에단은 이곳에서 생을 마감하게 될 겁니다."

　루크의 계속되는 협박에 톰의 머릿속은 더욱 혼란스러웠다.

　"루크, 잠시만 시간을 줘요. 그렇게 쉽게 결정할 수 있는 일이 아닙니다."

　"무슨 시간이요? 모두 예정대로 되어 가고 있는데."

　"루크, 왜 이러는 겁니까, 도대체!"

　톰 역시 인내심을 잃어가고 있었다.

　"제 아내와 딸을 죽인 녀석이 바로 에단입니다."

　루크의 말에 통제실 안이 다시 한번 소란스러워졌다.

48
발사 III (Launch III)

"말도 안 돼. 국장님, 어서 신고하셔야 해요."

발사통제실 안은 더 이상 통제할 수 없는 지경이었다. 일부 직원들은 톰에게 달려와 항의했다.

"국장님, 지금 초유의 상황입니다. 우주인 대 우주인의 문제가 아니라 정신질환자의 범죄 현장이라고요!"

직원들은 루크가 망상으로 저지르는 짓이라고 생각했다. 지금 상황은 누가 봐도 루크의 기행이었다. 가장 은밀한 공간에 갑작스레 나타나 권총을 발사한 다음 스스로 범죄의 이유까지 밝혔으니.

"잘 알고 있습니다. 모든 건 통제되고 있어요."

직원들의 동요에도 톰은 꿈쩍하지 않았다. 오늘의 발사는 케이프 커내버럴 공군기지 내에서 이루어지고 있었다. 나사가 전권을 위임받아 발사과정을 진행하고 있었지만 이곳에서 생긴 사법 문제의 처리 권한은 공군에게 있었다.

"국장님이 하지 않으면 저희가 직접 하겠습니다."

GUIDO^{Guidance Officer} 명찰을 단 헨리^{Henry}가 총대를 멨다.

"저도 동의합니다. 지금 당장 발사를 중단하고 상황을 수습해야 합니다."

동조하는 소리들이 터져나왔다.

"여러분들 의견 잘 알겠습니다."

톰은 여전히 꼿꼿한 자세로 스크린을 보고 있었다.

"우선 루크의 이야기를 들어보도록 하죠. 10분이면 충분할 겁니다."

화이트 룸을 비추는 CCTV 화면 옆으로 발사 타이머가 T 마이너스 50분을 가리키고 있었다.

***

"나는 미치지 않았습니다."

루크는 CCTV 카메라와 에단을 번갈아 보며 말했다.

"에단은 늘 자신이 임무를 주도해야 한다고 믿었죠. 새까맣게 어린 후배 녀석이 정상을 차지하고 나서부터 못마땅했겠죠."

"루크, 계속하세요."

주변의 소란에도 불구하고, 톰이 헤드셋을 통해 말했다.

"그래서 에단은 제 아내와 딸을 죽였습니다. 끔찍한 교통사고로 위장했고요."

발사통제실 직원들이 탄식을 내뱉었다. 모두 정신질환자 루크라고 생각하고 있었다. 그 소리는 스피커를 통해 화이트 룸에도 울려 퍼졌다.

"루크, 듣고 있지? 아무도 자네 말을 믿지 않아."

에단은 상황이 자신에게 유리하다고 판단하는지 입술 끝이 슬며시 올라갔다.

"믿음은 중요하지 않아."

권총을 조준하고 있는 루크의 이마에 땀방울이 맺히기 시작했다.

"누구의 무의식이 강하느냐가 중요할 뿐."

"미친 자식."

에단이 루크의 말을 비웃었다.

"루크, 지금 한 말들은 근거가 있는 건가요? 필요하면 우리가 경찰에 정식 조사를 요청할 수 있습니다."

"증거는 저 녀석의 머릿속에 있겠죠. 방금 전까지 범죄 사실을 신나게 떠들었는데 녹음이 안 된 게 아쉽군요."

"에단, 사실인가요?"

"톰, 설마 망상이 가득한 정신병자의 말을 믿는 건 아니겠죠."

에단은 화이트 룸 벽 의자에 엉거주춤 앉았다.

"톰, 저는 누군가를 설득하고 싶지 않아요. 대중들에게 알리려는 목적도 아니고요. 제 말이 진실이라는 걸 저만 알고 있으면 됩니다."

루크는 차분하게 말했지만, 그가 망상을 앓고 있다는 것만은 분명해 보였다. 세상 어느 정신과 의사를 데리고 오더라도 지금 그의 '내적 세계'를 이해할 수 없을 터였다.

"루크, 잘 알겠습니다. 일단 화이트 룸에서 나와요. 부담스러우면 우리가 데리러 가겠습니다."

"제 말을 제대로 안 듣고 있는 것 같군요. 요구 조건은 하나입니다. 델타 VII 로켓을 예정대로 발사해주십시오. 에단과 제가 탑승해서 임무를 완수하겠습니다."

***

"국장님, 금도를 넘었습니다. 결정을 하지 않으면…."

헨리가 콘솔에 붙은 외부용 전화기를 들었다. 톰도 더 이상 버틸 수가 없었다. 정신질환자를 상대하는 것은 자신의 전문 분야가 아니었다.

톰이 품에서 휴대전화를 꺼내 전화를 걸었다. 침묵이 이어지는 가운데 발사통제실의 모든 직원들의 시선이 톰을 향하고 있었다.

***

"도대체 로켓에 왜 이렇게 집착하는 거지? 내가 자네 미션을 훔쳤다고 생각해서?"

에단은 계속해서 루크를 도발했다. 죽음에 대한 두려움은 크지 않았다. 그보다는 루크라는 인간에 대한 근본적인 호기심이 그를 자극했다.

"의식과 무의식에 대해 아나?"

루크가 조금 떨어져 맞은편에 앉았다. 여전히 총구는 상대의 복부를 향하고 있었다.

"왜? 무의식이 나도 모르게 한 행위였다고 변명하려고?"

에단이 비웃었다.

"아니."

루크가 따라 웃었다.

"자네가 이 세상의 유일한 의식이라는데, 그렇게 대단해 보이지가 않아서."

"웃기는 소리를 아주 황당하게 하는군. 어디 히치하이킹 다니면서 길거리 심리학자라도 만났나?"

에단이 루크의 발 앞에 침을 뱉었다.

"자네도 곧 알게 될 거야. 이 세상의 진실을."

"미친놈들은 꼭 머릿속에 그럴듯한 이론을 가지고 있더군. 많이 배운 놈들일수록 더 단단하지."

루크가 에단의 시선을 피했다. 타이머는 이제 발사가 40여 분 앞으로 임박했음을 알리고 있었다.

"그렇게 임무를 성공하고 싶으면 같이 가주지. 아마 지구에 돌아오고 나면 나는 테러리스트의 위협을 이겨낸 영웅, 자네는 미치광이 우주인이 되어 있을 테고. 두려운 건 없어."

에단은 이 순간에도 자신의 명성과 이익을 따졌다.

"샬롯이 같이 봤으면 좋았겠지만, 그녀의 운명이 거기까지인 걸 어쩌겠나. 어차피 내 명예와 돈을 보고 접근한 여자였어."

"이제는 남들이 들어도 상관없나 보군."

루크가 CCTV의 빨간불을 가리켰다.

"전혀. 내가 샬롯과 재혼했을 때 뉴스 댓글들이 온통 악플로 도배되었지. 늙은 우주인의 추락만을 기다리는 젊은 여자라고. 샬롯도 그걸 보고 같이 웃었고. 인간의 욕망을 그 뿌리까지 공유하는 게."

에단이 몸을 숙여 루크를 빤히 바라보았다.

"부부라는 걸 모르나 보군. 이제 알 수도 없겠지만."

에단이 집요하게 도발했지만 루크는 반응하지 않았다. 그의 무릎에서 피가 별로 나오지 않는 것을 보면 상처는 깊지 않아 보였다. 에단이 갑작스레 벽으로 손을 뻗었다. 놀란 루크가 총구를 들었다.

"아냐, 아무것도 아니라고."

에단이 벽에 붙은 '음소거' 버튼을 눌렀다. 이곳에서의 대화 내용이 바깥으로 유출되지 않도록 하는 장치였다.

"화면은 살아 있으니까 괜히 오버하지 말고."

에단이 손을 들어 괜찮다는 신호를 보내고는 다시 루크를 보았다.

"자네가 뭘 원하는지 알겠어. 내가 협조해줄 테니 우리 협상을 하나 하지."

욕망으로 가득 찬 에단의 눈이 이글거리고 있었다.

"아까 말한 것처럼 나는 지구로 귀환해 스포트라이트만 받으면 돼. 자네는 다크홀 미션을 하고 싶은 거고. 그렇지?"

루크는 고개를 한 번 끄덕였다.

"그럼 내가 톰을 설득하지. 어차피 다 자동화되어 있는 마당에, 한 명이 타든 두 명이 타든 아무 상관없잖아. 우리가 궤도를 계산할 필요도 없고."

"계속해봐."

"나도 이 임무를 놓치고 싶지 않아. 부상을 당한 게 알려지면 다음 다크홀 미션에서는 당연히 제외될 테고. 테러리스트의 인질이었다는 이유로 영원히 우주 비행에서 제외될 수도 있겠지."

"죽을 수도 있다는 생각은 안 하나 보군."

루크가 총구를 까딱거렸다.

"난 당신이 그렇게까지 나쁜 인간이라고는 생각하지 않아. 그저 나에게 분풀이, 아니 정당한 복수를 하고 싶었던 거지. 안 그래?"

뻔한 속내였지만 그의 제안이 루크에게도 나쁠 것은 없어 보였다.

"우리가 들러리일 뿐이라는 건 통제실 직원들이 더 잘 알고 있어. 성가신 우주 여행객들일 뿐이니까."

"음소거 하기를 잘했군."

루크가 헛웃음을 지었다.

"아무튼 나는 그저 역경에도 불구하고 이번 임무를 완수했다는 타이틀만 얻으면 돼. 자네는 꿈에 그리던 다크홀 미션을 예정대로 하는 거고. 지구에 돌아오면 나는 당신이 잠시 정신착란을 일으켰다고 지지해주겠어."

"무엇을 위해서?"

다시 이 지구로 돌아올 생각은 없었다. 아니, 그럴 일은 없었다. 하지만 루크는 의식인 에단의 속마음이 궁금했다.

"내가 자네 가족을 죽였다는 말은 더 이상 하지 말아줘. 그걸 믿고 조사할 바보는 없겠지만 그래도 세상은 넓고 할 일 없는 유튜버들은 많으니까."

에단이 과장된 몸짓을 하며 웃다가 통증을 느꼈는지 인상을 찌푸렸다.

"이번 발사가 가능하도록 도와줄 테니, 지구에 귀환하고 나면 당신에게 미안하다는 말을 해 달라 이건가?"

"미안할 필요까지는 없지. 지금까지의 행동만으로도 정신병원에 갇히는 건 확정이니까."

"솔깃하군."

루크가 비꼬는 투로 대답했다.

"사람 목숨을 숫자로 맞출 수야 없겠지만, 자네 복수도 성공하지 않았나. 아내와 딸 사고는 미안하게 됐어. 내가 꾸민 건 아니야. 다 샬롯 그 여자가 계획한 일이지."

에단이 혀를 차며 벽에 등을 기대었다.

"아무튼 시간이 얼마 없어. 아무리 관광객이라도 우주선에 탑승해 안전벨트는 메야 하지 않겠나?"

에단이 타이머를 가리키자 T 마이너스 31분을 빠르게 지나가고 있었다.

49
캡슐 (Capsule)

"알겠습니다, 네."

톰의 태도는 깍듯했다. 직접적으로 호칭을 붙이지 않았지만, 직원들은 그가 누구와 통화하는지 짐작할 수 있었다.

다크홀 유인 탐사 임무는 에드워드 대통령의 전폭적인 지지를 받았다. '달 유인우주기지건설을 통한 우주 도약'을 재임 중 슬로건으로 내건 그였다. 이미 연임을 한 그는 8년 임기 중 7년을 아르테미스 프로젝트와 함께했다. 고작 지름 100킬로미터의 천체 때문에 유인우주건설이 중단된 것을 그는 늘 못마땅해했다.

"문제없을 겁니다. 모든 항법장치를 자동으로 하면 내부에서 어떻게 할 수가 없습니다."

에드워드 대통령의 불도저식 성향은 톰과도 잘 맞았다. 톰은 늘 신중했지만 명령이 떨어지면 반드시 완수하는 스타일이었다.

"그럼 말씀하신 대로 진행하겠습니다."

일개 나사 국장이 보고라인을 모두 뛰어넘어 대통령에게 전화를 걸 수 있었던 것도 두 사람 사이의 깊은 유대 관계가 있기에 가능한 일이었다.

통화를 마치자 톰은 길게 숨을 들이켰다.

"자, 여러분!"

톰이 손뼉을 치자, 통제실 안의 모든 시선이 그에게로 향했다.

"최종 승인이 떨어졌습니다."

모두들 그의 입을 바라보고 있었다.

"우리는 예정대로 임무를 진행합니다."

단호하고도 강한 어조였다.

말도 안 된다며 통제실 곳곳에서 탄식이 터져 나왔다. 미국 우주 발사 역사상 최초로 정신병 증상을 보이는 사람과 그에게 협박받는 우주인이 동시에 지구 밖으로 내보내질 터였다.

"국장님, 재고의 여지는….."

한 층계 밑에 있던 헨리의 목소리는 한껏 작아져 있었다. 그 역시 톰이 한 번 내린 결정을 번복하지 않는다는 걸 잘 알았다.

"없습니다."

톰이 헨리를 한번 흘깃 쳐다보고는 마이크를 들었다.

"발사가 15분 남았습니다. 모든 체제를 자동발사로 전환하고, 수동 체크리스트 및 조작은 비활성화 합니다. 로켓 캡슐 내부에서 입력되는 값들은 모두 무시하세요."

톰의 지시에 일부 직원들은 벌써부터 작업을 시작했다.

"그러니까 승무원 유고 상황에 맞추어 매뉴얼대로 진행하면 됩니다."

통제실 안이 순간 숙연해졌다. 캡슐 내부의 생존유지장치 고장으로 승무원들이 사망하는 경우 로켓과 캡슐의 모든 장치들은 무선 또는 내부 컴퓨터를 통해 운용될 수 있었다. 이미 우주는 인간의 순간적인 판단으로 대처할 수 있는 곳이 아니었다.

"캡슐 내부 CCTV 화면이 유튜브를 통해 실시간으로 송출되고 있습니다."

맨 앞 열에 앉은 직원이 손을 들어 말했다.

"승무원들이 탑승하기 직전부터는 4개월 전 같은 로켓 발사 영상으로 대체해 송출해주세요."

통제실 안이 다시 술렁였지만 별다른 대안이 없었다.

"루크와는 제가 얘기하겠습니다."

톰이 센터스크린에 떠오른 화이트 룸 화면을 보며 헤드셋을 썼다.

***

루크와 에단 사이에는 미묘한 침묵이 흘렀다. 처음부터 의도한 건 아니지만 묘하게 이해관계가 맞아 들어가고 있었다.

"망상이라는 게 참 웃겨. 자네는 어렵게 진실을 파헤쳐서 여기까지 왔는데, 세상은 그걸 망상이라고 하지."

에단이 총구 끝을 보며 실실 웃었다.

"존경받는 우주인이 고작 로켓 한 번 더 타보겠다고 살인 청부를 했다. 소설도 그런 삼류 소설이 없겠지."

루크가 맞받아쳤다.

"내가 당신의 완전범죄를 도와준 셈이군. 유일한 공범까지 죽였으니."

비록 다른 세계에서 일어난 일이었지만, 루크는 믿기지가 않았다.

욕망과 환상, 이기심과 비현실로 가득한 무의식이었지만, 이 세상의 '의식'인 에단은 그것을 저지하지 않았다.

"고맙지만 안심하기는 이르지. 샬롯이 어디에 증거를 남겨 놓았을지도 모르니."

에단이 고개를 살살 저었다.

"루크, 에단. 톰입니다."

스피커를 통해 톰의 목소리가 들려왔다.

"루크, 당신 제안을 받아들이겠습니다. 델타 VII 로켓 발사를 예정대로 12분 후에 진행합니다. 두 사람 모두 탑승한 채 발사하겠습니다."

에단이 감격스러운 듯 눈을 꼭 감았다.

"원하는 대로 되었군."

루크는 자리에서 일어나며 탑승할 채비를 했다.

"시간이 얼마 없어. 얼른 들어가시죠."

"그럽시다. 그놈의 총 좀 치우면 좋겠군."

에단이 힘겹게 몸을 일으켰다.

"부축까지 바라지는 마. 어차피 다 혼자 사는 세상이니까."

루크가 에단의 뒤에서 총을 겨눈 채 말했다.

***

"발사 10초 전."

"9."

"8."

나사의 공식 유튜브 채널 화면에 우뚝 선 델타 Ⅶ 로켓이 떠올랐다. 오른쪽 화면에는 헬멧을 쓰고 홀로 탑승하는 승무원 화면이 나타났다. 댓글 창에는 발사를 격려하는 응원글들도 쇄도했다.

T 마이너스 0초, 상승^Lift off

아나운서의 담담한 목소리와 함께 델타 로켓이 화염을 내뿜으며 솟구치기 시작했다.

T 플러스 55초, 맥스 큐^Max Q

굉음을 내며 상승하는 로켓을 따라 카메라가 가파르게 움직였다.

T 플러스 100초, 고체로켓부스터 분리

곧이어 델타 로켓의 양쪽에서 부스터가 분리되며, 이내 시야에서 사라졌다.

＊＊＊

시스템 사용 불가-자동조종 중

캡슐 안은 아무런 교신도 없이 고요했다. 콘솔 화면에는 조작 불가를 알리는 붉은색 메시지만 떠 있었다.

"다크홀이 뭐라고 생각하지?"

흔들림이 조금 잦아들자, 루크가 입을 열었다. 에단과 한 좌석 거리를 두고 앉은 그는 여전히 허리춤에서 권총을 겨누고 있었다.

"쓸데없는 게 궁금하나 보군."

에단은 한쪽 다리를 쭉 편 채 눈을 감고 있었다.

"그래도 이 세상에서 다크홀 전문가를 뽑으라면 에단 당신일 텐데."

"관심 없어."

그는 여전히 눈을 감고 있었다.

"대중들이 섭섭해하겠군."

에단이 눈을 천천히 뜨며 고개를 돌렸다.

"우주를 이해할 수 있다고 생각하나?"

뜬금없는 질문에 루크가 인상을 찌푸렸다.

"이해는 이해했다고 하는 순간 이해하지 못한 거야. 무슨 말인지 이해가 가나?"

에단이 궤변을 늘어놓으며 살짝 웃었다.

"농담치고는 심각하군."

"어차피 누구도 다크홀이 뭔지, 왜 생겨났는지 알 수 없어. 그저 그것이 위험한지 아닌지를 알고 싶은 거지."

다크홀을 통과하고 새로운 세상을 만난 입장에서 볼 때, 에단의 냉소적인 태도가 조금은 우스웠다.

"그런데 우리는 오늘 알게 되었지. 우주에서 생겨난 이상 현상보다 미친 인간 한 명이 더 위험하다는 걸."

에단이 일부러 자극했지만 루크는 대응하지 않았다. 어차피 조금 지나면, 그도 새로운 세상을 보게 될 테니까.

그 순간이 오면 지금까지의 오해와 상황들도 손쉽게 설명할 수 있을 터였다. 하지만 그 이후를 함께 하기엔 에단의 어두운 면을 너무나 많이 보고 말았다. 평소 늘 인자하고 배려심 깊은 상관이었던 에단은 다른 사람의 말을 경청하고 잘 따르는 사람으로 알려져 있었다. 스무 살 어린 여성에게도 매력을 어필할 만큼 자기 관리에도 탁월했기에 그는 50대 중반의 나이에도 사람들 사이에서 늘 인기가 있었다.

하지만 그 이면은 결국 평범한 사람일 뿐이었다. 목표를 위해서라면 동료의 가족들도 몰살시킬 만큼. 아니, 최소한 그런 계획을 방임할 만큼 에단은 깊은 나르시시즘Narcissism 그 자체였다.

"맞아, 인간에게는 인간이 제일 위험하지."

루크가 씁쓸하게 웃으며 고개를 끄덕였다.

캡슐 안의 모든 등화가 꺼지며 암흑으로 변했다.

센터 콘솔의 아날로그 스위치가 붉은색으로 변하며 아래로 내려갔다.

50
재경험 (Re-experience)

"뭐야!"

루크는 당황하지 않았다. 아니, 마음은 당황했지만 몸은 재빨랐다.

"케이프, 케이프!"

성공적인 발사와 연이은 교신 두절과 시스템 다운^{down}. 얼마 전 지구를 홀로 탈출할 때와 데자뷔였다.

"케이프, 아… 모든 통신이 두절되었습니다. 시스템도 작동 불가."

사실 발사 이후 한 번도 통제실과 교신을 하지 않았다. 암호화된 채널이었지만, 비밀스러운 대화가 노출될 것을 우려해서였다.

"케이프, 교신 두절 상황. 매뉴얼에 따라 대처하겠음."

듣는 사람은 없었지만, 말을 내뱉으면 불안이 가라앉았다. 루크가 능숙하게 콘솔을 열어 종이로 된 매뉴얼을 꺼냈다. 델타 VII 로켓은 시뮬레이터 훈련만 받았을 뿐, 실제 탑승은 처음이었다.

"젠장, 서킷 브레이커도 없군."

넉넉한 공간과 화물실을 갖춘 드래곤 캡슐과 달리 이 로켓에는 수동으로 회로를 차단할 수 있는 방법이 없었다. 그러니까 그것은 고전적인 '재부팅'이 불가능하다는 것을 뜻했다.

"에단, 뭐 아는 것 좀 있어요?"

그제야 루크는 에단에게 도움을 청했다. 사실 마스터 알람master alarm 이 울린 이후, 총구를 겨누는 것조차 잊어버리고 있었다. 제자리에 편하게 앉은 에단은 별다른 답이 없었다.

"에단 선장, 그래도 당신이 전문가니까. 이러다 다크홀은 고사하고 귀환도 못 하겠어."

방금 1단 로켓 분리를 마친 로켓은, 2단 로켓과 탑승캡슐만을 남겨둔 채 관성으로 날아가고 있었다.

"에단, 살려면 대비책을 좀 세워야겠는데."

루크가 다시 에단을 힐끗 보았다. 아직 헬멧을 벗지 않은 탓에 그의 얼굴을 확인하는 게 어려웠다.

"에단! 아무리 그래도…."

루크가 그의 오른팔을 툭 쳤다. 그러자 에단이 힘없이 고개를 푹 숙였다.

"망할…."

그제야 루크는 알아차렸다.

에단이 의식을 잃어버렸다는 것을.

"에단! 에단!"

처음 있는 일은 아니었지만 루크는 결코 믿을 수가 없었다. 혹여나 자신이 실수로 총알을 발사한 건 아닐까 싶어 리볼버의 탄창까지 확인했다.

이번엔 더 거세게 에단을 흔들어보았다. 하지만 그럴수록 그의 고개는 더 깊이 숙여질 뿐이었다.

"케이프, 에단이 정신을 잃었습니다."

습관처럼 교신을 마친 루크는 에단의 무릎을 확인했다. 혹시나 내부에서 과다출혈이 생겨 쇼크가 왔을 가능성이 있었다.

"에단, 좀 일어나 봐요!"

하지만 작은 구멍이 난 우주복의 입구는 깨끗했다. 여압 장치가 작동하고 있었기에, 내부에서 피가 고여 있다면 밖으로 뿜어져 나왔을 터였다. 하지만 에단의 무릎 주변은 아무런 자국 없이 청결했다.

루크가 에단을 다시 세워 등받이에 기대었다. 무중력 상태에서 벨트에 몸이 묶인 에단이 아무런 저항 없이 움직였다.

***

"통신이 두절되었습니다!"

같은 시각. 발사통제실 안은 혼란 그 자체였다.

신호 유실^{signal loss}

센터 스크린의 메인 화면에서도 델타 로켓은 더 이상 추적이 되지 않았다.

"캡콤^{CAPCOMM}, 승무원 통신 가능한가요?"

톰이 차분하게 물었다.

"발사 직전부터 비활성화 상태입니다. 혹시 온^{On} 할까요?"

담당 콘솔 직원의 물음에 톰이 침묵했다.

"현재 발사 궤도 실시간 공유되고 있습니까?"

스크린 구석에는 거짓으로 송출한 캡슐 내부 화면이 계속해서 나오고 있었다. 그곳의 세상은 아무 이상 없다는 듯 평온하기만 했다.

"네, 온라인도 지금 난리가 났습니다."

수십 만 명의 시청자들은 이 불일치를 놓치지 않았다.

뭐야, 로켓은 멈췄는데 에단은 멀쩡한 거야?

텔레메트리telemetry가 고장 난 듯.

텔레메트리 나가면 승무원 화면도 안 나와야지.

와. 30년 만에 로켓 사고인가요?

벌써 유튜브 라이브 방송 댓글창은 난장판이 되어 있었다. 그도 그럴 것이, 상업우주여행 시대가 열린 이후 미국의 유인우주로켓에서 인명 사고가 난 적은 단 한 번도 없었다. 한 차례 발사 도중 폭발 사고가 있었지만 월등한 탈출 시스템으로 인해 무사히 복귀할 수 있었다.

"모든 통신이 먹통입니다. VHF 전 채널. 비상구조 채널, 인근 위성 통신 전부요."

헨리가 콘솔 사이를 바쁘게 오가며 보고했다.

"유사한 사례가 있었습니까?"

"아니요, 전무합니다."

큰 사고는 작은 여지를 남기며 일어난다. 하인리히의 법칙이라고도 불리는 이 이론은 로켓공학에서도 잘 들어맞고 있었다.

"통신 두절 전에 이상 상황도 없었고요?"

"네, 완벽히 정상이었습니다. 14시 34분 11초에 모든 채널이 동시에 먹통이 되었습니다."

관제직원의 보고에 톰이 숨을 들이쉬었다. 가능성은 둘 중 하나였다. 로켓이 아주 갑작스럽게 폭발했거나, 누군가 인위적으로 통신을 방해하거나.

***

"에단, 에단!"

루크는 계속해서 에단을 깨우고 있었다. 이번 비행의 A부터 Z까지 훈련을 받은 사람은 자신이 아닌 에단이었다. 하다못해 델타 Ⅶ 로켓의 비상귀환절차는 어떻게 되는지, 그 프로토콜은 어떻게 되는지라도 알아야만 했다.

"에단, 제발."

이 지구의 의식이 이렇게 허무하게 죽을 수는 없었다. 라마에서 교육 받은 바에 의하면 어떤 세계의 '의식적 존재'는 자신의 세상에서 부상을 당할 수 있을지언정 목숨을 잃을 수는 없다고 했다. 루크가 에단의 무릎에 총을 발사한 것도 그가 이 정도 부상으로 죽을 수는 없다고 믿었기 때문이다.

"이 봐, 정신 좀…."

루크가 래칫을 풀며 에단의 헬멧을 벗겨냈다. 금세 드러난 그의 몰골은 살아 는 사람의 것이 아니었다.

"맙소사!"

창백하다기보다 푸르른 얼굴. 모든 영혼이 빠져나간 것만 같은 피부색. 더 이상 움직이지 않는 가슴팍까지. 루크는 에단이 갑작스레 사망했음을 직감했다.

"케이프, 그러니까…."

상황을 이해하려면 시간이 필요했다. 난감했지만 완전히 처음 경험하는 일은 아니었다. 그러니까 동료였던 하퍼와 올리버 역시 이와 비슷한 상태로 죽음을 맞이했었다.

"설마, 그럴 리가 없어."

지구를 탈출한 순간 사라져버린 의식. 갑작스러운 통신 두절과 시스템 차단. 모든 것은 과거의 경험과 일치했다.

"에단, 설마 당신이…."

그리고 그것은 이 세계의 '의식'이 에단이 아님을 뜻했다.

"그럼 도대체 누가…."

이번 다크홀을 통과할 예정자는 에단이었다. 자신이 방해하지 않았더라면, 에단은 성공적으로 다크홀을 탐사했을 것이다. 그것을 막으려 애쓴 이유는 단 하나, 에단이 떠나고 이 지구가 붕괴될 것을 우려해서였다. 하지만 그것은 착각이었다.

"케이프, 제 말이 들리나요?"

에단이 의식적 존재가 아니라면, 실제 주인은 지구에 남아 있다는 걸 의미했다. 그는 다크홀에 언제든 근접할 수 있으면서 이 상황을 통제할 수도 있는 인물이어야만 했다. 빠르게 차가워져만 가는 캡슐 안에서 루크는 혼란에 빠졌다.

'다크홀… 주인… 의식….'

얼마 지나지 않아, 루크는 그가 누구인지 추정할 수 있었다.

"케이프, 아니 톰! 내 말이 들리나요!"

톰 브라운 국장. 처음부터 끝까지 이 상황을 지켜보고 있던 사람. 다크홀 탐사를 중단하지 않고 스스로의 뜻으로 밀어붙인 이. 자신이 유유히 이 로켓에 탑승할 수 있도록 허락한 사람. 루크는 등골이 오싹해지는 걸 느끼며 어떻게든 통신을 재개해야겠다고 생각했다.

"톰, 톰! 들리면 대답 좀 해봐요!"

이 지구의 의식이 아닌 존재가 다크홀을 지나게 되면 어떻게 되는지는 알지 못했다. 어떻게든 에단을 지키려 했던 것은, '의식적 존재'가 '자신의 다크홀'을 통과한다는 명분이 있어서였다. 지금처럼 외부의 의식이 남의 다크홀을 통과하게 될 경우, 그 결과가 어떻게 되는지에 대해서는 아무도 알려주지 않았다.

아니, 어쩌면 자크와 안나는 그걸 알면서도 숨기고 있었는지도 몰랐다. 오만가지 경우의 수들로 머릿속이 복잡해지는데, 무언가가 루크의 시선을 끌었다.

푸르고 흐릿한 지구의 경계 근처.

가장자리를 조금 파먹은 듯 수줍게 모습을 드러낸 검은 녀석. 모든 동력을 잃어버린 루크의 캡슐이 향하는 길목에 익숙한 모양의 윤곽이 자리하고 있었다.

"말도 안 돼."

루크는 이제 알 수 있었다. 그것은 새롭게 생겨난 다크홀이었다. 그리고 그것을 통과할 시간이 이제 얼마 남지 않았다는 것도.

〈2권에서 계속〉

홀론 1

1쇄 발행 2025년 2월 26일

지은이 제레미 오
펴낸이 배선아
펴낸곳 고즈넉이엔티

출판등록 2017년 3월 13일 제2022-000078호
주　　소 서울특별시 강서구 마곡중앙2로 15, 테크노타워2차 311-312호
대표전화 02-6269-8166 **팩스** 02-6166-9199
이 메 일 gozknockent@gozknock.com
홈페이지 www.gozknock.com
블 로 그 blog.naver.com/gozknock
페이스북 www.facebook.com/gozknock
인스타그램 www.instagram.com/gozknock

ⓒ 제레미 오, 2025
ISBN 979-11-6316-617-7 (04810)
　　　979-11-6316-619-1 (세트)

표지 그래픽 Freepick